Wolfgang Bosbach · Ulli Potofski

52 ein Jahrgang zwei Leben

Bibliografische Information der Deutschen Bibliothek
Die Deutsche Bibliothek verzeichnet diese Publikation in der Deutschen Nationalbibliografie; detaillierte bibliografische Daten sind im Internet über
http://dnb.dnb.de abrufbar.

1. Auflage, Kempen 2020

Nach der neuen deutschen Rechtschreibung

Herausgeber: Hans-Jürgen van der Gieth
Lektorat: Hans-Jürgen van der Gieth
Umschlaggestaltung: Inside Grafik, Kempen, unter Verwendung des Fotos von Hans-Jürgen van der Gieth, Kempen und der Hintergrundgrafik von © stock.adobe.com
Gestaltung: Inside Grafik, Kempen
Fotos / Illustrationen: © stock.adobe.com; privat
Trotz intensiver Recherche konnte die Urheberschaft nicht von allen Fotografien zweifelsfrei ermittelt werden. Wir bitten gegebenenfalls um Mitteilung.

Druck / Bindung: GrafikMediaProduktionsmanagement GmbH, D-Köln

Vertrieb: BVK Buch Verlag Kempen GmbH, *www.buchverlagkempen.de*

Printed in Europe

Best.-Nr.: L07
ISBN 978-3-947984-06-0

Wolfgang Bosbach · Ulli Potofski

52 ein Jahrgang zwei Leben

Inhaltsverzeichnis

Inhaltsverzeichnis

Inhaltsverzeichnis

Inhaltsverzeichnis

Vorbemerkungen

Liebe Leserin, lieber Leser!

Die Idee zu diesem Buch entstand nach einer Fernsehsendung von MUXX-TV, einem Internetsender, bei der Wolfgang Bosbach von Ulli Potofski interviewt wurde. Dieses kurzweilige, unterhaltsame Gespräch, das durch eine große Ernsthaftigkeit, aber auch gelegentlich durch philosophischen Tiefgang überzeugte, brachte Ulli Potofski und mich auf eine Idee für ein Buch. Wir entwickelten ein Konzept, nach dem sich zwei gleichaltrige Protagonisten mit unterschiedlichen Lebensläufen, sozial unterschiedlicher Herkunft, unterschiedlichen Ansichten und Meinungen … über Gott und die Welt, genauer, über ihre Erfahrungen, ihre Begegnungen mit den unterschiedlichsten Menschen, ihre Wahrnehmung von bestimmten Ereignissen sowie ihre Bewertungen unterschiedlicher Dinge, austauschen. Wolfgang Bosbach und Ulli Potofski sind beide 1952 geboren, aber in unterschiedlichen Milieus groß geworden. Sie erwarben verschiedene Wertemuster, haben unterschiedliche Lebenseinstellungen, verfolgen verschiedene Lebensziele und haben andere Erwartungen an die Zukunft, an das Leben. Sie schauen auf unterschiedliche persönliche Werdegänge zurück, waren in ganz verschiedenen Positionen tätig, lebten ein beinahe schon entgegengesetztes Privatleben, trafen die verschiedensten Menschen und machten – jeder für sich – spannende individuelle Erfahrungen.

Sie verbindet aber auch, dass sie ein Leben in der Öffentlichkeit geführt haben und immer noch führen, allerdings in unterschiedlichen Bereichen. Während der eine schon sehr früh in der Politik Karriere machte, stieg der andere – ebenfalls in jungen Jahren – in die Welt der Medien ein und auf. Beide haben viel erlebt, lernten zahlreiche interessante Menschen kennen, waren in ihren beruflichen Positionen sehr erfolgreich, haben viel zu erzählen. Und so ist es nicht verwunderlich, wenn häufig ein Gedanke von ihnen beginnt mit: „Ich erinnere mich noch ganz genau“ … oder ein Gesprächsbeitrag wird eingeleitet mit „Damals …“

Ein Anlass, dieses Buch in Angriff zu nehmen, stellte allerdings auch die Frage dar: Was hinterlassen wir, die nun im Rentenalter sind, unseren nachfolgenden Generationen, unserer Enkelgeneration? Sind wir dafür (mit)verantwortlich, dass so einiges nicht rund läuft in unserer Gesellschaft, unserem Staat, in Europa, in unserer Welt? Hatten wir nicht Anteil daran, dass unsere Erde Gefahr läuft, in absehbarer Zukunft vielleicht nicht mehr lebenswert zu sein? Haben wir uns verantwortungslos gegenüber unserer Umwelt, der Natur, der Pflanzenwelt, den Tieren, die wir so gerne als unsere Mitgeschöpfe bezeichnen, verhalten?
Im Gespräch suchen die beiden Protagonisten nach Antworten.

„52“ ist auch ein Zeitdokument, weil versucht wird, zwei Leben, zwei Lebensläufe in die historischen Zeitläufte einzuordnen und die Abhängigkeit eines Lebens und seines Gelingens auch von der historischen Entwicklung deutlich zu machen.

Wolfgang Bosbach und Ulli Potofski sind beide Sympathieträger – im täglichen Leben, in der Öffentlichkeit – und auch hier in diesem Buch. Man muss nicht mit allem einverstanden sein, was sie an Auffassungen vertreten, doch sie sind immer ehrlich und authentisch. Mit allen Inhalten kann man sich auseinandersetzen.
Eins eint sie: Neben ihrer Medienpräsenz und ihren wort- und meinungsstarken Äußerungen strahlen beide ein hohes Maß an Menschlichkeit aus. Man hat sehr schnell das Gefühl, einem guten Bekannten

gegenüberzusitzen. Einem sympathischen Menschen, dem man gerne vertraut. Das kann man nicht über jeden Zeitgenossen sagen. Zumal dann, wenn Menschen in der Öffentlichkeit stehen und oft nur einer bestimmten Erwartungshaltung gerecht werden wollen bzw. müssen. Diese Gefahr besteht bei Wolfgang Bosbach und Ulli Potofski keineswegs. Sie müssen keine Rolle spielen, irgendjemandem etwas vorzumachen. Sie sind so wie sie sind: Aufrichtig und bei sich selbst, ausgestattet mit einem ausgeprägten Selbstbewusstsein, meinungsstark und dazu auch mit einer gehörigen Portion Humor und der Fähigkeit versehen, sich selbst nicht zu ernst zu nehmen. Sie sind nicht ohne Schwächen, die sie allerdings auch bereit sind, zumindest in einem gewissen Maß, zuzugeben. So ist ihnen beiden eine gewisse Eitelkeit nicht abzusprechen, sie wissen um ihre Wirkung, ihre Präsenz. Und sie genießen es, in der Öffentlichkeit zu stehen, dass sie gefragt sind, weil man ihre Meinungen hören will. Wobei solche Facetten der Persönlichkeit nicht ausbleiben, stehen diese Menschen doch häufig in der Öffentlichkeit und damit im Fokus der täglichen Bewertungsbedürfnisse der Masse sowie auf einer Beliebtheitsskala, die nicht zuletzt über Erfolg oder Misserfolg entscheidet.

Es ist zutiefst menschlich und schon beinahe anrührend, wenn sich Wolfgang Bosbach als einen der größten Wünsche für die Zukunft – angesichts seiner Krebserkrankung könnten andere Wünsche nicht verwundern – Enkelkinder wünscht. Dies zeigt, vielleicht wie kaum eine andere Äußerung von ihm, wie er „tickt", welche Werte für ihn wirklich bedeutsam sind.
Oder Ulli Potofski, der immer wieder durchblicken lässt, dass er sich längst nicht immer so wichtig nimmt und vielmehr mit Ironie und selbstkritischen Bemerkungen seine Handlungen, sein Wirken in der Öffentlichkeit, aber auch in seinem Privatleben, persifliert.

Ich will diese Vorbemerkungen nicht zur ultimativen Lobhudelei über die beiden Herren werden lassen. Doch dies war auch mitentscheidend dafür, dieses Buch in Angriff zu nehmen: Zwei sympathische Menschen etwas näher kennenzulernen, die sich, trotz ihrer Unterschiedlichkeit, nicht nur in der Einschätzung zahlreicher aktueller Themen ziemlich nahe sind, sondern auch durch ihre optimistische Lebenseinstellung gleichen. Einstellungen, die dem ein oder anderen Leser, der sich vielleicht in einer ähnlichen Situation befindet, Mut machen können.

Der eine hat schon beinahe die ganze Welt gesehen, der andere noch nicht, will es aber unbedingt nachholen. Der eine spielt immer noch passabel Tennis, der andere hat lange Zeit über diesen Sport berichtet, beide spielten sie Fußball, anscheinend gar nicht schlecht. Beide lieben neben dem Sport die Musik, hätten gerne selbst ein Instrument erlernt. Während der eine sich nicht nur in der Klassik zu Hause fühlt und unbedingt ein Konzert von Coldplay besuchen möchte, scheut der andere sich nicht davor, Schlagermusik gut zu finden, favorisiert Oldies und liebt insgesamt besonders gefühlvolle Musik.

Der eine stand und steht mit den Großen der Politik auf *du und du,* hat Angela Merkels Telefonnummer und stellte viele Jahre eine gewichtige Stimme in der deutschen Politik dar – auch heute noch. Er lässt sich nicht verbiegen, schwamm nicht selten gegen den Strom und war dennoch immer loyal zu seiner Partei, steht zu seinen Werten und Überzeugungen. Aufgrund seines Detailwissens und seines „Elefantengedächtnisses" lässt er sich von seinen Gesprächspartnern nichts vormachen, kennt sich aus und weiß um die Zusammenhänge. Offen geht er mit seiner Krebserkrankung um, lässt sich in seinem Tun und in seiner lebensbejahenden Haltung nicht unterkriegen. Auch nach seiner aktiven Zeit als Berufspolitiker ist er in der ganzen Republik unterwegs, hält Vorträge, nimmt an Gesprächskreisen teil, tritt auf den großen Bühnen ebenso gerne auf wie in kleinen Sälen, in denen er Parteifreunde in Wahlkämpfen unterstützt. Zu seiner großen Leidenschaft gehört, neben dem nach wie vor großen politischen Interesse, der Golfsport. Obwohl er sich manchmal fragt, ob das, was er da treibt, schon als „Golf" bezeichnet werden kann. Aber wahrscheinlich kehrt er hier seine Fähigkeiten viel zu sehr unter den Teppich und ist in Wirklichkeit schon sehr nahe an einem guten Handicap.

Der andere ist ebenfalls mit den Großen dieser Welt – und zwar mit den Erfolgreichen im Sport und im Medienbetrieb – eng vertraut. Wen hat er nicht schon alles vor seinem Mikrofon gehabt: Ob Netzer, Beckenbauer, Kahn, Becker …? Auch die aktuellen Stars stellen sich heute noch seinen Fragen. Als „Erfinder" der „Fußballshow" *(„Anpfiff")* und langjähriger Sportchef bei RTL, hat er wie kaum ein anderer den Sportjournalismus in Deutschland geprägt. Aber auch mit anderen Formaten, die nichts mit dem Sport zu tun haben, ist sein Name verbunden. Zu denken ist da an die *Domino-Day*-Events, die jedes Jahr Millionen Zuschauer vor die Fernseher lockte. Neben dem Tennis und dem Fußball, dessen Verwissenschaftlichung er zunehmend kritisch gegenübersteht, gilt seine Leidenschaft dem Galoppsport. So ist es nicht verwunderlich, dass es zu einem seiner Lebensziele gehört, alle wichtigen Galopprennbahnen auf dieser Welt zu sehen – wobei er schon viele besuchen durfte. Er hat aber noch eine weitere große Leidenschaft, die man beinahe schon als eine Art Mission bezeichnen könnte: Das ist die Leseförderung. Seine Sorge, Kinder könnten das Lesen „verlernen", keinen Bezug mehr zu Büchern haben, treibt ihn um und immer wieder an. So schreibt er schon seit vielen Jahren Kinderbücher und bringt den jungen Leuten durch seine einmaligen Leseshows seine Bücher näher.

In diesem Buch erhalten die beiden Gesprächspartner Gelegenheit, ihr Leben sozusagen nebeneinander bzw. übereinander zu legen und zu vergleichen, ihre verschiedenen Reaktionen auf das gleiche historische Ereignis darzustellen und zu reflektieren.
Der Gesprächsverlauf wird in diesem Buch als eine Art Protokoll abgedruckt. Die Authentizität, die Spontaneität, die Ehrlichkeit, aber auch die sprachlichen Eigenheiten sind dadurch erhalten geblieben. Das hat zur Folge, dass Besonderheiten des jeweiligen Sprechers, seine Wortwahl, sein Satzbau … nicht einer vielleicht „besseren“ Lesbarkeit geopfert wurden, damit die Individualität der Sprache erhalten blieb; an der ein oder anderen Stelle womöglich zu Lasten einer geschliffeneren Schriftsprache. Aber gerade dies macht den Text so lebendig und authentisch.
Das Gespräch war immer unterhaltsam, ob „nur“ Alltägliches, ja vermeintlich Banales ausgetauscht wurde – oder ob sich das Gespräch um die ernsten, die wichtigen Dinge des Lebens drehte, ob an der ein oder anderen Stelle geradezu Philosophisches ausgetauscht wurde. Es ist immer wieder interessant, von Menschen, die vieles erlebt haben, zu hören, welche Meinung sie zu bestimmten Ereignissen, Entwicklungen, Personen … einnehmen.

Äußere Richtschnur für die Gespräche stellt die Chronologie der Ereignisse dar. Das heißt aber nicht, dass nicht auch zeitliche Sprünge – dort, wo es sich anbot – zugelassen wurden. So sind auch an der ein oder anderen Stelle thematische Wiederholungen nicht zu vermeiden.

Ergänzt werden die Interviewteile durch verteilt anzutreffende Fragebögen, in denen die Protagonisten kurz und knackig Antworten geben sollten – sich aber längst nicht immer an diese Vorgabe hielten.

Die grobe Gliederung der Interviewaufzeichnungen ist durch die Chronologie bedingt. So wird auch die historische Dimension der in den Interviews angesprochen Themen deutlich. Neben privaten Alltagserfahrungen spielen vor allem politische und gesellschaftliche Ereignisse, aber auch immer wieder Ausflüge in die Bereiche Sport und Musik eine Rolle. Dies ist der Tatsache geschuldet, dass beide, der eine professionell als Journalist, der andere als begeisterter Hobbysportler, nicht nur großes Interesse am Sport haben, sondern auch über enormes Wissen auf diesem Gebiet verfügen. Die Musik spielt in beider Leben eine nicht zu unterschätzende Rolle. Sie begleitet sie bis heute bei vielen Gelegenheiten und die Erinnerungen an „ihre" Musik aus der Jugendzeit sind ebenso präsent wie die heutigen musikalischen Vorlieben.

Die Entscheidung, die chronologische Entwicklung nach Jahrzehnten geordnet darzustellen, bedeutet keineswegs, den jeweiligen Zeitabschnitt von 1952 bis heute auch nur annähernd umfassend abzubilden. Es kann immer nur darum gehen, sozusagen blitzlichtartig, exemplarisch, einige besondere Ereignisse herauszustellen, die die jeweilige Zeit bestimmt haben – und die für die beiden Protagonisten von Bedeutung waren bzw. zu denen sie auf Grund ihrer Biografie einen Bezug haben.

Neben den allgemeinen Erläuterungen zum Zeitzusammenhang und der Wiedergabe der Gesprächsinhalte werden im Buch erklärende Infos zu wichtigen Themen und Hintergründen der in den Gesprächen behandelten Inhalte in einer sogenannten **INFOBOX** angeboten. Darüber hinaus werden konkrete Begriffe, Ereignisse … in Form einer **Randnotiz** erklärt. Diese Art Lexikoneintrag dient der schnellen Orientierung und als eine Art Faktencheck. Biografische Angaben zu einzelnen Personen finden Sie im **Personenverzeichnis** ab Seite 332. Im Text sind sie durch ein * hinter dem Namen der Person gekennzeichnet.

Die Gespräche, die im Mittelpunkt des Buches stehen, entstanden von Dezember 2019 bis Januar 2020 in mehreren intensiven Sitzungen, unter anderem im „Romantik Waldhotel Mangold" in Bergisch Gladbach-Bensberg. In einem angenehmen Ambiente entwickelte sich rasch ein reger Gedankenaustausch, der sicherlich auch noch beim Nachlesen im Buch spürbar ist.

Vielleicht werden bei der Lektüre dieses Buches ja auch bei Ihnen Erinnerungen wach, und Sie werden durch die eine oder andere Einlassung der Gesprächspartner zum Nachdenken angeregt, kritisieren die eine oder andere Meinung der beiden Persönlichkeiten, gelangen vielleicht auch zu neuen Erkenntnissen.

Mir bleibt nur noch, mich bei allen Beteiligten zu bedanken. In erster Linie natürlich bei den beiden Protagonisten Wolfgang Bosbach und Ulli Potofski. Es hat mir viel Freude bereitet, den beiden „52ern" zuzuhören und das Gespräch mit ihnen zu führen – und ich hoffe, dass Sie, liebe Leserin, lieber Leser, genauso viel Freude bei der Lektüre des Buches haben werden.

Ihr Hans-Jürgen van der Gieth

Steckbrief Wolfgang Bosbach

Name: Bosbach
Vorname(n): Wolfgang Walter Wilhelm
Geburtstag: 11. Juni 1952
Konfession: röm.-kath.
Geburtsort: Bergisch Gladbach
Wohnort: Bergisch Gladbach
Größe: 184 cm
Gewicht: 91 kg
Sternzeichen: Zwilling
Eltern: Alfred Bosbach († 2016), Else Bosbach (91)
Familienstand: verheiratet mit Sabine Bosbach geb. Bosbach; Töchter: Caroline, Viktoria, Natalie
Schulausbildung / Studium: Realschule, Lehre, Abitur, Studium der Rechtswissenschaften
Berufsausbildung: Ausbildung zum Einzelhandelskaufmann, staatl. gepr. Betriebswirt und zum Rechtsanwalt
Berufstätigkeit: Supermarktleiter, Politiker, Bundestagsabgeordneter, Rechtsanwalt
Sport: Schwimmen, Tennis, Golf
Hobbys: Golf, Tennis, Karneval
Lebensmotto: „Es gibt nichts Gutes, außer man tut es." (Erich Kästner)

INFOBOX: 11. Juni

Diese Persönlichkeiten wurden ebenfalls an einem 11. Juni geboren: der Komponist und Dirigent *Richard Strauss* (geb. 1864), der französische Meeresforscher *Jacques-Yves Cousteau* (geb. 1910) und der erfolgreiche Schauspieler und Regisseur *Gene Wilder* (geb. 1933). An diesem Tag Geburtstag feiern ebenfalls *Jackie Stewart* (geb. 1939), erfolgreicher Automobilrennfahrer und der deutsche Country- und Schlagersänger *Gunter Gabriel* (geb. 1942) sowie „Dr. House"-Darsteller *Hugh Laurie* (geb. 1959), der nicht nur als Schauspieler, sondern auch als Bluessänger Erfolge feierte.

Steckbrief Ulli Potofski

Name: Potofski
Vorname(n): Ullrich
Geburtstag: 7. Juli 1952
Konfession: römisch-katholisch
Geburtsort: Gelsenkirchen-Schalke
Wohnort: Stolberg
Größe: 180 cm
Gewicht: 99 kg
Sternzeichen: Krebs
Eltern: Vater Ernst (verst.) / Mutter Gerda (verst.)
Familienstand: verheiratet mit Monika Potofski; getrennt lebend
Lebenspartnerin: Nadja Bogdanovic; zwei adoptierte Kinder: Benni und Susi
Schulausbildung / Studium: Hauptschule
Berufsausbildung: Koch
Berufstätigkeit: Journalist, Moderator, Kommentator, Kinder- und Jugendbuchautor, Verleger
Sport: Fußball, Tennis
Hobbys: Galoppsport
Lebensmotto: Alles wird gut!

INFOBOX: 7. Juli

Diese Persönlichkeiten wurden ebenfalls an einem 7. Juli geboren: *Lion Feuchtwanger* (geb. 1884), ein von den Nationalsozialisten verfolgter Schriftsteller. Der „Tennisbaron“ *Gottfried von Cramm* (geb. 1909) war ein sehr erfolgreicher Tennisspieler. Gut zu Ulli Potofski (Beatles- und Fußballfan) passen zwei weitere Prominente, die ebenfalls an einem 7. Juli Geburtstag feiern: *Ringo Starr* (geb. 1940) war der Schlagzeuger bei den Beatles und der Fußballer *Jürgen Grabowski* (geb. 1944). Mit *Erik Zabel* (geb. 1970) und *Sylke Otto* (geb. 1969) gehören zwei weitere Sportler zu den Geburtstagskindern an einem 7. Juli.

1.

Wir sind wieder wer! – oder: Samstags wird gebadet

– Die Fünfziger Jahre

Auch heute noch, rund siebzig Jahre später, ist es schwierig, ein scharf konturiertes repräsentatives Bild der Fünfziger Jahre zu zeichnen. Zu unterschiedlich waren die Wünsche und Hoffnungen, aber auch die Ängste und Belastungen der Menschen, zu unterschiedlich ihre Lebensbedingungen und ihr Lebensgefühl, um ein einigermaßen einheitliches Bild der damaligen bundesdeutschen Gesellschaft zu zeichnen. Wie soll man auch eine Zeit voller moralischer Doppeldeutigkeit, voller politischer, gesellschaftlicher und wirtschaftlicher Unsicherheiten, genutzter und nicht genutzter Chancen, der Suche nach persönlicher und staatlicher Identität, darstellen, ohne zu vereinfachen, zu verallgemeinern? Vor allem lässt sich keine zusammenhängende Darstellung der damaligen Zeit entwerfen, in der der Alltag und das Leben in all seiner Vielgestaltigkeit deutlich wird.
Ein besonderes Problem stellte der Umgang mit der Schuld dar, die das deutsche Volk während der Nazi-Herrschaft auf sich geladen hatte. Die Frage nach dem Umgang mit den Tätern und Mittätern war noch lange nicht gelöst. Es ist nicht verwunderlich, dass sich vielfach eine Atmosphäre der Verdrängung breitmachte. Vieles wurde verschwiegen, eine konstruktive und systematische Auseinandersetzung und Aufarbeitung der **Nazi-Vergangenheit** fand nicht statt.

In den Städten waren noch nicht alle Überreste des verheerenden Krieges beseitigt. Trümmer und Bauruinen waren in den meisten Städten noch anzutreffen.

Neben allen Schwierigkeiten konnten dennoch enorme Erfolge verzeichnet werden. Als die Fünfziger Jahre begannen, war die Bundesrepublik erst ein Jahr alt. Nach der großen Katastrophe des Dritten Reiches und dem verlustreichen Zweiten Weltkrieg bzw. den entbehrungsreichen Jahren der Besatzungszeit schaute die Bevölkerung zu Beginn des neuen Jahrzehnts optimistisch in die Zukunft. Obwohl noch überall die Spuren des Krieges sichtbar waren, bauten die Menschen ein neues Deutschland auf. Für viele Familien waren die Lebensverhältnisse, vor allem auch die Wohnbedingungen, sehr schwierig. In den zerbombten Städten wurde wiederaufgebaut, was noch zu retten war. Es entstanden – häufig in Eigenleistung, zumindest mit tatkräftiger Unterstützung der Bauherren – neue Häuser und Wohnungen. Schlagwörter wie *Bauboom, Autoboom, Wirtschaftswunder, Made in Germany,*

aber auch *Neureiche* oder *Fresswelle* kennzeichnen die Fünfziger Jahre treffend. Allein in den Jahren zwischen 1950 und 1956 entstanden im Durchschnitt jährlich über 500.000 neue Wohnungen. Damit halbierte sich das Wohnungsdefizit von 4,5 auf rund 2,3 Millionen. Vor allem der Siegeszug des *VW Käfer* stand stellvertretend für den Autoboom der Fünfziger Jahre. Neben dem *VW Käfer* fanden aber auch andere Autos ihre Käufer: Kleinstwagen wie *BMW-Isetta, Goggomobil, Messerschmitt-Kabinenroller („Schneewittchensarg")* oder der *„Leukoplastbomber"* genannte *Lloyd 400* bestimmten neben luxuriöseren Varianten wie dem *Borgward Isabella* oder dem *Renault Frégate* natürlich zahlreiche Modelle der Marken *Opel, Ford* oder *Mercedes* das Straßenbild.

Bei der Wohnungseinrichtung entwickelte sich in den Fünfziger Jahren ein ganz neuer Stil. Typisch waren die wegen ihrer Form sogenannten Nierentische, die man in vielen modern eingerichteten Wohnungen antreffen konnte – und die heute übrigens wieder in den Blick geraten. **Fernseher** eroberten die Wohnzimmer.

Auch entdeckten die Deutschen schon damals das **Reisen** als beliebte Freizeitbeschäftigung. Italien wurde als das Sehnsuchtsland Nummer Eins erkoren. Ferien, möglichst mit dem eigenen Wagen – eventuell auch mit einem Wohnwagen im Schlepptau – an der Adria waren angesagt und zeugten von

einem gewissen Luxus und einem neuen Lebensgefühl, das Abenteuerlust mit einer Portion Sehnsucht nach der Ferne verknüpfte. Für den Beginn des bundesdeutschen Tourismus spielten neben dem nun gesetzlich geregelten Urlaubsanspruch der Arbeitnehmer vor allem die größeren finanziellen Möglichkeiten inklusive einer fortschreitenden Motorisierung für nahezu alle sozialen Schichten eine große Rolle.

Anfang 1951 sorgte ein Spielfilm für einen Skandal: „Die Sünderin" mit Hildegard Knef. Der Skandal zeigte, welches Denken, welche **Tabus** in der damaligen Gesellschaft herrschten. Der Film handelte von einer Prostituierten, die sich in einen unheilbar kranken Maler verliebte. Durch diese Liebe veränderte sich ihr ganzes Leben. Sie umsorgte und pflegte den Maler, finanzierte eine Operation, die allerdings erfolglos blieb. Um ihrem Geliebten ein qualvolles Sterben zu ersparen, tötete sie ihn und beging Selbstmord. Die Tabuthemen Prostitution, Sterbehilfe und Selbstmord sowie einige kurze Nacktszenen entfachten einen Sturm der Entrüstung.

Versuche, sich aus der starren und prüden Gesellschaft der Fünfziger Jahre zu befreien, waren besonders in der Musik zu spüren. Insbesondere der Erfolg des hüfteschwingenden Rock 'n' Rollers **Elvis Presley*** faszinierte die damalige Jugend. Der **Rock 'n' Roll** der Fünfziger Jahre wurde zum Sinnbild für die Befreiung aus der Umklammerung der Nachkriegsgeneration mit ihren überlieferten Verhaltensweisen. Er war natürlich auch eine Bewegung der Jugend, die sich gegen ihre Elterngeneration auflehnte. Zum Inbegriff dieses Aufbegehrens wurde die Bezeichnung „Halbstarker". Damit waren hauptsächlich männliche Jugendliche gemeint, die durch ein bestimmtes Äußeres (Haartolle, Jeans, Lederjacke …), aber auch durch ein besonders cooles, teilweise auch aggressives, jedenfalls unangepasstes Verhalten auffielen.

Ein Höhepunkt in den Fünfzigern war für die Deutschen zweifellos der überraschende Gewinn der Fußballweltmeisterschaft 1954. Mit der Bezeichnung **„Das Wunder von Bern"** ging dieses Ereignis in das kollektive Gedächtnis der Deutschen ein. Das Ereignis war auch deshalb so wichtig, weil Deutschland nach den vielen Jahren der Schmach, einer bedingungslosen Kapitulation am Ende des 2. Weltkriegs und den Belastungen durch die Kriegsschuld und den menschenverachtenden Verbrechen (u. a. Ermordung von sechs Millionen Juden) endlich wieder das Gefühl hatte: **Wir sind wieder wer!** – so zumindest die meistbenutzte Formel der damaligen Zeit.

In den Fünfziger Jahren besuchten mit Abstand die meisten Kinder und Jugendlichen die damalige achtjährige **Volksschule.** Jene Schulform, die später in Grundschule (1. bis 4. Klasse; teilweise 1. bis 6. Klasse) und Hauptschule aufgeteilt wurde. Etwa 80 Prozent der Kinder und Jugendlichen besuchten 1952 eine Volksschule, etwa acht Prozent eine Realschule und nur rund zwölf Prozent ein Gymnasium. Deutlich verbesserte sich in dieser Zeit die berufliche Qualifikation. Die Lehrlingsquote, die Zahl der Lehr- und Anlernlinge (heute nennt man sie Auszubildende), stieg von rund zwei Drittel um 1949 auf nahezu 100 Prozent bereits im Jahre 1952. Allerdings galt dies nur für die Jungen. Die Mädchen wurden Anfang der Fünfziger Jahre noch häufig wegen Überfüllung der Berufsschulen zurückgestellt. Dies war damals sicherlich ein deutlicher Ausdruck einer zeittypischen Benachteiligung des weiblichen Geschlechts. Im Jahre 1950 entfielen etwa 70 Prozent der Ausbildungsverhältnisse auf Industrie und Handwerk, 28 Prozent auf den Dienstleistungssektor. Zehn Jahre später hatte sich dieses Verhältnis beinahe angenähert: Industrie und Handwerk: 50 %, Dienstleistungen: 46 %.
Zwischen den Generationen bildete sich allmählich ein **Bildungsgefälle** heraus. Dies lässt sich auf die zunehmende Qualifikation der jungen Leute zurückführen. Die Beherrschung des Englischen ist hierfür ein Merkmal. Die gerade schon angesprochene Benachteiligung von Mädchen und Frauen war damals in zahlreichen Lebensbereichen sichtbar. Allerdings war dies nicht nur ein gesellschaftliches Problem, sondern auch **rechtlich waren Männer und Frauen nicht**

gleichberechtigt. Grundsätzlich galt der Mann als „Erhalter und Ernährer der Familie". Ihm stand die Entscheidung in allen das gemeinschaftliche eheliche Leben betreffenden Angelegenheiten zu. Der Frau wurde die Rolle als „das Herz der Familie zu sein" zugewiesen. Daher wurde auch ihr Recht auf Erwerbstätigkeit davon abhängig gemacht, wie sie diese mit ihren Pflichten in Ehe und Familie vereinbaren konnte. Die Ehefrau war allerdings auch zur Erwerbsarbeit verpflichtet, wenn der Mann den Lebensunterhalt für die Familie nicht allein sicherstellen konnte. In strittigen Fragen der Erziehung hatte der Mann das Alleinvertretungsrecht der Kinder sowie das Recht des sogenannten „Stichentscheids". Seine Meinung war ausschlaggebend zum Beispiel bei der Frage, welcher Religion das Kind angehören sollte, wenn die Ehepartner unterschiedlichen Religionsgemeinschaften angehörten.

Beinahe lustig mutet uns heute an, welchen sogenannten **Benimmregeln** sich die Menschen damals unterwerfen sollten. Nicht umsonst war das „Einmaleins des guten Tons" in den Fünfziger Jahren ein Bestseller. Dieses Buch enthielt eine Sammlung von Regeln, sogenannte Benimm-Regeln, für das Zusammenleben der Menschen. Sie sollten zwar für die gesamte Gesellschaft gelten, doch im Grunde waren sie vor allem für die Oberschicht gedacht. Wenn man es in der Gesellschaft „zu etwas bringen" wollte, musste man solche Regeln beherrschen, um anerkannt und in die oberen Gesellschaftsschichten aufgenommen zu werden. Selbstverständlich enthielt dieses Buch auch eine Fülle an Verhaltensregeln, die bei der „Begegnung" von Männern und Frauen zu gelten hatten. Vom Mann wurde „Ritterlichkeit" verlangt, die zum ersten Grundsatz seines Handelns erkoren wurde. Die Ritterlichkeit verbietet dem Mann, den guten Ruf der Frau zu gefährden. Auch darf er nicht vor Freunden mit irgendwelchen Erlebnissen, die er mit einer Frau hatte, prahlen. In der Öffentlichkeit hat er Zärtlichkeiten, wie eine Frau am Arm oder am Gesicht zu tätscheln, zu unterlassen; zumindest – so die Autorin des Buches – hat er die Dunkelheit abzuwarten. Frauen wird eindringlich geraten, eine Beziehung, die auf ein schiefes Gleis zu geraten droht, sofort abzubrechen. Keine Erfahrung, so steht es im Buch, würde das aufwiegen gegen das, was die Frau an „Zauberhaftem und Unwiederbringlichem" verlieren würde. So sei es auch das „schönste Recht" der Frau, sich umwerben zu lassen. Es sei aber auch ihre schönste Pflicht, „in weiblicher Zurückhaltung" nicht den ersten, sondern bei Dingen der Liebe und Ehe den zweiten Schritt zu tun. Eine „auf Männerfang" ausgehende Frau wird als abstoßender bezeichnet, als der „tollste Frauenjäger". Eine Zementierung der traditionellen Geschlechterrollen hätte nicht deutlicher zum Ausdruck gebracht werden können.

Nach dem Prinzip „Haste was, biste was" entstand allerdings auch eine Einstellung bei vielen Menschen, nach der das Geld, das Einkommen und der Besitz von Gütern das Ansehen eines Menschen in der Gesellschaft stark bestimmten. Ein rascher Wechsel der Moden war in der Warenwelt an der Tagesordnung. Auch wurde das Leben insgesamt hektischer und schnelllebiger. Der Wandel von einer traditionellen Gesellschaft zu einer **„modernen" Industriegesellschaft** vollzog sich rasant; mit allen positiven, aber auch negativen Nebenwirkungen.

Nicht zuletzt durch die Unterstützung der Alliierten, unter anderem durch den **Marshallplan*,** durch die Bereitschaft

*** Marshallplan**

(European Recovery Program) Auf Initiative des damaligen amerikanischen Außenministers Marshall ging ein Programm zurück, nach dem die Wirtschaft in Europa wieder aufgebaut werden sollte. Gleichzeitig sollte auch die Ausbreitung des Kommunismus verhindert werden. Die Leistungen nach dem zwischen 1948 und 1952 geltenden Marshallplan bestanden hauptsächlich aus Krediten, aber auch aus Rohstoffen, Lebensmitteln und Waren aller Art.

der arbeitenden Bevölkerung sowie einer klugen Politik, den Wiederaufbau aktiv zu gestalten, bildete sich die junge Bundesrepublik in kurzer Zeit auf zahlreichen Gebieten zu einem hochentwickelten Industriestaat aus. Die Deutschen galten vor allem in den Anfängen der Bundesrepublik als besonders fleißig. So wurde der Fleiß eine der wichtigsten Tugenden. Allein in den Fünfzigern wuchs die Zahl der Erwerbstätigen um 4,5 Millionen auf 26,5 Millionen. Gleichzeitig sank die Arbeitslosenquote von elf auf 1,3 Prozent. Daher konnte nahezu von Vollbeschäftigung gesprochen werden. In einigen Branchen herrschte sogar Arbeitskräftemangel, der dazu führte, dass am Ende der Fünfziger Jahre und in den Sechzigern Gastarbeiter angeworben wurden. In dieser Zeit stieg auch der Frauenanteil an der Zahl der Erwerbstätigen um 60 Prozent. So waren 1960 37 Prozent der Erwerbstätigen Frauen. Mit der stark wachsenden Produktivität, der steigenden Zahl an Erwerbstätigen, stieg auch die wöchentliche Arbeitszeit auf ein Höchstmaß nach dem 2. Weltkrieg. Sie betrug 1955 49 Stunden an meist sechs Arbeitstagen. Im Laufe der 2. Hälfte des Jahrzehnts sank die durchschnittliche wöchentliche Arbeitszeit allerdings auf 44 Stunden im Jahre 1960. Gerade zu Anfang der Fünfziger Jahre war es um die Entlohnung vor allem der Arbeiter schlecht bestellt. So musste ein Industriearbeiter Anfang 1950 durchschnittlich mehr als 22 Stunden arbeiten, um sich für seinen Lohn ein Kilogramm Bohnenkaffee kaufen zu können. Für ein Kilo Kotelett musste er rund 4 1 / 2 Stunden, für ein Kilo Butter vier Stunden und für ein Kilo Zucker fast eine Stunde arbeiten. Auch andere Konsumgüter des täglichen Bedarfs waren teuer. Mehr als einen Tageslohn war für ein Herrenoberhemd zu entrichten. Für ein paar Schuhe musste der Durchschnittsverdiener den Arbeitslohn von zwei Tagen aufwenden, für ein Rundfunkgerät sogar 15 Tageslöhne zu je acht Stunden. Am Ende des Jahrzehnts hatte sich inzwischen die Kaufkraft des Arbeitslohns durch kräftige Lohnerhöhungen und eine maßvolle Preispolitik so verbessert, dass der durchschnittliche Industriearbeiter schon nach etwas mehr als sechs Stunden ein Kilo Kaffee verdient hatte. Das Kilo Kotelett war ihm nach zweieinhalb Stunden Arbeit sicher und das Kilo Butter nach zwei Stunden und 19 Minuten. Ein Herrenoberhemd kostete ihn 1959 nur noch etwas mehr als fünf Stunden Arbeitszeit, ein Paar Schuhe knapp elf Stunden und ein Rundfunkgerät etwa 13 1 / 2 Tage. Ende der Fünfziger Jahre konnte ein Industriearbeiter im Durchschnitt doppelt so viel an Konsumgütern kaufen, als zu Beginn des Jahrzehnts. Das Netto-Einkommen eines vierköpfigen Arbeitnehmerhaushaltes verdoppelte sich in der Zeit von 1950 bis 1960 auf 670 DM monatlich. Bei den Ausgaben sank der Anteil bei Nahrungsmitteln von 46 Prozent im Jahre 1950 auf 36 Prozent im Jahre 1960.

Nicht nur eine hohe Produktivität und steigendes Einkommen waren für die positive Entwicklung der deutschen Wirtschaft verantwortlich. Auch die hohe Qualität der bundesdeutschen Produkte trug zum Wirtschaftserfolg bei. Selbstverständlich nicht vergessen werden darf das Konzept der **sozialen Marktwirtschaft,** das der damalige Wirtschaftsminister **Ludwig Erhard*** auf den Weg gebracht hatte. Sowohl innen- als auch außenpolitisch kam die Bundesrepublik Deutschland schnell auf die Füße. Beispielhaft sei – unter anderem dank einer Moskaureise des damaligen Bundeskanzlers **Konrad Adenauer** – an die Freilassung der letzten in sowjetischer Kriegsgefangenenschaft befindlichen Soldaten erinnert.

INFOBOX

Konrad Adenauer (1876 – 1967)

Konrad Adenauer (CDU) war in der Zeit von 1949 bis 1963 der erste Bundeskanzler der Bundesrepublik Deutschland. Bereits im Jahre 1917 wurde er zum jüngsten Oberbürgermeister einer deutschen Großstadt, nämlich Köln, gewählt. Auch in der Zeit der Weimarer Republik (1918 – 1933) war er mehrfach als Kandidat für das Amt des Reichskanzlers im Gespräch. Die Nazis enthoben Adenauer vom Amt des Kölner Oberbürgermeisters. Während seiner Amtszeit als Bundeskanzler vertrat er einen klaren Kurs der Westintegration. Er war wegen seiner deutlichen Worte und oftmals humorigen Beiträge in politischen Diskussionen bei vielen Bürgern sehr beliebt.

Auf der Straße groß geworden!

- **Welche Erinnerungen habt ihr an eure frühe Kindheit? Wolfgang, wie war es bei dir?**

B: Die erste Erinnerung gilt der Straße! Ich bin wirklich auf der Straße groß geworden. In Bergisch Gladbach bin ich geboren und aufgewachsen. Da, wo Mama und meine Familie heute noch leben. Dasselbe Bild, also auf der Straße groß zu werden, bekam ich bei meinen Kindern dreißig Jahre später wieder zu sehen. Wir wohnen ländlich-sittlich, nur ein paar Häuser sind dort. Die Straße war immer voller Kinder, daran kann ich mich gut erinnern. Ich glaube, das ist heute eher selten. Wir kamen damals mittags von der Schule und haben den Ranzen schnell in die Ecke gestellt. Nach dem Essen ging's nach draußen. Wir sind erst wiedergekommen, wenn die Mutter gerufen hat „Hausaufgaben sind fällig“ oder wenn es dunkel wurde.

INFO

Bergisch Gladbach

Die Stadt liegt am Westrand der Bergischen Höhen, etwa zehn Kilometer östlich des Rheins. Die mit mehr als 110.000 Einwohnern große Kreisstadt ist das Zentrum des Rheinisch-Bergischen Kreises. Sie grenzt im Westen an Köln und im Norden an Leverkusen. Die Stadt, die aus verschiedenen Stadtteilen (ehemalige Honschaften) besteht, wurde erstmalig im Jahre 1271 urkundlich unter dem Namen Gladebag erwähnt. Bergisch Gladbach erhielt erst 1856 die Stadtrechte

Schloss Bensberg

St. Laurentius-Kirche in Bergisch Gladbach

zuerkannt. Die Zusammenlegung der Städte Bergisch Gladbach und Bensberg erfolgte 1975. Knapp 40 % der Bevölkerung gehören dem katholischen, etwa 18 % dem evangelischen Glauben an. Zu den Sehenswürdigkeiten der Stadt gehören unter anderem das Rathaus im Stadtteil Bensberg – im Volksmund „Affenfelsen" genannt –, das Schloss Bensberg, die Villa Zanders und das Schloss Lerbach.

- **Wie war das bei dir, Ulli?**

P: Die erste Erinnerung habe ich an eine riesige Dampflokomotive, weil ich irgendwann im Alter von vier, fünf Jahren mit meiner Mutter zu einer Beerdigung gefahren bin. Es war die Beerdigung meiner Oma. Ich habe dieses dampfende Ungetüm in Erinnerung, Hauptbahnhof Gelsenkirchen, der ja ein sehr schöner Bahnhof war. Gelsenkirchen hatte wirklich einen ganz tollen Bahnhof, wie aus der Kaiserzeit: eine riesengroße Halle mit einem Mosaik.

Später, ähnlich wie Wolfgang, bin ich natürlich auch auf der Straße, Overhofstraße in Gelsenkirchen-Schalke, groß geworden. Damals wurde vieles auf der Straße gemacht. In Gelsenkirchen gab's ja nichts anderes: Ich war so fünf, sechs Jahre alt. Wir haben Fußball gespielt. Das war das Allerwichtigste! Meine erste Berührung hatte ich mit einem Ball, der gar kein richtiger Ball war. Es hatte jemand so eine Rugby-Pille mitgebracht. So mussten wir mit diesem Ding irgendwie herumwuseln. Daher kommen dann auch meine mangelnden technischen Fähigkeiten. Das lag nur daran, dass wir damals keinen richtigen Ball hatten. Sonst wär ich ein ganz Großer geworden.

INFOBOX

Gelsenkirchen-Schalke

Im Stadtteil Schalke leben rund 21.000 Einwohner. Mitten im Ruhrgebiet gelegen, war diese Stadt lange Jahre vom Bergbau geprägt. Weit über die Stadt- und auch Landesgrenzen hinaus wurde Schalke durch den ortsansässigen Fußballverein Schalke 04 bekannt, der auf eine lange Tradition zurückblicken kann.

BUGA Brücke

Zeche in Gelsenkirchen

- **Wie sah es in eurer Familie aus, wie lief euer Familienleben ab?**

B: Mein Vater war selten zu Hause. Papa hat sehr viel gearbeitet, jeden Tag sehr lange. Ich hatte immer das Gefühl, dass er auch sehr gerne gearbeitet hat. Er ging früh aus dem Haus und kam erst spätabends wieder. Mama war zunächst „nur“ Hausfrau und Mutter. Ich habe eine ältere Schwester und schon in frühester Kindheit gingen unsere Wege auseinander. Meine Schwester kenne ich eigentlich nur lernend und lesend. Ich glaube nicht, dass sie mal eine 2 auf dem Zeugnis hatte. Sie hat auch das Abitur mit 1,0 gemacht. Ich war ja nicht auf dem Gymnasium, habe mein Abitur erst auf dem Zweiten Bildungsweg gemacht.

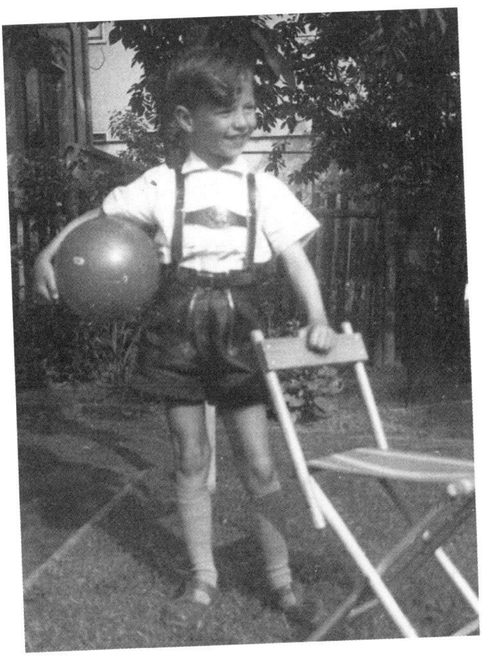

Der junge Mann im Haus hatte vielfältige Interessen, die galten allerdings eher dem Fußball als der Schule. Ich hatte immer Spaß am Leben. Die Freude ist mir ja bis heute geblieben. Meine Schwester ist – wie könnte es anders sein – Lehrerin geworden; begeisterte Pädagogin. Ich hingegen habe mehrere Berufe in meinem Leben ausgeübt. Bin meinen Eltern unendlich dankbar. Ich komme nicht aus besonders bescheidenen, aber aus eher einfachen Verhältnissen. Aber was Lernen angeht, oder zum Beispiel die

Mitgliedschaft in Sportvereinen oder das Erlernen eines Musikinstruments – dafür war immer Geld da. Nur mit dem Urlaub, da sah es eher eintönig aus. Es gab eigentlich nur einen Urlaubsort, das war bei den Großeltern im Westerwald. Ich war mit meinen Eltern noch nicht einmal in Österreich oder Holland. Wenn Sommerferien waren, ging es ab nach Allendorf im Westerwald. Wenn man mich heute fragen würde: *„Was hast du verpasst, was hast du versäumt?"*, würde ich antworten: *„Nichts."* Ich hatte eine wunderbare Kindheit, eine wunderbare Jugend. An eins erinnere ich mich noch ganz besonders gut: samstags wurde gebadet.

P: War bei uns auch so!

B: Und da ich der Jüngste war, war ich auch zuletzt dran. Und das hat mir nie so gefallen, wenn es dann schon so einen hellbraunen Rand an der Badewanne gab.

P: Das war bei uns auch so.

B: Jugendliches Trauma, das ist geblieben.

P: Das war bei mir tatsächlich auch so, dieser Rand an der Badewanne. Wir hatten aber auch kein heißes Wasser oben in der Wohnung. Das musste aus dem Keller hochgeholt werden, bis in den dritten Stock. Ich bin groß geworden in einer wirklich typischen Bergarbeiterfamilie. Vater war Bergmann, aber so einfachstes Niveau. Er verdiente etwa 800, 900 Mark im Monat. Mutter ging putzen, um uns alle irgendwie über Wasser zu halten. Schwester und Bruder gab es auch noch. Die Schwester ging irgendwann aus dem Haus, sie wurde im wahrsten Sinne des Wortes „verkauft", bekam Pflegeeltern, wurde zur Adoption freigegeben. Es war alles immer sehr knapp bei uns, daran kann ich mich erinnern.

Urlaub ist ein gutes Thema. Wir waren nie in Urlaub, nicht mal im Westerwald, nicht einmal. Wir hatten auch kein Auto. Ein Musikinstrument hätte ich mir vielleicht gewünscht. Ich glaube, es gab irgendwann einmal Blockflötenunterricht, aber den fand ich ganz grauenhaft.

Welches Musikinstrument hast du gelernt?

B: Auch zwangsweise Blockflöte. Wichtig: Man muss mit dem Gerät so umgehen, dass die Familie und der Musiklehrer schon nach kurzer Zeit sagen: *Das hat keinen Zweck, lass mal sein!*

P: Es war bei uns auch so, dass Vater früh aus dem Haus musste. Er ging um fünf zur Arbeit und kam um halb drei zurück – normalerweise, wenn er denn kam. Das Problem war bei den Bergleuten, wenn die von Untertage hochkamen, dass die so viel Dunkelheit um sich gehabt hatten, dass sie erst mal in die Kneipe gegangen sind. Ich hab das gehasst als Kind, wenn mein Vater dann erst um fünf oder halb sechs nach Hause kam und zu viel getrunken hatte. Das war eine Katastrophe gewesen und führte oft zu einem familiären Konflikt.
Gab's in der Familie Bosbach auch familiäre Konflikte, die die Kinder mitbekommen haben?

B: Wenn es Konflikte gab, haben sich meine Eltern redlich darum bemüht, sie vor den Kindern geheimzuhalten. Ich glaube, bei den beengten Wohnverhältnissen, die wir damals hatten, war das nicht so einfach. Wir hatten eine Doppelhaushälfte. Unten haben die Großeltern gewohnt, oben die Eltern mit uns Kindern. Erst später wurde das Dachgeschoss ausgebaut, damit wir jeder ein eigenes Kinderzimmer bekamen. Ich glaube, meine Eltern hätten Streit nicht verborgen halten können, wenn sie sich nicht besonders darum bemüht hätten.

P: Bei uns war das leider so, dass Konflikte wirklich vor den Jungs ausgetragen wurden. Und meistens hatten sie mit dem Alkoholproblem meines Vaters zu tun. Daher rührt wohl auch mein Entschluss, nie Alkohol zu trinken. Ich fand das immer ganz schrecklich und habe dann auch nie

Alkohol getrunken, bis heute nicht. Selbst beim Hustensaft habe ich Angst, wenn da Alkohol draufsteht, was natürlich Blödsinn ist. Ich sage aber auch immer: *Wer da mit umgehen kann – kein Problem!* Ich bin irgendwann jeden Tag – da war ich acht oder neun – zur Zeche gefahren, Wilhelmine-Victoria, und habe meinen Vater am Werktor abgeholt. Wenn ich mit dem Fahrrad da stand …

B: Damit er nicht falsch abbog.

P: Genau, die Gefahr war dann nicht mehr gegeben. Und so haben wir tatsächlich viele Jahre in Frieden gelebt. Mein „Abholdienst“ an der Zeche hat dabei tatsächlich sehr geholfen.

- **Wolfgang, warum war der Vater bei dir nicht da?**

B: Papa fuhr morgens früh zur Arbeit. Erst hat er in Köln-Buchforst bei der Konsumgenossenschaft Köln eG gearbeitet, später dann bei der Coop West AG in Mülheim an der Ruhr. Er kam erst nach zehn, zwölf Stunden nach Hause. Ich hatte dann immer das Gefühl, jetzt will Papa seine Ruhe haben! Aber uns hat es ja an nichts gefehlt. Mama war immer für uns Kinder da. Sie ist später, als wir größer waren, ebenfalls im Einzelhandel tätig gewesen. Doch vorher war sie immer für die Kinder und die Familie da.

Zwischen behüteter Kindheit und ständiger Geldnot

- **Man sagt ja immer, eine behütete Kindheit sei für die Entwicklung eines Kindes ganz wichtig. Wolfgang,**

würdest du sagen, deine Kindheit war eine behütete Kindheit?

B: Es war, wirklich, eine behütete Kindheit. Was sicherlich auch daran lag, dass ja noch die Großeltern mit im Haus gewohnt haben. Bei uns wohnten Oma und Opa mit im Haus. Auch heute sind wir ein Drei-Generationen-Haushalt. Das ist eine enorme Erleichterung für die Eltern, wenn die Großeltern mit im Haus wohnen und die Kinder oder Enkelkinder sich gerne bei den Großeltern aufhalten. Ich hab mich allerdings immer gewundert, dass der Garten für uns Kinder tabu war. Er wurde gehegt und gepflegt, wie mit der Nagelschere behandelt. Da durfte kein Blatt

umgeknickt werden. Fußball im Garten: Völlig ausgeschlossen! Meine Kinder durften später in demselben Garten alles machen. Und wenn der Ball mal irgendwo in den Blumen landete, hat der Großvater ihn mit größtem Vergnügen wieder rausgeholt. Als ich dann gesagt habe, *das geht nun aber gar nicht, für mich war das alles tabu,* meinte meine Mutter: *Eltern erziehen, Großeltern verwöhnen!* Das hat mir gefallen!

P: Das stimmt ja auch!

- **Ulli, würdest du sagen, du hattest eine behütete Kindheit?**

P: Behütet – das ist das falsche Wort. Man hat sich wirklich bemüht, uns ein möglichst gutes Elternhaus zu bieten, aber behütet ist, glaube ich, etwas anderes. Bei uns war immer das Geld knapp und darum gab es auch immer wieder Probleme. Allein deswegen schon ist „behütet" das falsche Wort. Ich erinnere mich, bei uns gab's keinen Garten in Gelsenkirchen-Schalke – oder doch, es gab wohl einen, aber der gehörte uns natürlich nicht. Aus dem dritten Stock guckten wir in den Innenhof eines Gartens. Wir wohnten nämlich bei einem Gemüsegroßhändler zur Miete. In diesen Garten durften wir natürlich nicht hinein. Wir spielten stattdessen auf der Straße Fußball; quer über die Straße hinüber. Sie war vielleicht sechs, acht … Meter breit. Wir haben immer mit Bällen über die Straße geworfen oder geschossen, bis in die gegenüberliegenden Haustüren hinein. Das waren die Tore. Und ich kann mich erinnern, dass wir irgendwann die Leute damit schrecklich aufgeregt haben. Eines Tages kam eine Nachbarin und beschwerte sich darüber, dass wir vor den Haustüren Fußball spielten. Da kam ich auf die dumme Idee, auf einer Schreibmaschine einen Brief zu schreiben und anonym bei der Nachbarin abzugeben. Der Brief trug die Unterschrift: *Der Rächer von Schalke.* Ich schrieb in dem Brief, dass sie nicht das Recht hatte, uns das Spielen vor ihrer Haustüre zu verbieten … Das Ergebnis ist unvergessen für mich: Die Frau stand abends mit diesem selbstgetippten Brief bei uns im Wohnzimmer und sagte zu meiner Mutter: *Hier, diesen Brief hat Ihr Sohn geschrieben.* Meine Mutter hat den Brief zerknüllt und in den Ofen geworfen, damit keine Beweise mehr vorhanden waren. Aber so war ich schon damals, ich schrieb schon früh anonyme Briefe!

Irgendwann sind wir Jungs in einen Fußballverein gegangen. Bei mir war das die **DJK* Eintracht Schalke.**

*Deutsche Jugendkraft

(DJK)
Der DJK ist ein ursprünglich katholischer Sportverband. Heute ist er für alle offen. Der DJK hat rund 475.000 Mitglieder in etwa 1.100 Vereinen.

- **Deutsche Jugendkraft.**

P: Katholischer Fußballverein. Damals durften nur Katholiken Mitglied werden. Das hat sich dann aber Gott sei Dank schnell geändert. Das war mein erster Fußballverein und der wurde dann auch mehr oder weniger meine Heimat. Mein Leben bestand aus Fußballspielen.

Von „faulen Hunden" und Schlüsseln als Wurfgeschosse

P: Ich hasste die Schule, war ein schlechter Schüler, habe nur die Volksschule besucht. Nach acht Schuljahren war ich also Abgänger von der Volksschule, unvorstellbar heutzutage. Meine Schulzeit war heftig – ich war ein fauler Hund!

B: Das würde ich jetzt von mir nicht sagen. Aber: Ein gutes Pferd springt nur so hoch, wie es muss.

P: Oh, jetzt aber …

B: Zu Hause wurde sehr darauf geachtet, dass die Hausaufgaben gemacht wurden. Ich hatte ja ohnehin eine schwere Jugend, weil ich eine sehr intelligente, fleißige Schwester hatte und heute noch habe.

P: Das klingt ein bisschen nach Trauma …

B: Allerdings! Ich wusste genau, wenn meine Schwester mit ihrem Zeugnis zu Hause angekommen war, brauchte ich meine Zahlen gar nicht mehr vorzulesen. Wenn dann gesagt wurde, *„schau dir mal das Zeugnis deiner Schwester an"*, war das nicht besonders erfreulich. Aber das sollte wohl Ansporn sein. Ich kann mich noch gut erinnern, dass ich einmal Nachhilfeunterricht bekommen habe – bei einer pensionierten Lehrerin, Frau Gehring. Das werde ich nicht vergessen. Meine Mutter war mit mir zum Elternsprechtag gegangen. Der Mathematiklehrer sagte zu uns, dass ich knapp vor einer Fünf stehen würde. Müller hieß der Lehrer, der übrigens noch mit Schlüsseln geworfen hat. Wenn jemand nicht aufpasste, kriegte man schon mal ein Schlüsselbund an den Kopf. Wäre heute auch nicht mehr denkbar.

P: Der fliegt zurück.

B: Ich glaube, er wollte ja nur, dass wir aufpassen, was er lehrt. Als meine Mutter ihm sagte: *„Unser Sohn bekommt* *jetzt Nachhilfe"*, hat der sich kaputtgelacht: ***„Der** bekommt Nachhilfe? Der braucht keine Nachhilfe. Das ist ein schlauer Junge, der ist bloß faul."* Hab ich natürlich sofort bestritten! Ich habe das gut behalten und empfand seine Bemerkung als Kränkung. In Gegenwart meiner Mutter so etwas zu behaupten. Aber wahrscheinlich hatte er recht.

Ich besuchte die Volksschule und glaube, dass nur vier oder fünf aus meiner Klasse auf eine weiterführende Schule gingen; von einer Klasse mit über 30 Kindern. Einer ging zum Gymnasium, die anderen zur Realschule. Ich war einer von ihnen. Damals musste noch eine Aufnahmeprüfung gemacht werden.

Wolfgang Bosbach (re.)

- **Auch für die Realschule?**

B: Ja! Meinen Eltern war wohl klar: *Gymnasium packt der Bursche nie. Wir melden ihn auf der Realschule an.* Dort habe ich später auch die Mittlere Reife gemacht.

P: Mein Bruder hat das auch geschafft. Für mich kam das nie in Frage. Es war schon früh klar, dass der Ulli als Jüngster

früh aus dem Haus soll. Ich hätt's auf der Realschule wohl auch nicht gepackt, um ehrlich zu sein. Ich machte meine Hausaufgaben meist erst morgens vor der Schule. Um acht Uhr begann der Unterricht. So gegen viertel vor acht schrieb ich noch schnell von irgendjemandem ab. Das Einzige, was ich konnte, war Aufsätze zu schreiben. Aber sonst konnte ich, glaube ich, nichts.
Und es gab damals, wie bei Wolfgang Bosbach auch, noch die Prügelstrafe, im wahrsten Sinne des Wortes. Wenn irgendetwas nicht in Ordnung war, wurde man nach vorne gebeten. Es gab einen richtigen Rohrstock und je nach Schwere des Vergehens wurden wir vor versammelter Klasse gemaßregelt. Und das tat richtig weh! Ich glaube, ich war nur ein einziges Mal betroffen und das auch noch ungerechterweise. Aber ich traute mich nicht, mich dagegen zu wehren. Diesen Schlüsselbund, den gab's bei uns auch – und *In der Ecke stehen müssen* und solche Strafen waren ebenfalls üblich.

B: Das gab's bei uns auch. Ich kann mich noch sehr gut erinnern – das war allerdings das erste und auch das letzte Mal –, dass ich vom Sportlehrer eine schallende Ohrfeige bekommen habe. Es war in der Turnhalle irgendetwas angestellt worden. Wahrscheinlich nichts Dramatisches. Die anderen Jungs sind, weil sie wohl ein schlechtes Gewissens hatten, alle geflüchtet. Ich war der Einzige, der dageblieben ist – ich hatte ja ein reines Gewissen. Und dann bekam ich eine solche Ohrfeige, dass die Finger des Lehrers noch auf der Backe zu sehen waren, als ich zu Hause sauer ankam. Ich weiß noch genau, dass meine Eltern sagten: *Ja, dann wirst du es auch verdient gehabt haben.* Ohne jeden weiteren Kommentar. Heute würde man sich – zu Recht –

über den Lehrer empören. Meine Eltern wären einem Lehrer nie in den Rücken gefallen.

- **Ulli, wenn du heute zurückblickst: Was meinst du, warum du so schlecht in der Schule warst?**

P: Schlecht ist vielleicht sogar das falsche Wort. Nein, ich hatte keine Lust, es nervte mich. Diese ganzen Vorschriften, es ging mir tierisch auf den Wecker. Alles musste man so machen, wie der Lehrer es wollte. Bei uns zu Hause war es vielleicht ein bisschen lockerer, weil es keine richtige Erziehung gab – und diese Schule war für mich so eine Art Fremdkörper. Ich glaube, ich habe in allen Schuljahren nicht einmal – na ja, vielleicht einmal gelegentlich – die Hausaufgaben zu Hause gemacht. Die Eltern haben das

auch nicht kontrolliert. Das gab's nicht. Nur einmal bekamen meine Eltern einen Schock. Das war in der Zeit, als wir in der Schule auf die Heilige Kommunion vorbereitet wurden. Natürlich hatte ich auch da nichts gemacht und meistens den Kommunionunterricht geschwänzt. Plötzlich tauchte der Pfarrer bei uns zu Hause auf und sagte: *Familie Potofski, leider hat Ihr Sohn oft den Kommunionunterricht geschwänzt und sich nicht auf die Kommunion vorbereitet.* Das war schlimm für meine Eltern, wenn so eine höhergestellte Person auftauchte und darauf aufmerksam machte, dass ihr Sohn ein „Vergehen" begangen hatte. Ich wurde von da an gezwungen, den Stoff von einem Jahr innerhalb von zwei Monaten nachzuholen. Das habe ich dann auch irgendwie geschafft und durfte somit zur Heiligen Kommunion gehen, die für mich nie heilig war.

Regelmäßig zum Gottesdienst oder Fußballplatz statt Kirche

P: Ich gebe zu, meine Eltern waren nie in der Kirche. Wir Kinder wurden aber immer zur Kirche geschickt. Sonntagsmorgens hieß es: *Ihr müsst zur Kirche.* Mein Bruder und ich sind oft auf dem Schürenkamp gelandet, das ist ein Fußballplatz. Irgendwann ist das herausgekommen. Ich fand das so scheinheilig, dass die Eltern uns in die Messe geschickt haben, selbst aber im Bett liegengeblieben sind. Wir Kinder mussten zur Kirche, nur damit die anderen Leute nicht schlecht über die Familie reden. So war der Glaube für mich in dieser Zeit etwas sehr Unangenehmes – Pflicht, Pflicht, Pflicht! Und alles, was Pflicht war, ging mir damals auf den Wecker.

- **Wolfgang, spielte die religiöse Erziehung bei dir eine Rolle?**

B: Sie war für meine Eltern von überragender Bedeutung. Heute klingt das etwas kurios, aber damals war das wohl ein Problem, denn meine Mutter ist evangelisch, mein Vater war katholisch. Mama lebt ja noch. Papa ist leider vor vier Jahren verstorben. Meine Eltern hatten sich 1943 auf einer Zugfahrt zwischen Weilburg und Wetzlar kennengelernt. Meine Mutter war auf dem Weg zur Berufsschule. Mein Vater hatte das unangenehmere Reiseziel, denn er war als junger Soldat in Wetzlar stationiert und nun auf dem Weg an die Ostfront. Damals war meine Mutter erst fünfzehn. Mein Papa hat gesagt, *wenn der Krieg vorbei ist und ich überlebe, komme ich, finde dich und dann heiraten wir.*

Für meine Mutter war es ganz schlimm, dass ihre Eltern nicht zur Hochzeit gekommen sind, weil sie einen Katholiken geheiratet hat. Die Großeltern mütterlicherseits sind auch nicht zur Taufe meiner Schwester gekommen. Erst zu meiner Taufe, vier Jahre nach der Hochzeit, waren sie dann zum ersten Mal in Bergisch Gladbach; sind allerdings am Abend sofort wieder zurück in den Westerwald gefahren. Über die Jahre hinweg – vor allem wenn Enkelkinder da sind, ändert sich vieles – entspannte sich die Lage. Ich habe 63 Jahre lang erlebt, dass mein Vater mit meiner Mutter in den evangelischen Gottesdienst und Mama mit dem Papa in den katholischen Gottesdienst gegangen ist. Der regelmäßige Kirchgang war selbstverständlich.

P: Freiwillig – aus Überzeugung?

B: Aus Überzeugung! Ich habe das nie als Belastung empfunden – auch später nicht.

P: Aber wo kam die Überzeugung her? Weil ich das nie gewonnen habe, deshalb frage ich.

B: Der Glaube bietet Orientierung und Halt im Leben. Und ich halte es für schräg zu sagen: Taufe ja, auch kirchlich heiraten ja, kirchliche Beerdigung ja – aber ansonsten möchte ich mit der Kirche nichts zu tun haben. Vielleicht spielt eine andere Erfahrung, die sehr wichtig war, auch eine Rolle: Ich war begeisterter Messdiener. Wir hatten viele schöne Gemeinschaftserlebnisse. Ich habe die Zeltlager in Binningen an der Mosel geliebt. Wir hatten einen tollen Kaplan, der auch ein großes Herz für den Karneval hatte, der hier eine ganz besondere Bedeutung hat. Pfarrer Hoesen ist vor wenigen Monaten leider verstorben. Das war für mich sehr emotional. Ich war bei ihm Messdiener, er hat mich getraut, unsere Kinder getauft – er hat unser Leben seelsorgerisch begleitet. Da spielt natürlich auch die persönliche Beziehung eine ganz große Rolle. Ich habe ausnahmslos positive Erfahrungen gemacht und bin deshalb heute in besonderer Weise erschüttert, wenn ich sehe, was es an Missbrauchsfällen in „meiner" Kirche gegeben hat, möglicherweise heute noch gibt. Und noch enttäuschter bin ich über den Umgang der Kirche mit diesem Thema.

2.

„Unter den Talaren – der Muff von tausend Jahren“

– Die Sechziger Jahre

In diesem Jahrzehnt hatte sich die Bundesrepublik politisch und wirtschaftlich stabilisiert. Allerdings kamen nun eine Reihe von gesellschaftlichen Neuerungen und Herausforderungen auf die Menschen zu. Viele wollten das verstaubte Image der bundesrepublikanischen Gesellschaft, das in den Fünfziger Jahren geherrscht hatte, abstreifen und zu einem neuen Selbstverständnis gelangen. So ist nur allzu verständlich, dass eine Bewegung wie die der sogenannten **68er,** verbunden mit der **Studentenbewegung** und einer **sexuellen Revolution,** die die verstaubten Moralvorstellungen über den Haufen warfen, eine solche Breitenwirkung entwickeln konnte. In allen Gebieten des gesellschaftlichen Lebens fanden die Veränderungen statt. Sei es in der Kultur im Allgemeinen, der Musik, der Mode, des Films … im Besonderen – das Alte ließ man hinter sich. Hinzu kamen politische Ereignisse, die dazu geeignet waren, dass die Menschen ihre Stimme gegen das Establishment erhoben.

Die Forderung nach einer Veränderung durch die Achtundsechziger fiel zusammen mit einem Protest gegen die Teilnahme der USA am Krieg in Vietnam sowie einer generellen Ablehnung aller militärischen Aktivitäten. Die Brutalität der Kriegsführung in Vietnam und auch die hohe Zahl der Opfer führte zu zahlreichen Protestaktionen gegen diesen Krieg. Dabei sahen viele die Schuld bei den US-Amerikanern. Allein 50.000 amerikanische Kriegsdienstverweigerer entzogen sich der Einberufung. Sie flohen nach Kanada.

Mit dem **Vietnam-Krieg*,** den die Amerikaner fernab in Asien als einen sogenannten Stellvertreterkrieg führten und dabei nicht nur das Leben ihrer jungen Soldaten, sondern auch ihre Reputation als friedliche Nation aufs Spiel setzten, machte sich in Europa und in besonderem Maße in Deutschland eine antiamerikanische Stimmung breit. So war die Studentenbewegung eng mit dem Protest gegen den Vietnamkrieg verbunden. Damit einher ging auch eine Solidarisierung mit den Kriegsgegnern der Amerikaner. So wurde ein Führer der Vietkong, Ho-Chi-Minh, von vielen jungen Menschen in der westlichen Welt als Freiheitskämpfer verehrt und durch das Skandieren seines Namens bei öffentlichen Demonstrationen deutlich gemacht. „Ho-Ho-Ho-Chi-Minh" dröhnte es bei diesen Demonstrationen durch die deutschen Städte.

*Vietnam-Krieg

Dieser Krieg erstreckte sich über zwei Jahrzehnte, von 1955 bis 1975. Es standen sich Nordvietnam und Südvietnam (unterstützt durch die USA) gegenüber.

So entlud sich in zahlreichen Demonstrationen – die bei uns auf eine Jugend traf, die ihrerseits auch die bei uns herrschenden traditionellen und oftmals verstaubten Strukturen in Staat und Gesellschaft verändern wollte – eine starke Anti-Stimmung in der Jugend gegen das bestehende politische und gesellschaftliche System. Besonders getragen von Studenten („Unter den Talaren, der Muff von tausend Jahren") führte diese Bewegung zu einer immer stärker werdenden antistaatlichen bzw. **außerparlamentarischen Opposition (APO)** sowie zur Bildung einer terroristischen Vereinigung, der **RAF (Rote Armee Fraktion)** bzw. der **Baader-Meinhof-Bande.**

Der Besuch des Schah von Persien in Deutschland führte zu massenhaften Protesten. Als autoritärer Vertreter seines Staates diente er vor allem mit seinem luxuriösen und dekadenten Lebensstil geradezu perfekt für ein Feindbild der Achtundsechziger bzw. der politisierten Jugend in Deutschland. Bei den Demonstrationen gegen den Schah-Besuch bzw. während des Besuchs in Berlin kam es zu Zusammenstößen zwischen Demonstranten und der Polizei. Der junge Deutsche **Benno Ohnesorg** wurde dabei von einem Polizisten erschossen. Dies war der Anfang oftmals gewalttätiger Demonstrationen vor allem von Studenten gegen den Staat und dessen Einrichtungen. An der Spitze dieser Bewegung stand **Rudi Dutschke,** der später Opfer eines Attentats wurde und nach einigen Jahren an den Spätfolgen seiner Verletzungen starb.

Auch der Musikgeschmack der jüngeren Generation ist meist ein geeigneter Indikator für das Lebensgefühl dieser Menschen. Mit der neuen Musik, der **Beatmusik,** fanden die Jugendlichen schnell eine geeignete Möglichkeit, sich nicht nur von der Eltern-Generation abzusetzen, sondern auch eine eigene Identität zu finden. Angefangen bei den **Beatles** und den **Rolling Stones** schossen in dieser Zeit Beatgruppen wie Pilze aus dem Boden. Vor allem aus England und den USA schwappte diese Musikwelle auch nach Deutschland über. So bestimmten vorwiegend Bands das Musikgeschehen, die sich dieser „neuen" Beatmusik bzw. Pop- und Rockmusik verschrieben hatten. Bands wie *Beach Boys, Byrds, Bee Gees, Herman's Hermits, Creedance Clearwater Revival, Hollies, Tremeloes, Procol Harum, Kinks, Spencer Davis Group, Monkees, Dave Dee, Dozy, Beaky, Mick & Tich* oder auch *Fleetwood Mac, Cream, Pink Floyd, The Doors, Deep Purple, The Velvet Underground, Ten Years After, Led Zeppelin, The Jimi Hendrix*

Experience oder *The Who* ... brachen musikalisch und häufig auch von ihrer Präsentation her mit alten Konventionen und hatten damit vornehmlich bei den jungen Leuten Erfolg.

Die **Achtundsechziger** nahmen nicht nur einen starken Einfluss auf den Musikgeschmack und die Mode in der damaligen Zeit, sondern beeinflussten auch in großem Maße den Lebensstil einer ganzen Generation, bestimmte ihr Denken und Handeln. Das Musikfestival in **Woodstock** 1969 zeigte wie kaum ein anderes Ereignis das Selbstbewusstsein der jungen Generation und ihre Abgrenzung von ihrer Elterngeneration sowie dem Establishment. Die jungen Leute lebten ihre individuellen Wünsche aus, strebten nach Freiheit und Selbstverwirklichung, lösten sich aus den – nach ihrer Auffassung – engen Fesseln der traditionellen Konventionen. Sie propagierten die „freie Liebe", Sprüche wie „Make love, not war" wurden zu Leitsprüchen einer ganzen Generation. Vor allem die sogenannten Hippies lebten in aller Konsequenz diese neue Lebenseinstellung. Konsum-, Profit- und Leistungsdenken gehörten bei ihnen der Vergangenheit an. Hinzu kam der Einfluss fremder Weltanschauungen, die auch die westlich dominierte Philosophie in Frage stellte. Eine Besinnung auf sich selbst, ein Leben nach der buddhistischen Lehre, indische Heilsverkünder, ob Yoga oder transzendentale Mediation – die jungen Leute waren offensichtlich der westlichen Konsumwelt überdrüssig und suchten nach anderen Lebensinhalten und damit nach sich selbst.

Stark negative Erscheinungsformen wie **Drogenexzesse** gehörten ebenfalls zur damaligen Zeit. Neben dem Konsum von Haschisch bzw. Marihuana waren auch andere, sogenannte „harte" Drogen verbreitet, mit denen zum Teil auch experimentiert wurde – wie mit vermeintlich bewusstseinserweiternden Drogen, zu denen unter anderem LSD gehörte.

Schließlich stellte die sogenannte **sexuelle Revolution** eine deutliche Veränderung der gesellschaftlichen Verhältnisse in der Bundesrepublik Deutschland dar. Ein Wandel der Sexualmoral und eine Enttabuisierung sexueller Themen wurden von der Achtundsechziger Bewegung mit Nachdruck gefordert. Dabei sollten die sexuellen Bedürfnisse sowohl von Männern als von Frauen in gleicher Weise toleriert und akzeptiert werden. Ein lockerer Spruch aus der damaligen Zeit kennzeichnet diese sexuelle Revolution recht deutlich, lässt allerdings gleichzeitig die Doppelmoral der Forderung nach Gleichheit von Mann und Frau erkennen: „Wer zweimal mit derselben pennt, gehört schon zum Establishment!". Dass gerade eine solche Aussage vor allem das Ausleben sexueller Bedürfnisse von Männern propagiert und gleichzeitig die Verfügbarkeit von Frauen für sexuelle Aktivitäten „fordert", lässt die Ernsthaftigkeit des Anspruchs auf Gleichbehandlung von Männern und Frauen in Frage stellen. Zur sexuellen Befreiung gehörte, dass es keine Tabus beim Ausleben individueller sexueller Orientierungen geben dürfte. Unabhängig von der gerade beschriebenen möglichen Doppelmoral spielte bei dieser Bewegung sicherlich die ernsthaft betriebene Forderung nach der Befreiung der Frau aus den gesellschaftlichen Fesseln der moralischen Vorstellungen und Vorschriften der Vergangenheit eine wichtige Rolle. Diese Entwicklung, auch als Emanzipationsbewegung der Frauen bezeichnet, spiegelte sich in zahlreichen Forderungen und konkreten Aktionen wider. Eine nicht zu unterschätzende Bedeutung bei der sexuellen Befreiungsbewegung hatte die „Erfindung“ der sogenannten **Anti-Baby-Pille,** die einen entspannteren und „ungestrafteren“ Umgang mit der Sexualität ermöglichte.

Politisch stellte der **Mauerbau in Berlin des Jahres 1961** das wohl wichtigste Ereignis in Deutschland dar. Mit dem Bau der Mauer mitten durch Berlin schien die deutsche Trennung zementiert.

In der Bundesrepublik Deutschland regierte von 1966 bis 1969 zum ersten Mal eine **Große Koalition** unter der Führung des ehemaligen CDU-Ministerpräsidenten Baden-Württembergs, **Kurt-Georg Kiesinger*.**

Weltpolitisch standen neben der **Kubakrise,** die die Welt an den Rand eines dritten Weltkriegs führte, der bereits thematisierte Vietnamkrieg, die Tötung einflussreicher Persönlichkeiten im Fokus der Weltöffentlichkeit: die Ermordung des amerikanischen Präsidenten **John F. Kennedy*** im Jahre 1963, des Farbigenführers **Martin Luther King*** und des Bruders von John F. Kennedy, **Robert F. Kennedy*,** in den USA im Jahre 1968.

Das Jahrzehnt der Sechziger Jahre war auch ein Jahrzehnt, in dem die Eroberung des Weltalls für die Großmächte eine hohe Priorität hatte. Nach ersten Raumflügen – unter anderem den ersten Raumflügen der UdSSr und dem bei den Amerikanern ausgelösten sogenannten **Sputnikschock** Anfang des Jahrzehnts – gelang es einige Jahre später zum ersten Mal, einen Menschen auf den Mond zu schicken. Am **20. Juli 1969** war es soweit. Mit der Apollo 11, an Bord die amerikanischen Astronauten Neil Armstrong, Buzz Aldrin und Michael Collins, gelang die **erste Mondlandung** in der Geschichte der Menschheit. Der Ausspruch Armstrongs, der als erster Mensch den Mond betrat, ist heute noch gegenwärtig: *„Das ist ein kleiner Schritt für einen Menschen, ein riesiger Sprung für die Menschheit."*

Glücklich im Supermarkt oder Chateaubriand und Sauce bérnaise

- **Kommen wir zum „Ernst des Lebens" – Schulentlassung: und was dann?**

P: Bei mir war das wenig spektakulär. Irgendwann waren diese Volksschuljahre zu Ende. Ich kann mich erinnern, dass unser Lehrer uns allen damals erklärte: *Ihr werdet eine ganz andere Zeit erleben. Ihr werdet zwei, drei, vier Berufe haben in der Zukunft und mit einem Beruf nicht mehr durch's Leben kommen.* Ich kann mich erinnern, dass es viele gab, die Dreher wurden oder so etwas – ich glaube, den Beruf gibt es gar nicht mehr.

- **Ein weitsichtiger Lehrer, der dies bereits damals erkannte.**

P: Das hat der Lehrer damals gesagt. Im letzten Schuljahr hatte ich ein bisschen Spaß an politischen Dingen gewonnen, komischerweise interessierte mich das. Ich weiß gar nicht genau warum. Es gab eine Theater-AG, zu der ich auch ganz gerne hingegangen bin. Zu der Zeit fing ich an, mich ein wenig selbst darzustellen. Es war nicht spektakulär. Meine Zeugnisse waren durchschnittlich, erkämpfte Dreien – befriedigend. Nach meiner Entlassung aus der Volksschule beschlossen meine Eltern: *Du musst jetzt raus hier aus den 58 Quadratmetern, du machst 'ne Kochlehre.*

Erst sollte ich eigentlich Fliesenleger werden. Das hatte was mit dem Fußball zu tun, weil jemand vom Verein zu mir kam und meinte: *Pass auf, du kommst jetzt nach Hessler 06. Wir haben eine Lehrstelle für dich als Fliesenleger.* Fliesenleger war damals was ganz Großes. Das war ein gesuchter Beruf. Mein Vater war begeistert. Der *„König der Baustelle“* haben sie immer gesagt. Wenig später ist der Trainer aus dem Verein rausgeflogen. Ich weiß nicht, warum. Trotzdem habe ich den Verein gewechselt, was ein großer Fehler war – und die Lehrstelle als Fliesenleger war auch weg. Dann sagten meine Eltern: *So, jetzt wirst du Koch, da kannst du in dem Hotel wohnen, Schloss Horst in Gelsenkirchen. Da machst du die Ausbildung und liegst uns nicht mehr auf der Pelle.* Dreißig Mark im Monat betrug mein Gehalt. Es war eine hochinteressante Zeit, denn aus dem faulen Ulli wurde ein fleißiger. Wir Lehrlinge hatten überhaupt keine Chance, faul zu sein. Wir wurden zum Arbeiten gezwungen. Zwölf, dreizehn Stunden haben wir täglich gearbeitet. Neben den Arbeiten in der Küche mussten wir die Heizung des Schlosses in Ordnung halten. Sechs-Tage-Woche bei einem Gehalt von einer Mark pro Tag. Logis und Essen waren natürlich frei. Wenn es große Veranstaltungen gab, bekam man vom Besitzer schon einmal ganz großzügig ein Zwei-Mark-Stück als Sonderbezahlung dafür, dass wir nachts bis um drei gearbeitet hatten. Es war eine heftige Zeit. Ich möchte auch jetzt noch sagen: *Es hat mir nicht geschadet.* Aber in dieser Zeit habe ich manchmal da gesessen und war traurig. Übrigens gab es auch Prügel. Der Chefkoch hat uns verprügelt, gelegentlich. Das war nicht lustig. Wenn irgendetwas nicht in Ordnung war, kam der und „peng" bekam man eine. Man duckte sich weg und versuchte, den Schlag nicht ganz abzubekommen. Beschwert hat man sich allerdings nicht. Ich bin nicht nach Hause gegangen und habe gesagt: *Der Chefkoch, der schlägt uns* oder so. Nein, man hat das durchgezogen. So habe ich gelernt, Chateaubriand, Sauce bernaise und Pommes du vin zu kochen. Insgesamt hat mir die Ausbildung sicherlich nicht geschadet.

B: Kochen weckt bei mir folgende Erinnerung. Meine Mutter hat mich nur einmal verdroschen – genauer gesagt: Sie hat es versucht! Der Jurist würde sagen: Ein untauglicher Versuch. Dazu muss man wissen: Ich habe damals mit großer Begeisterung Lederhosen getragen, kurze Lederhosen. Meiner Mutter ist da einmal die Hand ausgerutscht; Mama ist ansonsten an Gutmütigkeit nicht zu überbieten. Aber da war sie es satt. Nach zwei, drei Schlägen auf den Hintern hat ihr die Hand weher getan als mir der Hintern. Da hat sie zum Kochlöffel gegriffen. Er schien ein beliebtes Instrument zu sein. Ein Schlag – Kochlöffel kaputt. Da mussten wir beide so lachen. Aber offensichtlich ist die Küche ein latent gefährlicher Ort.

P: Das ist es, in der Tat. Ich möchte noch mal ganz kurz zurück zum Thema Kirche und Religion. Die Heilige Kommunion zum ersten Mal zu empfangen, war sicherlich sehr prägend für dich. Welche Erinnerungen hast du daran?

B: Die Erinnerung, dass meine Eltern sich fürchterlich aufgeregt haben. Ich sehe sie heute noch beim Frankfurter Kranz sitzen, denn der „Mittelpunkt des Tages“ lag im Bach. Wir hatten früher einen Bach im Garten, der heute verrohrt ist. Ich weiß noch, dass ich einen Kommunionanzug anziehen musste. Das war für mich die Hölle. Und dann auch noch ein weißes Hemd. Ich seh mich jetzt noch mit einer Kerze vor dem Fotografen stehen, in Hab-Acht-

Stellung. Die Familie kam – wie könnte es anders sein – an der großen Kaffeetafel zusammen. Ich hatte einen unglaublichen Freiheitsdrang und bin leider ausgerechnet an diesem Tag mit Kommunionanzug in diesen Bach gefallen. Ich war nass von oben bis unten und ich glaube, da haben sich meine Eltern zu Recht aufgeregt. Sie haben sich schwer geärgert, weil ausgerechnet der „Mittelpunkt des Tages" im Bach liegt.

P: Aber was ging durch die Kommunion innen in dir drin an diesem Tag vor sich? Was war das für ein Gefühl – ein Schritt erwachsen zu werden?

B: Nicht nur erwachsen zu werden …

P: Wir waren zehn, glaube ich …

B: Ja, richtig. Es war für mich wichtig, auch religiös ernst genommen zu werden. Damals durfte ja nur mein Vater mit zur Kommunion gehen. Meine Mutter als Protestantin durfte erst viel, viel später die Kommunion empfangen. Ich weiß auch noch sehr genau, als der Pfarrer ihr das angeboten hatte, habe ich gesagt: *Bekommen Sie jetzt keinen Ärger mit der Kirche?* Da hat er gesagt: *Das ist mir egal. Wenn deine Mutter mit zur Kommunion gehen möchte, dann darf sie das selbstverständlich tun.* Mama ist dann mit zur Kommunion gegangen. Ich als Kind bin auch mitgegangen und bekam ein Kreuzzeichen auf die Stirn. Vor mir und nach mir wurde die Kommunion verteilt – und ich durfte sie dann bei der Ersten Heiligen Kommunion auch empfangen. Das war für mich ein sehr emotionaler Moment, ein Stück Erwachsenwerden.

P: Ich kann mich daran erinnern, dass ich irgendwie Angst hatte, weil es ja zum Beispiel hieß: *Du darfst nicht lügen, du darfst dies nicht, du darfst das nicht.* Ich kann mich genau an den Geschmack der ersten Hostie erinnern. Ich hab gedacht: *Oh lecker, Esspapier.* Das war nicht so unangenehm. Ich hab allerdings versagt an diesem Tag. Meine Familie und die Verwandten kamen und ich bekam auch Geld geschenkt. Das war bei uns jedenfalls so. Ich hatte, glaube ich, etwa fünfzig Mark bekommen; was ein Vermögen war. Das war damals wirklich ganz viel Geld! Irgendwann an diesem Tag verließ ich die Gesellschaft und bin heimlich zur Kirmes gegangen. Ich hatte Geld, ich konnte Raupe fahren und Achterbahn. Ich weiß es noch wie heute: Ich habe zwei Mark ausgegeben. Irgendwann bin ich wieder zu Hause aufgetaucht und wurde gefragt: *Wo warst du die ganze Zeit?* Ich traute mich nicht zu sagen, dass ich auf der Kirmes war – und habe irgendwas gelogen. Von diesem Augenblick an, als ich gelogen hatte, bekam ich ein ganz schreckliches Gefühl. Am Abend beichtete ich meinen Eltern, was ich tatsächlich getan hatte.

B: Und wie haben sie reagiert?

P: Ausgesprochen liebevoll, so nach dem Motto: *Du hast jetzt an diesem Tag einmal Geld gehabt und hast es wohl an der falschen Stelle ausgegeben. Aber das hätten wir vielleicht auch mal gerne gemacht.* So viel Verständnis gab es bei uns im Elternhaus selten. Diese Angst, die ich damals hatte, es zu sagen, habe ich bis heute total verinnerlicht. So war das bei mir mit der Heiligen Kommunion. Ich bin danach – ich muss das ehrlich sagen – nur noch sehr sehr selten zur Kirche gegangen. Weil wir es uns ja auch selbst irgendwann aussuchen durften, in die Kirche zu gehen oder nicht. Ich habe große Achtung vor Menschen, die a) die Religion hochhalten und b) vor den Menschen, die sie ausüben. Ich glaube, wenn wir die Menschen in den Kirchen nicht hätten, die zu Beerdigungen gehen, zu Todkranken gehen und so weiter, hätte diese Gesellschaft noch tausend Probleme mehr. Also insofern habe ich eine gewisse Hochachtung davor. Über die Amtskirche kann man sicher intensiv diskutieren. Mit welchem Pomp manchmal Dinge zelebriert werden! Das gibt mir auch heute noch zu denken. Aber, wie gesagt, vor den Menschen, die in der Kirche arbeiten, im Sinne der Kirche arbeiten, davor habe ich großen Respekt.

- **Das klingt bei dir jetzt klar nach Trennung von Kirche und Glaube.**

P: Ja, das ist richtig.
Ich komme noch einmal auf meine Lehrzeit zu sprechen. Sie stellte damals natürlich auch eine Trennung vom Elternhaus dar. Als ich in diesem Schloss wohnte, erlangte ich eine gewisse Selbstständigkeit – was nicht so schlecht war. Mit fünfzehn war ich plötzlich für mich selbst verantwortlich. Mit den dreißig Mark „Gehalt“ musste ich haushalten. Das Schloss war zehn Kilometer von zu Hause entfernt. Eine Busfahrt kostete etwa 40 Pfennig. Ab und zu kaufte ich mir auch schon mal etwas. Die allererste Schallplatte zum Beispiel.
Wie war es bei dir? Welche Single war’s?

Zwischen Ray Charles und Dave Dee, Dozy, Bicky, Mick and Tich

B: An die erste Schallplatte kann ich mich nicht erinnern. Doch an **eine** Langspielplatte erinnere ich mich genau. Das war *„My fair lady"*.

P: Oh Gott!

B: Meine Eltern waren in dem Musical, mit Paul Hubschmid als Professor Higgins. Die Platte lief bei uns rauf und runter. Heute noch könnte ich die Lieder mitsingen. Ich kann mich noch genau an die Texte erinnern. Mein erstes Konzert, das habe ich noch in sehr guter Erinnerung. Das war mit **Ray Charles*** in der Kölner Sporthalle, die es damals noch gab. Unglaublich beeindruckender Künstler. *„Georgia on my mind"* war ein toller Song von ihm. Von Ray Charles hing auch ein Poster in meinem Kinderzimmer.
An das erste Konzert, erinnert sich bestimmt jeder.

- **Und es ist prägend gewesen für den späteren Musikgeschmack ...?**

B: Ja, ich bin da Traditionalist. Ich war später bei **Elton John*** und vielen anderen, leider noch nie bei **Coldplay*.**

P: Da war ich!

B: Das ist so ein Traum von mir. Vor einem Jahr: Großartiges Konzert von **Phil Collins*.** Diese Musik hat mich eine lange Zeit meines Lebens begleitet. Ich habe nicht alle erlebt, die ich sehen und hören wollte, aber viele.

• **Und deine erste Platte, Ulli?**

P: Meine erste Platte war *„Pretty woman“* von **Roy Orbison*.**

• **Wolfgang, ist dir ein Titel eingefallen?**

B: Ich glaube, es war eine **Beatles***-Platte.

P: *„Love me do“* … oder so?

B: Ja, eine aus den Anfangsjahren.

P: Ich habe für Musik immer viel Geld ausgegeben. Das war meine große Leidenschaft, damals und auch heute. Und dann kann ich mich erinnern an die **Monkees*:** *„Day dream believer“* und *„I'm a believer“.* Das Original war übrigens von **Neil Diamond*.** Die Monkees haben das nur nachgesungen.

B: **Dave Dee, Dozy, Beaky, Mick and Tich*.**

P: Wer das auswendig sagen kann, hat meine volle Anerkennung. Das hab ich damals geübt. Ich hatte ja keinen Englischunterricht. Diesen Bandnamen habe ich geübt wie verrückt: *Dave Dee, Dozy, Beaky, Mick and Tich mit der Nummer 1 aus der englischen Hitparade: „Hold tight“* – irgendwann konnte ich's. Das war die **Beat-Zeit.** Mein erstes Konzert, das ich live miterlebt habe, war mit den **Lords*,** eine deutsche Beat-Band. Da gab's hauptsächlich die **Rattles*** und die Lords. Zwischen den Fans der beiden Bands gab es immer leichte Disharmonien. Die Rattles waren so ein bisschen schmutziger und die Lords waren – wie der Name es vermuten lässt – etwas feiner. Die Lords hatten einige große Hits. Sie verkauften damals 500 Tausend, 600 Tausend Stück von einer Single. Wer Spotify kennt, weiß, was das bedeutet. Die Musik hat mir sehr viel gegeben und hat mich auch geprägt, sogar in meiner politischen Einstellung irgendwann. **Woodstock*** zum Beispiel war für mich ein ganz bahnbrechendes Ereignis – und das Musical **„Hair*"**. *„Jesus Christ Superstar"* …

- **Hast du „Hair" auch live gesehen?**

P: Nein, nein. „Hair" habe ich nur als Film gesehen.

- Es gab ja auch eine deutsche Version.

P: Ich weiß. Die deutsche Version habe ich nie gesehen. Aber *„Hair"* fand ich großartig und vor allen Dingen – da war ich fünfzehn – gab es dann den Wunsch: *So will ich auch sein! Lange Haare …*

*Woodstock

Das im August 1969 veranstaltete Open-Air-Musikfestival in Woodstock (Bundesstaat New York / USA) gilt als Symbol der Hippiebewegung. Musiker wie *Joan Baez, Santana, Creedence Clearwater Revival, Janis Joplin, The Who, Joe Cocker* oder *Jimi Hendrix* feierten dort große Erfolge. Die Besucherzahl wird auf 400.000 geschätzt.

*Musical „Hair"

Das 1968 uraufgeführte US-amerikanische Musical gilt als Meilenstein in der Popkultur der 60-er Jahre. Dies vor allem, weil die Hippiebewegung im Mittelpunkt der Handlung steht. Auch die deutschsprachige Fassung „Haare" war sehr erfolgreich. Songs aus dem Musicals wie *„Aquarius", „Hair"* oder *„Let the sunshine in"* waren sehr erfolgreich.

B: Verwegen …

P: Vor allem: Gegen alles – aber auch: Für alles! Ich war auch so verträumt: „*San Francisco*", Love power, freie Liebe, frei sein, nicht irgendwelchen Gesetzen folgen, die von irgendwelchen Leuten dir vorgegeben werden. Und ich weiß noch genau, dass ich damals ein ganz großes Kreuz mit Jesus um den Hals trug. Das hat viele Leute provoziert. Ich hab's eigentlich liebevoll gemeint. Aber dafür haben mich Leute beschimpft. Und ich hatte eine Frisur wie **Roberta Flack*.**

- **So ein bisschen wie T. Rex*!**

P: So ähnlich, das ist kein großer Unterschied. Aber so sah ich aus – und ich weiß, das war der erste Konflikt, den ich gegen meinen Vater gewonnen habe. Er stand bei uns in der Küche und sagte: *Du gehst jetzt zum Friseur!* Ich antwortete: *Nein, ich geh nicht zum Friseur.* Dieses Gesicht von meinem Vater, das habe ich noch vor Augen.

B: Du konntest da ja auch 'ne Mütze tragen …

P: Ja, das musste ich auch. Es war auch ein großes Vergehen, diese Matte. Ich musste in der Küche im Hotel – wie bei der Bundeswehr – ein Haarnetz tragen – und da die Mütze drüber. Das hat unseren Küchenchef damals sehr aufgeregt. Deswegen hat er bei mir auch schneller zugeschlagen. Aber mein Vater hat immer nur gesagt: *Du gehst jetzt zum Friseur.* Und es ist einfach unvergesslich, wenn man dem Vater gegenübersitzt und ihm mit den Augen standhält.

- **Gab es auch diese Konflikte durch die „Befreiungsbewegung“ der Achtundsechziger bei der Familie Bosbach?**

B: Befreiungsbewegung weniger. Aber ich kann mich noch gut an eine riesengroße Enttäuschung erinnern. Ich war unglaublich stolz, als ich im ersten Lehrjahr als Einzelhandelskaufmann zweihundertfünfundzwanzig Mark verdient habe. Wir reden jetzt vom Jahre des Herrn 1968. Das war damals für den jungen Bosbach viel Geld. Als ich das voller Stolz zu Hause erzählte, haben die Eltern gesagt: *Glückwunsch. Fünfzig Mark gehen nach hier, weil du ja noch zu Hause wohnst.*

- **Kostgeld …**

P: Das war so üblich!

B: Genau! Dann habe ich natürlich zuerst ein bisschen herumgemault. Aber da gab's gar nichts: Die fünfzig Mark gingen immer an meine Eltern, nur weil ich ja noch zu Hause gewohnt habe. So wurden aus 225 „nur“ noch 175 Mark.

Zwischen Parka, Jeans, langen Haaren – und Ho-Ho-Ho-Chi-Minh-Rufen

- **Gab's denn damals durch Woodstock und diese ganze Bewegung, die man ja auch „Hippie“-Bewegung* nannte, irgendwelche Widerstände bei Wolfgang Bosbach …?**

*** Hippie-Bewegung**

So wurde eine gegenkulturelle Jugendbewegung etwa zwischen 1965 und 1971 bezeichnet, bei der die Wohlstandsideale der Mittelschicht in Frage gestellt wurde. Selbstverwirklichung, humanes und freies Leben, freie Liebe waren die dominierenden Stichworte. „Flower Power“ oder die Bezeichnung „Blumenkinder“ machten den gewaltlosen Charakter der Bewegung deutlich.

B: Ich war schon damals eher konservativ. Die höchste Form des Aufstands waren eine Jeans, ein Parka und lange Haare. Hier war auch Schluss. Nicht, weil jetzt meine Eltern mir irgendwie mit Enterbung gedroht hätten, sondern es war für mich selbstverständlich.

- **Also nicht diese Auflehnung, die es beim Ulli gab?**

P: Wie es der Kollege Potofski an den Tag legte! …

B: Nein, ich war nie revolutionär unterwegs.

P: Als ich so fünfzehn war, gab es die Außerparlamentarische Opposition … Ich fand **Rudi Dutschke*** fantastisch! Da stand jemand und sprach gegen das Establishment. Es sprach mich total an. Ich weiß, wir in Gelsenkirchen hatten von nichts eine Ahnung. Wir sind auf die Straße gelaufen und haben ***„Ho, Ho, Ho Chi Minh“**** geschrien. Es spielte auch dieses Gemeinschaftsgefühl eine Rolle.

Natürlich war es auch eine Sache der Arbeiterklasse damals – das dachte ich zumindest. Mir hat das ungeheuer gefallen in der Zeit, gegen alle und jeden zu sein, überall anzuecken. Damals jobbte ich in einer Discothek als Discjockey und legte Platten auf. Ich erinnere mich an das wunderbare **Lied eines Wehrdienstverweigerers.** Da kam jemand in die Discothek und regte sich furchtbar darüber auf, dass ich fast nur englische Musik spielte – und dann hab ich das Lied eines Wehrdienstverweigerers aufgelegt. Der ist so aggressiv geworden. Das hat mir aber sogar irgendwie gefallen, dass der aggressiv wurde. Ich glaube, **Degenhard*** war das mit dem Wehrdienstlied, ich weiß es aber nicht mehr genau. Das war meine Revoluzzerzeit. Ich hatte auch einen Freund, der in der **DKP*** war, also in der Deutschen Kommunistischen Partei. Im Ruhrgebiet gab es eine Stadt, in der die DKP auch im Stadtrat war. Ich glaube, es war Bottrop. Ich kann mich an einen Namen erinnern: **Herbert Mies,** das war der Vorsitzende der DKP. Es war toll damals, gegen alles zu sein, aber ohne jede Ahnung und ohne jeden Zusammenhang. Aber die meisten Leute haben immer gesagt: Wie, du gehst da mit deinem Freund zur DKP …? Aber das hat mir gut gefallen, politisch anders zu sein. Viel mehr war's gar nicht.

B: Das war doch damals sozial-demokratisch regiertes Revier …

P: Das Ruhrgebiet war 65 % SPD. Meine Eltern wählten SPD. Aber das war mir nicht genug. Die DKP hatte damals in Gelsenkirchen vielleicht zwei Prozent. Außer in Bottrop, wie gesagt, da hatten die acht oder neun Prozent und waren auch im Stadtrat.

*DKP

(Deutsche Kommunistische Partei) Die 1968 in der Bundesrepublik Deutschland gegründete Partei verstand sich als eine Nachfolgeorganisation der 1956 verbotenen KPD (Kommunistische Partei Deutschlands). Die DKP bekennt sich zum Marxismus und sieht sich als revolutionäre Partei, die „von den Zukunfts- und Gesamtinteressen der Arbeiter und Angestellten" geleitet wird. Ihre Mitgliederzahl liegt deutschlandweit bei ca. 3.500.

B: Ich kann mich noch gut erinnern, es ist noch nicht lange her, da war ich Gast im Schalke-Museum. In Sichtweite vom Schacht Konrad – kann das sein? Ein privat betriebenes Museum …

P: In der Zeche, wo dieser Tresor ist?

B: Nein, nein, ganz in der Nähe – ein ganz kleines … Die waren unfassbar freundlich zu mir.

P: Die sind auch lieb, die Schalker.

B: Aber fast alles gefestigte Sozialdemokraten, die mir dann erklärt haben, wie es früher lief: Du hast den Lehrvertrag unterschrieben. Dann wurde dir angeboten, du sollst Mitglied der SPD werden, Jungsozialist und Arbeiterwohlfahrt. Das sei im Grunde eins gewesen. Aber verbunden mit dem Hinweis, es sei heute schon anders. Ganz beeindruckend war für mich der Besuch einer Zechensiedlung, wo man mir noch die **Kaue*** zeigen konnten.

P: Wo die Klamotten hochgezogen werden.

B: Das war wirklich beeindruckend. Ich war vorher schon mal in einem Salzbergwerk, aber ich war noch nie in einem Steinkohle- oder Braunkohlebergwerk. Diese unfassbare Leidenschaft, mit der die jetzt pensionierten Bergleute von ihrem Beruf erzählt haben. Von der Kameradschaft, die es auf der Zeche gegeben hat. Ganz interessant war für mich – da wurde der Bogen geschlagen zur Politik –, dass ja damals auch viele sogenannte Gastarbeiter für die Zechen angeworben wurden.

*Kaue

Dies ist ein überbauter Raum über einem Bergwerksschacht. Eine Kaue wird als Aufenthalts- und Umkleideraum genutzt.

P: Italiener in erster Linie.

B: Italiener, die unter Tage arbeiteten. Damals: Integration durch Arbeit! Wenn einer fleißig war, wenn einer was geleistet hat, wurde er sofort – wie ganz selbstverständlich – in der Gemeinschaft akzeptiert.

Er ist wieder da! – Als jüngster Supermarktleiter zurück an die ehemalige Ausbildungsstätte!

- **Wolfgang, ich würde gerne noch einmal auf die Zeit zurückkommen, als du die Schule verlassen hattest … Es ist kurz angeklungen, dass du erst einmal eine Lehre begonnen hast…**

B: Ich hatte 1968 die Mittlere Reife gemacht. Ich kam noch in den Genuss eines Kurzschuljahres. Da war ja die Umstellung von der Einschulung Ostern zum Herbst. Danach kam eine Lehre als Einzelhandelskaufmann. Als Schüler hatte ich ja nie einen so langen Arbeitstag; bei uns war damals noch um 18.30 Uhr Ladenschluss. Das war für mich sehr spät, denn die Freunde aus der ehemaligen Schulklasse, die zum Beispiel eine Lehre in einem Handwerksberuf absolvierten, hatten dann schon frei. Ich war aber nie vor halb acht zu Hause. Da waren die alle schon draußen und konnten trainieren. Ich war immer schon ein Straßenkicker, hatte immer nur Ascheplätze gesehen – bei DJK-SSV Ommerborn Sand – und war wegen der langen Arbeitszeit immer der Letzte, der da auflief. Nett war für mich – man wanderte ja damals durch verschiedene Filialen –, dass ich, als ich zum ersten

Mal einen Supermarkt geleitet habe, genau in den Markt gekommen war, in dem ich meine Lehre begonnen hatte. Es haben noch fast alle da gearbeitet.

P: Schock für die …!

B: Und ob! Ich wusste ja genau, wer früher immer freundlich zu mir war oder aber mir abends um halb sieben den Besen in die Hand gedrückt hatte, um den Parkplatz zu kehren. Motto: *„Lehrjahre sind keine Herrenjahre"!*

P: Oh, das war ein guter Satz!

B: Deswegen sage ich auch heute noch – und nur halb im Scherz: *Leute, behandelt eure Azubis gut, sie könnten mal eure Chefs werden!*

- **Das heißt, du bist als Filialleiter wiedergekommen.**

B: Ja, nach Jahren. Ausbildung abgeschlossen. Verkäufer. Substitut. Supermarktleiter. Ich habe ausgerechnet den Markt bekommen, in dem ich früher mal als Lehrling – früher hieß das noch Lehrling – gearbeitet hatte.

P: Wie viel Freude hattest du in diesem Beruf?

B: Ich bin jeden Tag mit größter Freude an die Arbeit gegangen, ob als Supermarktleiter, in die Anwaltskanzlei, in den Bundestag. Ulli, großes Glück, wenn man sagen kann – wie du auch – *ich konnte in meinem Leben das machen, was ich wirklich gerne machen wollte.*

P: Es kam bei mir erst später, als ich achtzehn wurde. Diese Lehre …

B: Du bist freiwillig Koch geworden!?

P: Freiwillig …?

B: Freiwillig gezwungen …!

P: Freiwillig gezwungen, das muss man schon so sehen.

- **Wolfgang, warum hast du die Arbeit im Supermarkt aufgegeben, wo es dir doch so viel Spaß gemacht hat?**

B: Weil ich im Unternehmen Karriere machen wollte! Ich hatte schon mit jungen Jahren – lass mich überlegen, ich war damals 22, 23 Jahre alt – einen der größten Supermärkte im Konzern. Heute, bei den Riesenmärkten, würde man sagen, ein kleiner Markt. Er hatte so knapp 500 Quadratmeter. Aber er war von vielen Läden umsatzmäßig so an zehnter, elfter Stelle. Also habe ich mir gedacht, willst du das jetzt noch 40 Jahre machen, vielleicht den allergrößten Markt zu leiten – oder willst du dich weiterbilden? Dann habe ich die Ausbildung zum staatlich geprüften Betriebswirt begonnen – mit der Perspektive, du gehst wieder ins Unternehmen zurück und machst dann in der Zentrale Karriere als Einkäufer. Während der Ausbildung zum staatlich geprüften Betriebswirt habe ich zum ersten Mal Kontakt bekommen zur Juristerei: Arbeitsrecht, Handelsrecht, Gesellschaftsrecht, alles, was mit Wirtschaft zu tun hat. Da hat es bei mir „klick" gemacht: Eigentlich möchtest du das machen, eigentlich möchtest du Jurist werden. Dann fingen allerdings erst die Probleme an. Fürs Jurastudium brauchte ich ja ein Vollabitur und damals musste man noch das kleine Latinum mitbringen. Das hab ich doch unterschätzt, was es bedeuten würde, sich mit fünfundzwanzig, sechsundzwanzig Jahren wieder auf die Schulbank zu setzen.

- **Welche Schule war das?**

B: Es war das **Köln Kolleg*.** Mir war klar – meine Schwester hatte ja schon studiert – meine Eltern hätten sich bedankt, wenn jetzt der nächste Student auf der Matte gestanden hätte. Gott sei Dank hatte ich schon in jungen Jahren gutes Geld verdient, auch was beiseite gelegt. Weil sich der Bundestag damals noch in Bonn befand, hatte ich die Möglichkeit, für einen Abgeordneten zu arbeiten, für meinen Vorgänger **Franz Heinrich Krey***. Dann habe ich zwölf Jahre als Mitarbeiter für ihn gearbeitet, während ich das Abitur gebaut und anschließend Jura studiert habe. So stellte ich für meine Eltern keine finanzielle Belastung dar. Rückwirkend würde ich sagen: Das war die schwierigste Zeit meines Lebens. Es war eine enorme Anstrengung, alles gleichzeitig zu schaffen: lernen, studieren, zu arbeiten. Ich kann mich noch gut erinnern, dass einer der Professoren mir einmal gesagt hat: *Ich hatte immer das Gefühl, dass Sie an der Universität zu Köln eine Art Fernstudium betrieben haben.* Ganz unrecht hatte er nicht.

*Köln-Kolleg

Es ist eine Einrichtung des Zweiten Bildungsweges, in der die Allgemeine oder die Fachhochschulreife erlangt werden kann. Es wurde 1959 gegründet und befindet sich in Köln-Deutz.

- **War das war ein Vollstudium, dauerte es acht Semester …?**

B: Bei mir ein bisschen länger. Ich glaube, ich habe sogar über zwölf gebraucht. Als ich alle Scheine zusammen hatte, bin ich zum Repetitor gegangen. Bei ihm hatte ich mindestens so viel gelernt wie an der Uni. Was aber auch daran lag, dass ich nicht jede Vorlesung besucht habe oder besuchen konnte, weil ich ja auch noch arbeiten musste.

Dann kam das erste Staatsexamen, anschließend das Referendariat und zügig das zweite Staatsexamen. Ich weiß noch, dass ich mein Studium der Rechtswissenschaften mit einer Klage begonnen hatte, denn die ZVS, die Zentrale Vergabestelle für Studienplätze, hat mich zuerst nach Passau geschickt. Keine Ahnung, wie die auf die Idee gekommen sind, mich nach Passau zu schicken. Nichts gegen Passau, aber ich war ja schon damals kommunalpolitisch aktiv, Mitglied des Rates der Stadt Bergisch Gladbach. Ratsmandat und Studienplatz Passau – das wäre ja überhaupt nicht gegangen. Passau ist ein bezauberndes Städtchen, aber nichts für mich. Wie durch ein Wunder bekam ich dann sofort einen Studienplatz in Köln zugewiesen. Ich hatte auch nie das Gefühl, dass ich dort einem anderen den Studienplatz weggenommen hätte – ich war ja kaum da …

Politisierung in zwei Richtungen: Von Hause aus konservativ und wir spielen ein bisschen Revolution – doch dann kam Udo Jürgens!

- **Wie begann eigentlich eure Politisierung? Ulli, wie war das bei dir?**

P: Politisierung war – wie ich das vorhin schon erklärt habe – eine Zeitlang eher eine Antihaltung gegen alles. Die gab ich aber auch relativ schnell wieder auf, weil alles sehr suspekt, nicht klar genug war. Ich kann mich erinnern, dass

ich auf der Berufsschule so aus Spaß eine Umfrage auf dem Schulhof gemacht habe unter den Mitschülern, welche Partei sie wählen würden. Da war gerade Bundestagswahl und zu meinem großen Schrecken gewann da die CDU in dieser Umfrage. Ich war ja eher SPD-Mann. Aber viel mehr hatte ich mit Politik dann auch nicht mehr zu tun. Irgendwann war ich dann 18, die Kochlehre war beendet, die ich tatsächlich dann auch mit 2 : 2 abgeschlossen habe: Theoretisch zwei, praktisch zwei. Da war ich wohl irgendwie naturbegabt. Aber mir war klar, dass ich das nicht weitermachen wollte.
Ich hatte ein bisschen Glück, als ich auf der Galopprennbahn – jetzt wird's unseriös – in Gelsenkirchen-Horst, direkt neben dem Schloss, so mit 17 einmal zum Wetten gegangen bin. Hab zwei Mark fünfzig eingesetzt – und wie der Teufel es will – 821 Mark gewonnen. War ein Vermögen damals. Ich weiß auch noch die drei Pferde, das heißt, die Nummern der Pferde: zwei, sieben, fünf. Das mach' ich heute noch so, dass ich zwei, sieben, fünf wette. Ich geh immer noch gerne zum Pferderennen. Der damalige Gewinn hat mir aber ungemein geholfen, weil ich mir ein Tonbandgerät kaufen konnte, ein TK 21 Grundig, vierhundert soundsoviel Mark. Mit diesem Tonbandgerät habe ich geübt, Radiosendungen nachzuspielen. Ich hörte damals immer solche Piratensender, auch Radio Carolin – und RTL natürlich. Deutsches Radio war ja schrecklich in dieser Zeit. Mein Traum war, bei einem Radiosender Musiksendungen zu machen. Aber es war hier in Nordrhein-Westfalen ausgeschlossen. Tatsächlich rief ich wohl zehn-, elf-, zwölfmal bei Radio Luxemburg an, das war der Sender, der damals am meisten gehört wurde. Kurzwelle, Mittelwelle, in unvorstellbar schlechter Qualität. Aber die

Leute haben das gehört, weil das der einzige Popsender war. Irgendwann war dann plötzlich und unerwartet **Frank Elstner*** am Telefon, das war der Chef damals bei Radio Luxemburg. Dem erzählte ich von meinem Wunsch und er fragte mich: *Was haben Sie denn bisher gemacht?* Meine Antwort: *Koch!* Daraufhin sagte er: *Wir haben gute Köche in der Kantine, wir brauchen keinen. Nein,* sagte ich, *ich möchte gerne Radiomoderator werden. Es ist fast unmöglich,* meinte er, *aber kommen Sie mal nach Luxemburg. Sie waren so ausdauernd und haben hier immer wieder angerufen, wir machen mal einen Test.* Und dann stand ich kurze Zeit später vor der **Villa Louvigny,** was für mich ein Palast war. Da arbeiteten ganz große Leute, wie beispielsweise **Camillo Felgen*,** später **Dieter Thomas Heck*, Thomas Gottschalk*,** Leute wie **Helga Guitton*, Jochen Pützenbacher*** – das waren damals große Stars. Und dann sagte der Frank: *Wir machen jetzt eine Sendung mit Ihnen und dann wollen wir mal gucken, ob Sie das können.* Die erste Aufgabe bestand darin: *Stellen Sie sich vor, es gibt einen Stau zwischen Köln und Dortmund und alle Menschen in dem Stau hören Sie jetzt. Unterhalten Sie die mal fünf Minuten – ab jetzt, aber Sie dürfen nichts über sich selbst erzählen.* Das ist schwierig! Fünf Minuten ohne Thema zu füllen und das von jetzt auf gleich. Ich weiß auch nicht mehr, was ich erzählt habe, aber irgendwie ist es mir gelungen, fünf Minuten zu schaffen. Dann sagte der Frank: *So, jetzt kommen berühmte Persönlichkeiten zu Ihnen ins Studio und die müssen Sie interviewen. Und die erste Persönlichkeit ist der Präsident der Deutschen Bundesbank.* Ich hatte null Ahnung von solchen Dingen. Was macht der Präsident der Deutschen Bundesbank? Ich habe dann wahrscheinlich ganz naive Dinge gefragt, wie *Kann man da mal ein bisschen Geld mit-*

nehmen? Würde das auffallen, wenn Sie Ihre Mutter auf eine Banknote drucken würden? … All so ein Blödsinn! Aber es war zumindest unterhaltsam. Dann sagte er: *So, jetzt kommt zu Ihnen der Bundestrainer.* War kein Problem, als Schalker. Fußball war immer ein Thema für mich. Bundestrainer damals war **Helmut Schön*.** Die „Gäste", die ich interviewen sollte, wurden natürlich immer von anderen Kollegen „gespielt". Und dann sagte Frank: *So, jetzt kommt* ***Udo Jürgens**** *zu Ihnen. Der hat gerade einen neuen Titel:* ***Der Teufel hat den Schnaps gemacht.*** Die Tür geht auf – und Udo Jürgens kommt rein. Der hatte an diesem Tag gerade die Platte bei RTL promotet. Der kam also in persona da rein. Ich war natürlich völlig ehrfürchtig. Aber der nahm mir jede Angst. Und da kam ein bisschen als Vorteil heraus, dass ich so diese Alkoholerlebnisse hatte mit meinem Vater. *Der Teufel hat den Schnaps gemacht* ist kein blödes Lied – ganz im Gegenteil. Und so kamen wir ins Gespräch über Probleme mit Alkohol. Udo erzählte über kleinere Probleme, die er selbst damit hatte. Ich kürze das hier ab: Eine Stunde Test, dann sagte Frank Elstner zu mir: *Wann können Sie anfangen?* So einfach war das. Ich durfte dann die Sendung: „Hallo Nachtarbeiter" machen, so eine Nachtsendung von Mitternacht bis morgens um fünf. Hab das geliebt, da konnte man machen, was man wollte, Musik spielen, die man wollte. Man war völlig frei. Das war mit die schönste Zeit in meinem Leben. Ich hab dann einige Jahre Radio gemacht und das wirklich von der Pike auf gelernt, viele Kollegen kennengelernt, die Technik kennengelernt. Diesen Job habe ich eine ganze Zeit lang gemacht. Anschließend bin ich zu einem Sender nach Italien gegangen, Radio Brennero international. Die sendeten in deutscher Sprache.

B: Was haben die Eltern gesagt, als sie ihren Sohn im Radio hörten?

P: Die waren begeistert. Von diesem Tag an war ich in der Achtung meiner Eltern – ich übertreib jetzt mal – so bundeskanzlerähnlich. Die waren wahnsinnig stolz darauf. Was mir große Freude gemacht hat, dass meine Eltern stolz auf mich sein konnten. Das hat mir wirklich Freude gemacht. Mein Vater ist leider sehr früh gestorben und hat das dann später mit meiner Tätigkeit als Fußballmoderator nicht mehr mitbekommen. Wir waren eine Fußballerfamilie, das kann man schon sagen. Bei uns verkehrte übrigens ein **Ille Karlow,** rechter Verteidiger der Schalker Meistermannschaft von 1958. Der war Bergmann und arbeitete ganz normal unter Tage und spielte Fußball bei Schalke in der sogenannten Lizenzspielermannschaft.
Ich wollte dann Sportreporter werden. Ähnliches Verfahren wie bei Radio Luxemburg: Ich rief beim Westdeutschen Rundfunk an, bei **Kurt Brumme*,** eine Legende, und sagte ihm, ich würde gerne Sportreporter werden. Da hat er mich auch gefragt: *Was haben Sie bisher gemacht?* Meine Antwort: *Ich war bei Radio Luxemburg und Radio Brennero.* Daraufhin er: *Was haben Sie da gemacht?* Ich antwortete: *Dave Dee, Dozy, Beaky, Mick and Tich* angesagt. Da hat er gelacht. Er meinte dann: *Passen Sie auf, junger Mann, wir machen einen Test. Am nächsten Samstag spielt hier der 1. FC Köln gegen den VFB Stuttgart.* Altes Müngersdorfer Stadion, 25.000 Zuschauer, Overath schoss zwei Tore, Köln gewann 2 : 1.

B: Das waren noch Zeiten!

P: Das waren noch Zeiten! Wir schwelgen in Erinnerungen. Das Schöne war: Montag rief er wieder an, den Montag danach. *Nächsten Samstag machen Sie Mönchengladbach gegen MSV Duisburg.* Und ich dachte: *Wieder eine Probereportage.* Als er dann meinte: *Nein, nein, Sie sind ab sofort bei uns im Team,* dachte ich: *Glück gehabt!* Zum richtigen Moment an der richtigen Stelle. Ich weiß noch, Gladbach gewann 4 : 2 gegen Duisburg. Zwei Tore von **Wolfram Wuttke*.** Und dann habe ich acht oder neun Jahre lang beim WDR-Hörfunk gearbeitet. Habe aber noch viele Dinge nebenbei gemacht. So hatte ich eine Puppenbühne, war Schlagersänger – Nummer 1 in der ZDF-Hitparade –, jobbte als Discjockey, hab alles Mögliche gemacht. Aber Sportreporter, das war das Ernsthafteste, was ich getan habe. Drei, vier Spiele jede Woche übertragen. Irgendwann 1984 rief Radio Luxemburg bei mir an und sagte: *Wir machen Fernsehen. Hast du nicht Lust, zum Fernsehen zu kommen?*

- **Können wir noch mal einen kurzen Schritt zurückgehen. Ulli, hat man dir eigentlich zurückgemeldet, warum man dich so schnell als qualifiziert angesehen hatte?**

P: Es war eine einfachere Zeit. Es kam darauf an, es irgendwie rüberzubringen, rüberzukommen.

- **Aber was war es denn: War es die Stimme …?**

P: Ich glaube, die Stimme mit achtzehn war noch sehr jugendlich, logischerweise. Es war wohl das Gesamte, das passte einfach.

B: Vor allem, du musstest ja nicht nur Spiele, du musstest Emotionen transportieren.

P: Das war ja dann später beim WDR. Ich bin eigentlich gar nicht der emotionale Mensch, sag das auch heute noch: *Ich bin kein Rumschreier beim Fußball.* Aber so ein Spiel nimmt dich ja mit. Ich glaube, man soll auch nicht übertreiben. Was da unten auf dem Spielfeld passiert, gibst du eins zu eins wieder. Dann ist es eine natürliche Emotion. Das konnte ich, ich wusste, was ich da zu tun hatte. Also Glück gehabt – es passte einfach! Nicht mehr und nicht weniger. Ich hab immer gesagt, dass ich den Job eigentlich nie richtig gelernt hätte. Aber das stimmt nicht. Ich glaube, kaum jemand hat den Beruf im Radio und im Fernsehen so intensiv gelernt wie ich. Als wir bei RTL mit dem Fernsehen anfingen, gab's ja nichts, gar nichts. Wir mussten selbst schneiden, manchmal selbst mit der Kamera raus, mussten kommentieren, moderieren. Da war man sehr schnell auf dem Bildschirm. Ich hab Leitungen selbst bestellt … Das war ein großes Glück, einfach dabeisein zu können, wie eine Art neue Industrie entstanden ist. Einfach nur: Glück gehabt!

Früher Einstieg in die Politik

- **Ich denke, da kommen wir gleich noch einmal drauf zurück. … Politisierung war vorhin so ein Stichwort. Wolfgang, du sagtest, du wärst schon sehr früh in die Politik eingestiegen.**

B: Im Grunde bin ich durch meinen Vater „hineingestiegen worden“. Religiöse Themen haben bei uns zu Hause eine große Rolle gespielt, aber auch die Politik. Meine Mutter hatte zwei Brüder im Krieg verloren. Mein Vater seinen einzigen Bruder und war in amerikanische Kriegsgefangenschaft geraten, damals im Harz. Er hatte wohl die Wahl zwischen der russischen und der amerikanischen Kriegsgefangenschaft und hat sich richtig entschieden.

P: Wie konnte man da die Wahl haben?

B: Vom Osten her rückten die Russen näher, vom Westen die Amerikaner. Für die Kameraden gab's wohl nur eine Option: Besser den Amerikanern in die Hände fallen als den Russen. Wir sprechen jetzt von den letzten Kriegstagen. Mein Vater war auch in England in einem Lager. Übrigens zusammen mit dem – daher die Bekanntschaft – späteren Topjournalisten **Hanns Joachim Friedrichs*.** Diese Beziehung hatte über Jahrzehnte Bestand. Das Leben meines Vaters stand unter der Überschrift: *Nie wieder!* Es hat für mich viel bedeutet, dass mein Vater uns Kindern gegenüber nie den Eindruck erweckt hatte, schon immer Widerstandskämpfer gewesen zu sein. Sondern er sagte: *Ich bin in den Krieg gezogen in dem Glauben, einer guten Sache zu dienen. Dann liegst du in Russland im Graben – links und rechts sterben die Kameraden – du möchtest nur wieder nach Hause zurück. Du möchtest überleben. Und dann kommt die Frage: Wie konnte eigentlich eine solche Type wie Adolf Hitler und dessen Konsorten ein ganzes Land verführen?* Der Einzug meines Vaters in den Krieg war für seine Eltern eine Tragödie. Sein älterer Bruder war schon gefallen, aber der jüngere wollte auch unbedingt Soldat werden.
Übertragen auf die Gegenwart: *Wie können wir verhindern, dass ein Volk erneut solchen Verbrechern in die Hände fällt?*

Ich komme noch einmal auf meinen Vater zurück. Er war politisch sehr interessiert. Das ist im Grunde bis zum Schluss geblieben. Papa ist erst mit 94 gestorben. Wenige Monate vor seinem Tod, der plötzlich kam, war er noch tagespolitisch stark interessiert. Nach jeder Talkshow hat er mich angerufen und sein Urteil abgegeben so á la: *Warum hast du das gesagt, warum hast du das nicht gesagt?* Dann kam nach zehn Minuten Mutter ans Telefon und hat gesagt: *Junge, du sahst müde aus.*

P: Die hat den wahren Durchblick!

B: *Kriegst du genug zu essen?* Das sind halt die Sorgen der Mütter. Meine Schwester ist Geschichts- und Lateinlehrerin geworden. Politik hat bei uns immer eine große Rolle gespielt. Aber nicht wie bei Ulli im Sinne von revolutionären Bewegungen. Eher im Gegenteil: Bewahrung der – wenn man so will – damals alten Ordnung. Aber nicht parteipolitisch. Mein Vater ist erst lange nach meinem Engagement CDU-Mitglied geworden. Der war nie in einer Partei, bevor ich politisch aktiv wurde. Das begann erst 1972 mit einem Bundestagswahlkampf, der ausgesprochen hart war. Gescheitertes Misstrauensvotum **Rainer Barzels*** gegen **Willy Brandts** neue **Ostpolitik.** Abgeordnete haben die Seiten gewechselt, von der SPD zur CDU, veränderte Mehrheitsverhältnisse, **Misstrauensvotum*,** Stimmenkauf – das Votum gescheitert, die berühmte **Willy-Wahl.** Entsprechend hart war der Wahlkampf, am Ende eine Wahlbeteiligung von über 90 Prozent. Das war das Jahr, in dem dann auch ich politisch aktiv geworden bin.

***Misstrauensvotum**

In der Bundesrepublik Deutschland gibt es das sogenannte konstruktive Misstrauensvotum. Das bedeutet, dass der Regierungschef, also die Bundeskanzlerin oder der Bundeskanzler, vom Parlament abgewählt werden kann. Beim konstruktiven Misstrauensvotum allerdings muss direkt ein neuer Kandidat (eine neue Kandidatin) gewählt werden.

INFOBOX

Willy Brandt (1913 – 1992)

Der SPD-Politiker war von 1955 bis 1966 Regierender Bürgermeister von Berlin. Von 1969 bis 1974 führte er als Regierungschef eine sozialliberale Koalition von SPD und FDP. Mit seinem Motto „Mehr Politik wagen" schaffte er es, vor allem junge Wähler zu mobilisieren. Besondere Beachtung fand Brandts Ostpolitik, die auf Versöhnung mit den einstigen Gegnern ausgerichtet war. In Erinnerung bleibt hier der sogenannte „Kniefall von Warschau". Brandt erhielt für seine Ostpolitik 1971 den Friedensnobelpreis.

INFOBOX

Ostpolitik

Mit diesem Begriff wird vor allem die Politik zwischen 1969 und 1989 bezeichnete, die auf einen Konfliktausgleich zwischen den westlichen Staaten und der Sowjetunion sowie den osteuropäischen Staaten gerichtet war. Diese sogenannte Ostpolitik beginnt mit den Bemühungen der Regierung Brandt / Scheel ab 1969 und findet ihre „Erfüllung" mit dem Fall der Mauer und der sich anschließenden Wiedervereinigung der beiden deutschen Staaten 1989 / 1990.

P: Noch einmal ganz kurz zurück zu dieser Kriegszeit. Hat der Vater über den Krieg gesprochen, erzählt von einzelnen Erlebnissen? Bei mir war es ein absolutes Tabuthema! Es gab eine Kiste, eine geheimnisvolle Kiste, die ich viel später gefunden habe, da waren Kriegsfotos drin. Aber mein Vater hat nicht ein Wort über den Krieg gesprochen.

B: Doch, das war bei uns ein Thema. Insbesondere deshalb, weil er sich nicht selten mit ehemaligen Kameraden getroffen hatte. Man sah so den Haltungswechsel im Laufe der Jahre. Mein Vater ist wohl 1940 eingezogen worden. Großmutter hat immer erzählt, Papa wäre dem Briefträger entgegengelaufen in der Hoffnung, dass nun bald der Einberufungsbescheid käme. Der Junge war siebzehn, achtzehn Jahre alt. Aber er wollte unbedingt Soldat werden – mit Begeisterung! Erst in Frankreich, dann an der Ostfront. Dann merkte man plötzlich, dass der Krieg verloren werden wird, dass man auf der falschen Seite steht, dass man für eine Ideologie kämpft, die menschenverachtend und vernichtend ist. Dann bekommt man Zweifel und dann will man nur irgendwie raus. Ohne mit dem Gedanken zu spielen, jetzt zu desertieren oder Ähnliches. Aber es ist natürlich – Papa war Jahrgang 22 – dass dem jungen Mann die besten Jahre genommen worden waren.

■ Wie geht es weiter?

• **Bitte jeweils den Satz zu Ende führen!**

WOLFGANG BOSBACH:

Ehrenfeld, Raderthal ...

... Nippes, Poll, Esch, Pesch un Kalk
Üvverall jitt et Fans vom FC Kölle

Der FC Köln wird Deutscher Meister ...

... hoffentlich noch zu meinen Lebzeiten.

Ich bewundere an Frau Merkel am meisten ...

... ihre Detailkenntnis und ihre unglaubliche Disziplin.

Ich begrüße Ronald Pofalla* ...

... genauso herzlich wie früher auch.

Für mich ist Klimaschutz ...

... notwendig.

Wenn meine Enkel mich nach ihrer Zukunft fragen, sage ich ...

... macht euch keine Sorgen, sie wird viel besser sein, als euch viele glauben machen wollen.

Um ein anständiger Mensch zu sein ...

... gehört nicht viel mehr dazu, als sich immer wieder zu fragen: Wie möchtest du, dass sich andere verhalten.

Geld ist für mich ...

... beruhigend.

An meiner Frau mag ich besonders …

… Humor.

Ich kann am meisten entspannen …

… bei einem Krimi, in der Sauna oder bei einem richtig anstrengenden Tennismatch.

Meine liebste sportliche Betätigung ist …

… heute Golf. Ich spiele ganz gut Tennis, aber noch lieber Golf, allerdings nicht so gut.

Den Ausspruch „Kanzler der Herzen" fand ich …

… lustig.

Mein Antrieb, politisch tätig zu sein, ist …

… dass Deutschland ein tolles Land ist und es sich lohnt, sich für dieses Land einzusetzen.

Wenn heute die Welt untergeht …

… würde ich heute noch ein Apfelbäumchen pflanzen.

Mit 80 möchte ich sagen können …

… es waren 80 tolle Jahre.

Ich habe am meisten Angst vor …

… abhängig zu sein von anderen Menschen und Schmerzen, die man nicht lindern kann.

Meine größte Hoffnung ist …

… in möglichst absehbarer Zeit Großvater zu werden.

ULLI POTOFSKI:

Blau und weiß …

… wie lieb ich dich.

… verlass mich nicht aber mit „wie lieb ich dich“ geht’s weiter.

Und weiter …

… Mohammed war ein Prophet, der vom Fußballspielen nichts versteht. – Das ist politisch nicht korrekt. Kommt darin vor.

B: Kommt das wirklich darin vor?

P: Die Schalker haben Krach gehabt deswegen. Ja, ja, klar!

Hätten wir ein Königreich …

… machten wir’s den Schalkern gleich.

Schalke wird Deutscher Meister …

… allerdings werde ich das leider nicht mehr erleben. Das halte ich nicht für möglich bei den zur Zeit herrschenden Bedingungen in der Bundesliga.

Geld ist für mich …

… eigentlich nichts. Ich hab keins, ich hab’s immer ausgegeben. Hab’s verschenkt, was weiß ich. Aber natürlich braucht man’s. Es ist nicht so wichtig für mich, wirklich nicht.

Die größte Versuchung für mich ist ...

... es, zu spielen. Ich bin ein Gambler, bin jemand, der gerne spielt, in jeder Beziehung, das ist für mich eine Herausforderung.

B: Oscar Wilde: Ich kann allem widerstehen – nur der Versuchung nicht!

Ich kann am besten entspannen, wenn oder bei ...

... guter Musik, Meeresrauschen, leichtem Sonnenschein und wenn ich meine Gedanken schlichtweg fliegen lassen kann.

An meiner Partnerin mag ich am liebsten ...

... dass sie zu einhundert Prozent zu mir steht. Das ist etwas, was es mitunter gar nicht so einfach macht. Doch es ist ein großes Kompliment.

Wenn morgen RTL anrufen würde und dich als Kandidat fürs Dschungelcamp einladen würde, sage ich ...

... nicht direkt ja oder nein. Ich würde erst einmal verhandeln über die Summe. Ich glaube, ich würde nicht „nein“ sagen, weil ich Spaß daran hätte. Das ist ja auch wieder so ein Spiel, von dem ich schon mal sprach. Ich glaube, ich würde es machen. Ich hätte da keine Angst vor.

Kinder können auch heute noch zum Lesen motiviert werden durch ...

... Geschichten. Grundsätzlich ist das sehr schwer. Man darf gar nicht so tun, als ob es da ein Rezept für gäbe. Das gibt es wirklich nicht. Aber ich denke, es gibt eine Sehnsucht nach Geschichten. Das erkenne ich bei Kindern ...

B: Das glaube ich sofort. Die haben eine unfassbare Fantasie!

... Das Problem ist, dass das nicht geweckt wird, dass niemand da ist, der sie richtig motiviert, dass der Bedarf nicht gedeckt wird, sozusagen. Also, es gibt Sehnsucht nach Geschichten und vielleicht kann man den ein oder anderen dazu bringen, auch ein Buch freiwillig zu lesen, indem man es ihm klarmacht, wie schön das ist, in Geschichten einzutauchen.

Meine Zukunft stelle ich mir vor als ...

... jemand, der viel mit Büchern zu tun hat. Überhaupt kann ich mir vorstellen, noch lange zu arbeiten. Nicht mehr unbedingt als Sportreporter, da will ich in eineinhalb Jahren Schluss machen. Aber ich würde gerne das ein oder andere Buch schreiben. Ich schreibe seit Jahren an einem Krimi: „Verliebt in eine Leiche". Der Mörder lässt sich einfach nicht auftreiben, aber wir werden ihn finden. Ich habe auch Spaß daran, der ein oder anderen Kollegin, dem ein oder anderen Kollegen ein bisschen zu helfen, in ihrem Beruf weiterzukommen, also ein klassisches Coaching anzubieten. Natürlich interessiert mich das Verlagswesen und das ein oder andere Buch herauszubringen. Das würde ich gerne eine Zeitlang noch machen.

- **Stichwort: Lesung ohne Buch! Kannst du dich erinnern?**

P: Ja, da ist es wieder! Ich mache ja andauernd schon Lesungen mit dem Buch, das es noch nicht gibt: „Verliebt in eine Leiche“

B: Ach so!

P: Es komm aber gut an.

B: Es kommt gut an, ja!

P: Es ist wirklich so. Es ist lustig, wenn du irgendwo bist und den Leuten erzählst: So und so weit bin ich schon. Und die fragen dann: *Haben Sie eine Idee, wer der Mörder ist?*

B: Es ist immer der Gärtner.

P: Nein, das ist nur bei **Reinhard Mey*** so.

Verantwortung ist für mich ...

… die Erwartungen zu erfüllen, die man an mich hat.

Das größte Glück für mich ist ...

… mal nicht nachdenken zu müssen, sondern einfach nur dazusitzen, in die Ferne zu schauen. Ich glaube, das ist ein Privileg und für mich auch Glück.

Mit 80 möchte ich sagen können ...

… 80 Jahre und kein bisschen weise – gut gelebt und ich schau weiter nach vorne.

Zwischen „Mich wollte man nicht!“ und „Bundeswehr – eine Horrorvorstellung!“

P: Wie war das mit dir und der Bundeswehr? Warst du bei der Bundeswehr?

B: Mich wollte man nicht haben.

P: So ein Pech aber auch!

B: Ich bin gemustert worden und hatte auch **Tauglichkeitsstufe II*.** Aber ein ganz starker Jahrgang: 1952, weit über

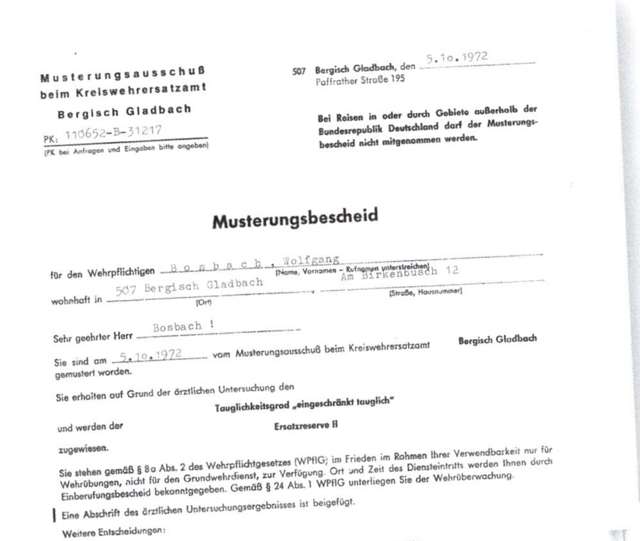

Musterungsausschuß
beim Kreiswehrersatzamt
Bergisch Gladbach
PK: 110652-B-31217
(PK bei Anfragen und Eingaben bitte angeben)

507 Bergisch Gladbach, den 5.10.1972
Paffrather Straße 195

Bei Reisen in oder durch Gebiete außerhalb der Bundesrepublik Deutschland darf der Musterungsbescheid nicht mitgenommen werden.

Musterungsbescheid

für den Wehrpflichtigen B o s b a c h , Wolfgang (Name, Vornamen – Rufnamen unterstreichen)
wohnhaft in 507 Bergisch Gladbach (Ort) Am Birkenbusch 12 (Straße, Hausnummer)

Sehr geehrter Herr Bosbach !

Sie sind am 5.10.1972 vom Musterungsausschuß beim Kreiswehrersatzamt Bergisch Gladbach gemustert worden.

Sie erhalten auf Grund der ärztlichen Untersuchung den
Tauglichkeitsgrad „eingeschränkt tauglich“
und werden der **Ersatzreserve II**
zugewiesen.

Sie stehen gemäß § 8a Abs. 2 des Wehrpflichtgesetzes (WPflG) im Frieden im Rahmen Ihrer Verwendbarkeit nur für Wehrübungen, nicht für den Grundwehrdienst, zur Verfügung. Ort und Zeit des Diensteintritts werden Ihnen durch Einberufungsbescheid bekanntgegeben. Gemäß § 24 Abs. 1 WPflG unterliegen Sie der Wehrüberwachung.

Eine Abschrift des ärztlichen Untersuchungsergebnisses ist beigefügt.

Weitere Entscheidungen:

*Tauglichkeitsstufe II

Offiziell heißt der Begriff Tauglichkeitsgrad. Er beschreibt das ärztliche Ergebnis der Musterung. Es werden drei Tauglichkeitsgrade unterschieden:
I = wehrdienstfähig
II = vorübergehend nicht wehrdienstfähig
III = nicht wehrdienstfähig

eine Million Kinder, also weit über 500.000 Jungs wurden geboren. Ich habe von der Bundeswehr erstaunlicherweise nie mehr was gehört. Ich war aber auch nicht traurig, weil ich ja damals noch 1 1 / 2 Jahre hätte dienen müssen und ich hab in dieser Zeit ganz gut verdient. Das wäre für mich schon ein Einschnitt gewesen.

P: Bundeswehrsoldat zu werden war für mich eine Horrorvorstellung. Als ich den Musterungsbescheid bekam, bin ich nicht hingegangen. Dann haben sie mich mit den Feldjägern abgeholt. Das weiß ich noch wie heute.

B: Zur Musterung?

P: Zur Musterung nach Trier. Aber irgendwas hat da nicht funktioniert.

B: Wieso denn Trier?

P: Weil ich zu der Zeit in Luxemburg gearbeitet habe. Ich wollte um keinen Preis zur Bundeswehr. Ich wäre nicht gegangen, im Leben nicht! Das war für mich tatsächlich eine Horrorvorstellung, da wieder gegängelt zu werden, eine Uniform zu tragen, zu müssen, zu müssen, zu müssen …! Gehorsam zu zeigen, bedingungslos zum Teil, grauenhaft. Ich hätte auch den Kriegsdienst verweigert. Allerdings musste ich ein zweites Mal zur Musterung. Vorher hat mir ein Arzt aus Israel – bezeichnenderweise – gesagt: *Pass mal auf, du musst sagen, dass du Verdauungsstörungen hast. Dann machen sie eine Darmspiegelung. Sie werden dir aber nie nachweisen können, dass du keine Verdauungsstörungen hast.* Es ist wirklich so gekommen. Man hat eine Darmspiegelung gemacht, pro forma. Danach erklärte man mich für untauglich – auch, weil ich keine Hülsenfrüchte essen konnte. So simpel war das.

B: Hast du dann keinen Ersatzdienst geleistet?

P: Nichts dergleichen. Das war dann Glück oder Pech. Ersatzdienst hätte ich gemacht. Aber ich musste gar nicht. Untauglich – und raus aus der Nummer! Und war sehr froh darüber. Für mich war das unvorstellbar, auch nur mit einer Waffe zu üben … Nein, für mich undenkbar!

Vom schnellen Aufstieg in der Politik – und in den Medien

- **Wolfgang, es ging ja dann bei dir ziemlich schnell mit dem Aufstieg in der Politik …**

B: Stimmt. 1972 bin ich Mitglied der CDU geworden und wurde schon 1975 in den Kreistag gewählt, mit 23 Jahren. Ich wurde schon mit 25 Jahren zum Parteivorsitzenden des relativ großen CDU-Stadtverbandes Bergisch Gladbach gewählt. Diese Karriere war aber schnell beendet. Ich war zwar der Vorsitzende, aber die anderen Vorstandsmitglieder kamen ja aus einer völlig anderen Generation und hatten ganz andere Ansichten über die politische Arbeit, über die Organisation eines Stadtverbandes. Ich habe nach wenigen Monaten gemerkt: Du hast zwar eine Mehrheit der Mitglieder, aber nicht eine Mehrheit der Vorstandsmitglieder hinter dir. Dann habe ich das Amt aufgegeben, habe kapituliert – wenn man so will – vor dem Establishment.

Vor dem gleichen Establishment, das mich dann Jahre später zum Bundestags-Kandidaten gewählt hat.

- **Dass es bei einer politischen Tätigkeit die CDU sein würde, das war völlig klar, das stand außer Frage?**

B: Das war bei uns so selbstverständlich wie der sonntägliche Gang zur Kirche. Ich habe meine Eltern nie gefragt: Was habt ihr gewählt? Aber aus allen Gesprächen habe ich erfahren, dass meine Eltern ganz selbstverständlich ihr Leben lang CDU gewählt haben.

P: Und haben dich beeinflusst?

B: Wenn, dann sehr subtil. Außerdem war eine Wahl geheim und ich war – wie andere auch – damals bockbeinig unterwegs. Also ich glaube, wenn meine Eltern gesagt hätten: *Du musst aber …* Dann hätte ich gesagt: *Moment mal!* Man weiß ja, Pubertät ist die Zeit, in der die Eltern schwierig werden. Die geht an keinem spurlos vorüber, aber ich weiß, dass sie so, wie deine Eltern, als sie dich im Radio gehört haben, sehr stolz waren, als ich Vorsitzender der Jungen Union geworden war. Da war mir natürlich klar, wo bei ihnen das politische Herz schlägt.

- **Ulli, wie war das in dieser Zeit bei dir mit deinem politischen Interesse?**

P: Das Interesse an Politik ist irgendwann abgebrochen. Ich habe mich wohl immer für Politik interessiert. Ich sage ja, es gab da mal eine Zeit lang so linke Vorlieben, weil man damit so schön anstößig war. Und dann habe ich mich für

Politik ganz allgemein interessiert, habe auch den ein oder anderen Spitzenpolitiker kennengelernt, zum Beispiel einen unserer Außenminister, mit dem ich mal eine Firma zusammen hatte, mit **Sigmar Gabriel*.** War großartig. Pleite sind wir nicht gegangen, aber Geld haben wir auch nicht verdient. Aber das waren so periphere Begegnungen. Unter anderen Umständen wäre ich vielleicht auch gerne in die Politik gegangen. Aber das hat sich natürlich nie ergeben. Und die Bildung dafür war auch nicht da.

B: Bist du auch nie angesprochen worden?

P: Doch, von einer Partei – das willst du gar nicht wissen – von der AfD nämlich. Die haben mich wirklich mal angesprochen, so nach dem Motto: *Sie können doch gut reden. Wollen Sie nicht in unsere Partei eintreten? Wir sorgen auch dafür, dass Sie gleich ganz vorne auf einem Listenplatz stehen.* Nein, um Gottes Willen! Schlimme Vorstellung! Nein, sonst bin ich nie angesprochen worden – das hört sich blöd an –, hätte aber auch keine Zeit gehabt in all den Jahren. Ich lernte viele Politiker unterschiedlicher Couleur kennen und fand das immer interessant und manchmal auch lustig. Jetzt nicht böse sein, ich habe mich oft über Politiker lustig gemacht, auch ein bisschen erhoben. Das würde ich heute nicht mehr tun, weil ich mittlerweile begriffen habe, was Politiker tun, wie fleißig sie oft sind und wie schwierig ihre Arbeit ist. Ich hatte mal eine Phase, in der ich dachte, Politiker, was machen die denn, die gehen schön essen, fahren mit dicken Autos durch die Gegend und arbeiten eigentlich nicht richtig. Dabei ist das Gegenteil der Fall. Das habe ich gelernt. Heute bin ich nach wie vor politisch interessiert, in alle Richtungen hin. Ich würde

auch heute nicht mehr wie früher sagen, ich wähle nur SPD. Das würde ich nicht mehr tun. Wobei ich aber gerade jetzt das Gefühl habe, man muss die SPD wählen, weil es denen so schlecht geht. Das erinnert mich dann wirklich ein bisschen an die Vergangenheit, als die SPD noch eine große Partei war. Heute denke ich, mein Gott, die tun dir ja richtig leid, wähle mal wieder SPD. Aber das ist ein ganz schlechtes Argument. Doch manchmal fühle ich das so. Das ist alles, was ich zum Thema Politisierung sagen kann. Mehr gibt's bei mir nicht. Interesse, halbwegs vernünftige Allgemeinbildung auf diesem Sektor. Ich gehe regelmäßig zu allen Wahlen, an denen ich teilnehmen darf – und ich tue das gerne. Nicht nur, weil ich mich mit den Wahlhelferinnen nett unterhalten kann.
Gut, dass wir eine Demokratie haben und wählen gehen dürfen! Punkt!

- **Richtig!**

Bewältigung der NS-Vergangenheit – ein schwieriges Thema

- **Jetzt schalten wir mal ein wenig um und versuchen, uns an bestimmten historischen Daten, historischen Ereignissen, die für euch wichtig waren, zu orientieren und von euren Erinnerungen, euren Einschätzungen und Bewertungen dazu zu erfahren.**

P: Die große Frage: Wann fängt das an, dass du dich an sozusagen historische Ereignisse erinnern kannst?

B: Mit dem **Eichmann-Prozess*.** Daran habe ich meine erste Erinnerung.

P: 1958 – oder wann war das?

B: Nein, das war Anfang der Sechziger Jahre.

- **Warum der Eichmann-Prozess?**

B: Ich kann mich noch sehr gut daran erinnern. Meine Großeltern hatten schon einen Fernseher, meine Eltern noch keinen. Es wurde alles geschaut, was den Eichmann-Prozess betraf, keiner durfte während der Sendungen sprechen. Und wir Kinder haben gefragt: *Habt ihr das gewusst?* Dann haben Eltern und Großeltern unisono gesagt: *Nein, davon haben wir nichts gewusst. Von Vernichtungslagern war uns nichts bekannt. Wir wussten nur von Arbeitslagern.*

P: War das glaubwürdig, dass die Eltern das gesagt haben?

*** Eichmann-Prozess**

Dies ist das Gerichtsverfahren vor dem Jerusalemer Bezirksgericht im Jahre 1961 gegen den ehemaligen SS-Obersturmbannführer Adolf Eichmann. Ihm wurde millionenfacher Mord an Juden vorgeworfen. Während der Nazizeit war Eichmann in verschiedenen Positionen unter anderem für die Deportation und Ermordung von Juden in Konzentrations- und Vernichtungslager verantwortlich.

B: Meiner Einschätzung nach – ja, aber vielleicht wollten sie es auch gar nicht so genau wissen. Das kann auch sein. Man darf natürlich auch nicht mit den Kenntnissen von heute über die Zeit Mitte der Vierziger Jahre urteilen.

P: Das stimmt.

Von einer großen Leidenschaft: Fußball

P: Fangen wir mal mit 1958 an.

B: Klar, Fußballweltmeisterschaft in Schweden. Halbfinale Deutschland gegen Schweden. Daran kann ich mich auch noch erinnern.

P: Da haben wir schon eine Gemeinsamkeit.

B: Dieses Skandalspiel …

P: Halbfinale: Deutschland gegen Schweden.

B: Ja.

P: Aber warum Skandal?

B: Das wüsste ich jetzt nicht mehr. Hamrin …

P: Das war ein großer Torjäger. Aber Skandalspiel deswegen, weil die schwedischen Fans angefangen haben, mit Tröten zu „arbeiten".

B: **Vuvuzelas***!

P: Ja, ja, so in schwedischer Form. Die schwedischen Anpeitscher hatten solche Trichter, in die sie hineinbrüllten und immer „Heja-heja, Sverige" riefen. Wir haben verloren gegen die Schweden im Halbfinale. Das hab ich in Erinnerung.

B: Danach muss die WM in Chile gewesen sein.

P: 1962 …

B: **Wolfgang Fahrian*** – mit dem ich übrigens befreundet bin – stand im Tor. Wir verloren 0 : 1 gegen Jugoslawien.

P: Genau – und es gab keine Fernsehübertragung.

B: Das weiß ich nicht.

P: Die Technik war noch nicht soweit. Es gab keine Satellitentechnik. Die Spiele waren immer erst einen Tag später im Fernsehen zu sehen.

*Vuvuzela

Ein Blasinstrument, das als Symbol des südafrikanischen Fußballs gilt. Wurde vor allem bei der WM 2010 in Südafrika bekannt.

B: Ja Moment – und wie war das bei der WM in Schweden?

P: Schweden ist Europa, von dort konnte man schon übertragen. Aber aus Südamerika waren Liveübertragungen nicht möglich.

B: Das ist interessant!

Von Sputnik-Schock, Raumschiff Orion und Mauerbau

- **So, jetzt kommen wir zu den historischen bzw. den politischen Ereignissen …**

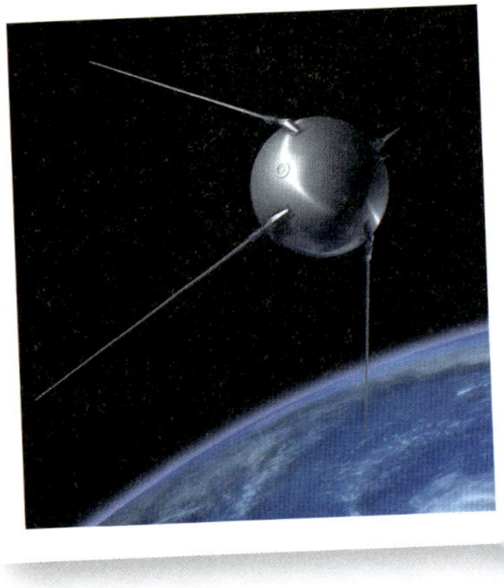

B: Es muss nicht nur Politik sein. Zu den großen Ereignissen …

P: Das finde ich auch. Es muss nicht nur Politik sein! Grand Prix de Eurovision de la Chanson … oder so!

- **Interessant ist sicherlich der sogenannte Sputnik-Schock.**

P: Dass die Russen im Weltall waren.

- **Dass die Russen im Weltall waren und die Amerikaner nicht.**

P: Wolfgang, kannst du dich daran erinnern?

B: Ja, an **Juri Gagarin*** kann ich mich erinnern.

P: Der Sputnik hatte doch den Hund an Bord.

B: Ich weiß von dem Wettlauf, den es damals gab zwischen den USA und der Sowjetunion. Die Welt war geteilt in Ost und West, in Sowjetunion und USA, in Moskau und Washington. Wer beherrscht als Erster den Weltraum? Das war ein wichtiges Thema. Die Technologieführerschaft des Westens war ja – für uns Westler jedenfalls – völlig unstrittig. Bis dann der Sputnik kam.

- **Auch die Panik, die bei den Amerikanern ausbrach …**

B: Die Panik hatte natürlich auch das Ziel zu sagen: Jetzt brauchen wir noch mehr Mittel – für die NASA, für die Weltraumforschung.

P: Ich kann mich noch daran erinnern, dass die einen Hund ins Weltall geschickt hatten. Als Hundefreund war ich entsetzt. Wie können die Russen einen Hund ins All schießen? Kam der überhaupt lebendig zurück?

- **Nein, relativ schnell war der Hund tot. Er hieß übrigens Laika.**

P: Die Russen, ich hab's immer gesagt. Nein, nein, nein! Die Vorstellung, dass da jetzt so ein Teil durch's All schwirrt – damals unvorstellbar. Wobei ich ja immer schon viel Fantasie hatte und mir damals schon vorstellen konnte, auch mal ins Weltall geschossen zu werden. Später – und auch heute noch – flogen ja tatsächlich Menschen durch's Weltall und Menschen landeten auf dem Mond. Ich kann mich an Schwarz-Weiß-Bilder erinnern, dass da eine Kapsel irgendwo auf dem Mond niederkam, dieser Mann sich zuerst gar nicht bewegen konnte …

B: Es gab ja diesen wunderschönen Kalauer: Wer sind die größten Pechvögel auf der Erde? Die russischen Kosmonauten. Sie werden ins Weltall geschossen, umkreisen die Erde und kommen ausgerechnet wieder in Russland runter.

P: So ein Pech aber auch! Ein typischer CDU-Witz, habe ich so den Eindruck. Ich erinnere mich, dass auch wir zu Hause über dieses Weltraumthema gesprochen haben. Das Thema Weltall war einfach faszinierend – und ist es heute noch. Es gab übrigens eine Musik dazu: **Telstar*,** so hieß der Titel. Das war ein großer Hit. Die Musik klimperte so vor sich hin.

B: Bestimmt mit Synthesizer …

P: Mit einem Vorläufer des Synthesizers wahrscheinlich.

B: **Raumschiff Orion*** …

P: … Wo die ganz große technische Gags gemacht haben. Das war unglaublich. Die konnten sich damals schon vorstellen, schnurlos zu telefonieren. Was haben die gemacht, um diese schnurlosen Telefone sozusagen zu imitieren? Die nahmen Bügeleisen, also normale handelsübliche Bügeleisen, die mit Alufolie umklebt wurden – das sah ganz futuristisch aus.

*Telstar

„Telstar" von The Tornados aus dem Jahre 1962 war in England und USA auf Platz 1 der Charts.

*Raumschiff Orion

Die offizielle Bezeichnung dieser Fernsehserie lautet: „Raumpatrouille – Die phantastischen Abenteuer des Raumschiffes Orion". Diese erste deutsche Science-Fiction-Fernsehserie wurde 1966 ausgestrahlt. Es gab insgesamt sieben Episoden. Die Schwarz-Weiß-Serie hat mittlerweile Kultcharakter erworben.

B: **Dietmar Schönherr*,** war der nicht mit am Start?

P: Klar, einer der Hauptdarsteller.

B: Und **Eva Pflug*.**

P: Das war eine Revolution im Fernsehen – in Schwarz-Weiß natürlich.
Kannst du dich erinnern an die ersten Fernsehsendungen, die du bewusst gesehen hast? Zum Beispiel nachmittags, 17 Uhr: **Sport, Spiel, Spannung.** So hieß das.

B: Mit **Klaus Havenstein*.**

P: Der war der Nachfolger. Vorher war da so ein ganz alter Mann gewesen. Also unvorstellbar heutzutage, so ein Achtzigjähriger macht eine Kindersendung. In dieser Sendung gab es eine Viertelstunde Sport, dann „Zwei aus einer Klasse". Da mussten immer Schüler gegeneinander antreten – das war das Spiel und dann kam die Spannung. Es wurde beispielsweise ein Krimi vorgestellt oder ein anderer Filmbeitrag gezeigt *(Dick und Doof, Walt Disney ...).* Wir hatten keinen eigenen Fernseher. Darum habe ich immer bei einer Nachbarin geguckt: *Ursula, kann ich mal Fernsehen gucken?* Das war damals so: In der Nachbarschaft wurde geklingelt und dann durfte man dort Fernsehen gucken. Den ersten Fernseher in unserer Familie gab es 1960.

B: Die Großeltern hatten einen Schwarz-Weiß-Fernseher, bevor die Eltern einen hatten. Ich kann mich sehr gut an ein Ereignis erinnern, das ich im Fernseher ganz intensiv verfolgt habe: Das war der **Bau der Mauer.** Es war im

Hochsommer. Atemberaubend, weil ja wenige Tage vorher noch erklärt worden war, keiner hätte die Absicht, eine Mauer zu errichten.

INFOBOX

Bau der Mauer in Berlin

Am **13. August 1961** wurde quer durch Berlin eine Mauer errichtet. Damit wurde der Ostteil von dem Westteil Berlins durch ein kaum zu überwindendes Grenzbefestigungssystem getrennt. Die DDR-Führung hatte diese Maßnahme ergriffen, um weitere Menschen daran zu hindern, die DDR zu verlassen und in den Westen zu gehen. Dabei hatte der damalige Vorsitzende des Staatsrats der DDR, **Walter Ulbricht*,** wenige Wochen vor dem Bau der Mauer noch verkündet, dass niemand die Absicht habe, eine Mauer zu errichten. Die Berliner Mauer stand jahrelang für die Trennung der beiden deutschen Staaten und für die unmenschliche Politik, die von der damaligen DDR-Führung betrieben wurde, um die Ausreise ihrer Bürger in den Westen zu verhindern. Zahl-

reiche Menschen wurden bei der Flucht aus der DDR bzw. Ost-Berlin an der Berliner Mauer getötet. Die genaue Zahl ist bis heute nicht bekannt. Sie schwankt zwischen 136 und 245 getöteten Menschen.
Erst am **9. November 1989** fiel die Mauer und machte eine **Wiedervereinigung** der beiden deutschen Staaten erst möglich.

P: Hast du so etwas mit noch nicht einmal zehn Jahren schon so wahrgenommen?

B: Natürlich, weil Fernsehen für alle faszinierend war, die keinen Fernseher hatten. Bei den Berichten über den Mauerbau bekam ich das Gefühl, dass die Eltern Angst haben … Das war ja auch das Jahrzehnt, in der es die **Kuba-Krise*** gab.

* Kuba-Krise

s. INFOBOX S. 107

P: Die war ein bisschen später.

B: Wir sind aufgewachsen mit der Sorge, dass es wieder Krieg geben könnte, und durch den Bau der Mauer wurde die Teilung Deutschlands auch sichtbar zementiert. Damit hatte ich mich ja vorher wirklich nicht beschäftigt.

P: An dem Tag, als die Mauer in Berlin gebaut wurde, war ich mit meinen Eltern bei Bekannten, die hatten einen Garten; für uns fast eine Sensation. Und ich bekam es mit, wie nur über diesen Mauerbau gesprochen wurde und sich Angst bei mir breitmachte. Entsteht daraus ein neuer Krieg – der Dritte Weltkrieg? Das war dann ein Diskussionsthema über mehrere Tage. Ich habe noch am Rande die Bilder im Kopf, wie der Stacheldraht gezogen wurde. Das war schon beängstigend für mich. Als Neunjähriger hatte ich da so etwas wie meine erste „Lebenskrise". Sie ging natürlich schnell vorbei. Und dann auch die Kuba-Krise. Hierüber haben wir in der Schule sehr intensiv gesprochen. Daran kann ich mich wirklich gut erinnern. Und dass die Eltern anfingen, Lebensmittel zu horten. War das bei euch auch so?

B: Ja.

P: Was wurde gekauft?

B: Eingekocht, bei Bosbachs wurde fleißig eingekocht. Da habe ich noch zwei Erinnerungen: An ein Batallion von Einmachgläsern und daran, dass wir damals Briketts bekamen. Wir hatten noch keine Zentralheizung, keine Ölzentralheizung – es wurden Briketts geliefert. Es gab fünf Mark, wenn wir die ordentlich im Keller gestapelt hatten. Nach und nach wurden die Briketts dann verfeuert.

P: Fünf Mark – ihr müsst ja schon Kapitalisten gewesen sein!

B: Das war richtig viel Geld. Offensichtlich wussten die Eltern schon damals, wie man Kinder anstiftet, gute Werke zu tun.
Gerade hast du die Zeit, Mitte der Sechziger Jahre, mit deinen Ängsten beschrieben. Ich glaube, das ist ein Alter, wo man so langsam den eigenen Horizont erweitert und sich eben nicht nur um das Kinderzimmer oder um Freundschaften oder Schule kümmert, sondern auch über das Leben und alles, was damit zusammenhängt, vertieft nachdenkt.

Angst vor einem Dritten Weltkrieg – Popstar Kennedy und Adenauer, die Vaterfigur

B: Du bekommst – wenn du die Bilder siehst wie von der Korea-Krise bzw. dem **Korea-Krieg*,** das war ja weit vorher, vom Vietnam-Krieg – ein Gefühl dafür: Es ist nicht selbstverständlich, dass wir in Frieden und Freiheit leben. Wir bedrohen keinen, uns bedroht keiner. In weiten Teilen die Welt aber lichterloh brennt.

- **Kuba-Krise. Ich kann mich gut erinnern an die Szene, als Chruschtschow mit seinem Schuh auf das Pult schlug.**

* **Korea-Krieg**

Nach dem Zweiten Weltkrieg waren aus der sowjetischen (Nordkorea) und der amerikanischen (Südkorea) Besatzungszone zwei koreanische Staaten hervorgegangen. Beim Korea-Krieg von 1950 bis 1953 standen sich Nordkorea (Demokratische Volksrepublik Korea) mit der verbündeten Volksrepublik China und Südkorea (Republik Korea), unterstützt durch die Truppen der Vereinten Nationen unter Führung der USA, gegenüber. Waffenstillstand seit dem 27. Juli 1953.

INFOBOX

Kuba-Krise

Während dieser Krise im Oktober 1962 kam es zu einer gefährlichen Konfrontation zwischen den USA und der Sowjetunion. Anlass war die Stationierung amerikanischer Mittelstreckenraketen auf einem NATO-Stützpunkt in der Türkei. Daraufhin beschloss die Sowjetunion die Stationierung von Mittelstreckenraketen auf Kuba. Der damalige amerikanische Präsident **John F. Kennedy** drohte mit dem Einsatz von Atomwaffen, wenn die Stationierung auf Kuba erfolgen würde. Die Krise wurde als eine gefährlich Bedrohung des Weltfriedens angesehen. Am Ende lenkte der sowjetische Staatschef Nikita Chruschtschow ein und erklärte sich bereit, die Raketen wieder aus Kuba zu entfernen. Gleichzeitig erklärten die USA, keine Invasion auf Kuba vorzunehmen.

Zu einem Eklat kam es, als der sowjetische Regierungschef Nikita Chruschtschow am 12. Oktober 1960 während der Rede eines philippinischen Gesandten vor der UN-Vollversammlung mit seinem Schuh auf das Rednerpult hämmerte. Dabei ereiferte er sich: *„Warum darf dieser Nichtsnutz, dieser Speichellecker, dieser Fatzke, dieser Imperialistenknecht und Dummkopf – warum darf dieser Lakai der amerikanischen Imperialisten hier Fragen behandeln, die nicht zur Sache gehören?"* In der Sitzung ging es um das Thema *„Weltweite Beendigung des Kolonialismus"*. Auslöser für Chruschtschows Entgleisung war eine Äußerung des philippinischen Gesandten Lorenzo Sumulong, der die Sowjetunion beschuldigt hatte, Osteuropa aller politischen und bürgerlichen Grundrechte beraubt zu haben. Wenig später verlässt der sowjetische Staatsführer die Veranstaltung.

P: Das hat er ja immer bestritten.

B: Auf das Rednerpult bei den Vereinten Nationen hat er mit einem Schuh geschlagen.

- **Da hatte ich Angst bekommen, das muss ich ehrlich sagen. Überall stand in den Zeitungen, der Dritte Weltkrieg stehe bevor und dass dies eine ganz gefährlich Situation sei.**

P: Wobei sich vorher die Präsidenten ja zum ersten Mal angenähert hatten. Da war Chruschtschow in den USA und hat dort zehn Tage lang geworben. Er und seine Ehefrau wurden mit einer schwarzen Limousine durch die Gegend gefahren. Die Menschen hatten damals Hoffnung, dass es zwar diesen „Wettbewerb" zwischen Kommunismus und Kapitalismus gibt, es aber nicht zu einem Krieg kommen würde. Über die Kuba-Krise wurde täglich im Fernsehen berichtet. Man sah die Schiffe auf dem Meer, die sich in Alarmbereitschaft befanden. Irgendwann hieß es, die Atomraketen würden abtransportiert und das war eine Erleichterung von ganzem Herzen.

B: Damals hatte man kein Gefühl für die unmittelbare Bedrohung. Aber als ich vor zwei Jahren auf Kuba war … Warst du mal in Kuba?

P: Kuba kenne ich leider nicht.

B: Vor zwei Jahren war ich zum ersten Mal in meinem Leben auf Kuba. Dort bekommst du auch ein Gefühl dafür, wie weit bzw. wie nah du der amerikanischen Küste bist. Rufweite wäre jetzt übertrieben, aber es sind ja nur wenige Meilen. Havanna war in den Fünfziger Jahren die reichste Stadt Amerikas. Heute ist diese Stadt ein einziges Bild des Jammers. Dort allerdings, wo investiert wird, wo alte Pracht in neuem Glanz erblüht, bekommt man nicht nur ein Gefühl dafür, welche Verhehrungen der Kommunismus angerichtet hat und immer noch anrichtet, sondern auch, was aus diesem wunderschönen Land mit tollen Menschen werden könnte, wenn es dort marktwirtschaftlicher zugehen würde.

- **Ich weiß nicht, ob es euch auch so gegangen ist: Bei mir ließ das Gefühl der Bedrohung mit dem Besuch Kennedys in Berlin deutlich nach: Jetzt steht jemand da, der uns beschützt. Ich weiß nicht, ob ihr es auch so wahrgenommen habt …?**

P: Den Besuch habe ich wahrgenommen. Aber nicht so sehr als befreienden Akt, das kann ich nicht sagen.

B: Als Akt der Solidarität.

P: Das schon.

B: Aber nicht als Befreiung.

- **Aber schon so, dass uns jetzt jemand die Hand auf die Schulter legt …**

P: Aber Kennedy war so etwas wie ein Popstar für mich. Ein Politiker, der relativ jung war, mit einer jungen, hübschen Frau. Das war meine Wahrnehmung. Unsere Politiker waren immer älter.

B: Später **Obama*** noch, der auch dieses Charisma des Aufbruchs hatte – Aufbruch in eine neue, bessere Zeit.

P: Und Adenauer, das war für mich auch faszinierend, dass so ein alter Mann mit über siebzig, weit über siebzig, so viel

Ausstrahlung besaß. Zu dem hatte man Vertrauen, er war so eine Art Vaterfigur. Und ich weiß, als er starb, stand das auf der ersten Seite der BILD-Zeitung – ich sehe diese Zeitung vor mir: Ich kann den Text zwar nicht mehr erinnern, aber an das große Foto von Adenauer wohl noch. Obwohl ich ja nie CDU-Anhänger war, war das ein sehr berührender Moment.

B: Ich kann mich noch erinnern, dass Adenauer meine Heimatstadt Bergisch Gladbach besucht hatte. Der Wahlkreis gehörte dem ehemaligen Bundesbau-, späteren Innenminister Paul Lücke – bei ihm war Konrad Adenauer zu Besuch. Die ganze Innenstadt, der heutige Konrad-Adenauer-Platz, war voller Menschen. Das war für die Stadt ein epochales Ereignis. Es war allerdings auch das letzte Mal, dass ich ihn live gesehen habe.

P: Ich habe in dieser Zeit einen anderen interessanten Menschen live gesehen, und zwar auf dem Marktplatz in Gelsenkirchen: **Pater Leppich*.**

B: Das sogenannte Maschinengewehr Gottes.

P: Ja, das war ein Prediger, der Zehntausende auf den Marktplatz holte. Als Kinder sind wir da einmal hingegangen und fanden das sehr beeindruckend. Es gab diese Massenveranstaltungen, auch die Reden am 1. Mai. Das ist alles deutlich weniger geworden. Jedenfalls die Auftritte von Pater Leppich, dem Maschinengewehr Gottes, waren wirklich beeindruckend.

„Straßenfeger" – eine Nation versammelt sich vor dem Fernseher

- **Wollen wir uns nun einmal ein wenig von der Politik lösen. Es gab in der damaligen Zeit sogenannte „Straßenfeger", Fernsehsendungen also, bei denen sich das ganze Volk vor dem Fernseher versammelte.**

B: Einen einzigen Straßenfeger, an den ich mich noch gut erinnern kann, war von **Francis Durbridge …**

P: *„Das Halstuch"*, ein Mehrteiler.

B: Ja, ich glaube, es war *„Das Halstuch"*. Ein Kabarettist hatte übrigens das Ende verraten.

P: Da kann ich mich auch dran erinnern, dass einer das ausgeplaudert hatte.

INFOBOX

Francis Durbridge (1912 – 1998): „Das Halstuch"

Francis Durbridge war ein britischer Schriftsteller, Theater-, Hörspiel- und Drehbuchautor für Fernsehkrimis. Die sechsteilige Fernsehserie **„Das Halstuch"** war zur damaligen Zeit der größte Straßenfeger des deutschen Fernsehens. Bei der Erstausstrahlung 1962 schauten rund 90 Prozent der Menschen zu. Die mit Schauspielern wie *Heinz Drache, Albert Lieven, Eckart Dux, Horst Tappert, Margot Trooger, Dieter Borsche, Hellmut Lange, Christian Doermer, Gardy Granass, Eva Pflug* etc. hochkarätig besetzte Fernsehserie löste in der deutschen Bevölkerung eine wahre Hysterie aus. Alle rätselten vor der letzten Folge über den Täter. Da verriet der Kabarettist *Wolfgang Neuss* in einer Zeitungsanzeige den Mörder – ein Skandal! Neuss erhielt Morddrohungen. Die BILD-Zeitung nannte ihn einen Vaterlandsverräter.

B: Nach dem Motto: Bevor die wieder alle vor der Glotze hängen und keiner zu uns in die **„Stachelschweine"*** kommt, sage ich euch mal, wie es ausgeht. Die hatten damals überragende Einschaltquoten.
Ich war einmal bei **„Markus Lanz"*,** gemeinsam mit **Hans-Jürgen Bäumler*,** dem Eiskunstläufer, der erzählte, dass sie einmal über 90 Prozent Einschaltquote hatten. Für heutige Verhältnisse unvorstellbar.

* Stachelschweine

So nennt sich ein Berliner Kabarett. Es wurde 1949 als ein Schauspielerkollektiv gegründet. Zu den bekanntesten Mitgliedern der Stachelschweine gehörten Wolfgang Gruner, Wolfgang Neuss, Edith Hancke, Ingrid van Bergen, Dieter Hallervorden …

P: Ich überlege gerade, ob es damals schon das ZDF gab.

B: Jedenfalls war Konrad Adenauer mit seinem Versuch gescheitert, ein Bundesfernsehen zu etablieren. Deshalb ist das ZDF ja auch eine Anstalt der Bundesländer und nicht des Bundes. Die Kulturhoheit liegt bei den Ländern. Wir waren bei Straßenfegern …

P: … und bei Durbridge.

B: … und das war eben *„Das Halstuch"*. Da waren die Straßen wirklich leer. Der Begriff „Straßenfeger" galt damals noch im wahrsten Sinne des Wortes. Da hat sich die ganze Nation vor den Bildschirmen versammelt.

P: Ich durfte das nicht gucken.

- **Es kam natürlich immer auf die persönliche Reife an …**

P: Persönliche Reife, um Gottes Willen. Ich durfte das nicht gucken, das weiß ich. Also mal durch einen Ritz darauf geschaut. Durften wir nicht gucken, streng verboten!

- **Es gab noch eine andere Serie, spielte in Sibirien und beschäftigte sich mit der Flucht eines deutschen Kriegsgefangenen … Heinz Weiß spielte damals die Hauptrolle …**

P: **„So weit die Füße tragen"*.** Das war die Geschichte der Soldaten, die in Sibirien in einem Straflager inhaftiert waren.

B: Leider keine Erinnerung.

P: „So weit die Füße tragen" war auch so ein Straßenfeger.

B: War das eine Buchverfilmung?

P: Kann sein.

- **Es gibt eine Buchvorlage vom Autor Josef Martin Bauer*.**

B: Nein, immer noch keine Erinnerung.

P: Das weiß ich noch, das hat mich tief schockiert, damals. Alles in schwarz-weiß, logischerweise. Ich meine, Wölfe hätten eine Rolle gespielt, dass die Soldaten von Wölfen eingekreist worden wären.

- **„So weit die Füße tragen" erzählt die Geschichte eines gefangenen Soldaten, der aus einem Arbeitslager in Sibirien die Flucht in die Heimat, also nach Deutschland, angetreten war.**

* „So weit die Füße tragen"

Im Jahre 1959 wurde der Fernseh-Mehrteiler ausgestrahlt. Er basiert auf dem gleichnamigen Roman von Josef Martin Bauer. Im Mittelpunkt der Handlung steht die Flucht eines deutschen Soldaten aus einem ostsibirischen Gefangenenlager. Eine Spielfilmfassung des Stoffes entstand im Jahre 2001.

P: Es war eine schlimme Geschichte. Für mich damals auch zum ersten Mal, dass ich Kriegsgeschichten hautnah mitbekommen habe. Bei uns wurde ja nicht darüber gesprochen.

Von Helmut Schmidt und einem beeindruckenden Papst

- **Themenwechsel: Helmut Schmidt und die Flutkatastrophe von Hamburg**

P: 1962 war das Jahr von **Helmut Schmidt.** Die Flutkatastrophe von Hamburg, die hat er wirklich gut gemanagt, wenn man das so sagen kann.

INFOBOX

Helmut Schmidt

Der SPD-Politiker war als Senator der Polizeibehörde in Hamburg während der Sturmflut 1962 an der deutschen Nordseeküste wegen seines umsichtigen Handelns deutschlandweit bekannt geworden. Nach dem Rücktritt **Willy Brandts** war Helmut Schmidt in der Zeit von 1974 bis 1982 der fünfte Kanzler der Bundesrepublik Deutschland. Zu den größten Herausforderungen seiner Regierungszeit gehörten die Bewältigung der Ölkrisen in den Siebziger Jahren des vorigen Jahrhunderts, die Bekämpfung des Terrorismus (u. a. **Schleyer-Entführung)** sowie der Umgang mit dem sogenannten **NATO-Doppelbeschluss** zur Erhaltung des Rüstungsgleichgewichts zwischen NATO und Warschauer Pakt.

B: Da ist dieser Mythos vom „Macher“ entstanden.

P: Was er ja auch war, in dieser Phase. Ganz schlimme Geschichte.
Aber es gab damals auch **Papst Johannes XXIII*** – oh Gott, mit den Zahlen komme ich immer durcheinander. Fandest du einmal einen Papst besonders toll?

B: Ja.

P: Welchen?

B: Ich war bei einer Papstmesse in Rom als einer von vielen Tausenden von Gläubigen. Danach ging ich mit meiner damaligen Freundin durch den Petersdom, um uns dieses großartige Gotteshaus näher anzusehen. Auf einmal war hinter uns eine sonore Stimme zu hören: *Ich höre, Sie kommen aus Deutschland.* Wir drehten uns um und der Papst stand hinter uns.

P: Ihr spracht deutsch miteinander?

B: Ja, er sprach gut deutsch, **Papst Johannes Paul II*.** Du weißt in dem Moment überhaupt nicht, was du als gläubiger Christ machen sollst.

P: Zu Boden sinken …

B: Gehst du zu Boden, küsst du den **Fischerring*?** Du kannst ja auch nicht sagen: Hallo, übrigens … ich war früher Messdiener.

P: Ja doch, ich komme aus Bergisch Gladbach …

B: … wir sind praktisch Kollegen. Ich war total verlegen. Aber der Heilige Vater hat uns dann schnell diese Beklommenheit genommen und sich sehr nett mit uns unterhalten. Er war natürlich in Begleitung von drei, vier anderen kirchlichen Würdenträgern. Wir waren auch nicht die einzigen, die er angesprochen hatte. Aber er hat sich sicherlich gut zehn Minuten Zeit genommen. Das war für mich so beeindruckend, dass ich später unbedingt einmal an sein Grab wollte. Als Abgeordneter hatte ich Gelegenheit, einmal unter den Petersdom zu gelangen. Und gleichzeitig bekam ich die Chance, mich nicht ganz hinten anstellen zu müssen, um an das Grab des Papstes zu kommen. Johannes Paul II. war schon eine sehr beeindruckende Persönlichkeit!

P: Man hat als Politiker durchaus auch mal Vorteile … dass man sich nicht hinten anstellen muss.

B: Ab und zu hat man auch Vorteile, ja.

*** Fischerring**

Dies ist seit dem 14. Jahrhundert der Amtsring der Päpste. Auf der Ringplatte ist der Name des Papstes dargestellt. Daneben ist eine Abbildung des Apostels Petrus zu sehen, der in einem Kahn stehend ein Fischernetz einzieht. Dies symbolisiert Petrus als „Menschenfischer".

P: Auch im Phantasialand, dass man nicht ganz hinten steht?

B: Ich weiß nicht, ob es da die Möglichkeit gibt, an allen vorbeizugehen – wie in Disneyland.

P: Gibt es … Die gibt es auch im Phantasialand, auch im Europapark Rust. Es gibt immer eine Zweiklassen-Gesellschaft. Das lässt sich nicht verhindern. Aber manchmal nimmt man es dankbar „in Kauf".

- **Ulli, warum hast du vorhin Papst Johannes XXIII. erwähnt?**

P: Das ist mir irgendwie so durch den Kopf gegangen. Von den Päpsten und dem ganzen Drumherum geht schon eine besondere Faszination aus. Wenn der weiße Rauch aufsteigt zum Beispiel … Das hatte immer etwas Verklärendes, etwas Mystisches. Die Geheimarchive des Vatikans, das hat auch etwas Geschichtsträchtiges, natürlich auch sehr viel Kritisches … Was war mit der Kirche im Zweiten Weltkrieg? Wie hat man sich da dargestellt? Ich glaube, nicht besonders gut, soweit ich das beurteilen kann. Es lässt sich auch sehr viel Negatives über die Kirche sagen. Aber diese Personen, dieses Ornat, diese Darstellung, wenn der Papst auf dem Balkon erscheint … Das sind ja Dinge, die es sonst in dieser Zeit, auf dieser Welt, gar nicht mehr gibt. Das ist sicherlich faszinierend, ob es zeitgemäß ist – da mache ich ein dickes Fragezeichen.
Ist es zeitgemäß?

B: Ich weiß es nicht! Wenn die Kirche immer mit der Zeit gegangen wäre, ob es sie dann heute in dieser Form überhaupt noch geben würde. Es ist richtig, die ganze Aura, mit der sich die kirchlichen Würdenträger umgeben – dahinter kann man ein Fragezeichen setzen. Aber wenn man einmal einer so beeindruckenden Persönlichkeit wie Papst Johannes Paul II. persönlich begegnet ist, sieht man in dem Stellvertreter Gottes auf Erden eher den Menschen als den Heiligen Vater. Ich habe nie einen anderen Papst persönlich kennengelernt. **Papst Benedikt XVI.*** war einmal im Deutschen Bundestag und hat dort gesprochen, ein deutscher Papst! *„Wir sind Papst"* – Das war natürlich auch ein besonderes Ereignis. Es ist schon ein Unterschied, ob man jemandem gegenübersteht, wie damals im Petersdom, oder ob man nur zuhört, wenn der Hl. Vater im Plenum eine Rede hält.

P: Es gab auch mal einen Papst, der hatte einen Auftritt auf Schalke – und ist Ehrenmitglied auf Schalke.

B: Hat's geholfen? Seitdem ist Schalke doch nur noch einmal abgestiegen.

P: Ja sehr, merkt man ja.

B: Welcher Papst war das?

P: Der polnische Papst war es, Johannes Paul II. Passt ja auch nach Gelsenkirchen. Er ist dann Mitglied bei Schalke geworden, Mitgliedsnummer 1.111. Im Jahre 1987 war das.

B: Man muss sich mal vorstellen, Papst Johannes Paul II. ist ja gewählt worden, als die Mauer noch stand. **Kardinal Meisner*** hat mir einmal erzählt, man sei davon ausgegangen, dass sei auch eine Art politische Entscheidung gewesen, einen Papst aus Polen zu wählen, um damit nicht nur die Weltkirche noch einmal hervorzuheben – unabhängig von den Trennungen in Ost und West, Warschauer Pakt und NATO. Wir sind eine katholische Weltkirche. Die Wahl eines Polen war auch als Zeichen zu sehen, dass die Trennung der Welt zwischen Ost und West nicht mehr lange andauern würde.

Die schönste Nebensache der Welt – von der Bundesliga und dem Wembley-Tor

P: Wir sind ja bei unserem Gespräch eigentlich noch in den Sechziger Jahren stehengeblieben. Da gab es natürlich für mich persönlich auch ein wichtiges Ereignis, nämlich die Gründung der **Fußball-Bundesliga.** Wie hast du das in Erinnerung?

B: Ich habe das noch in Erinnerung, weil oft darüber gestritten wurde, wer denn mit an den Start gehen soll.

P: Genau.

B: Und – vor allen Dingen: Erster deutscher Meister der neugegründeten Bundesliga 1964 wurde „mein" **1. FC Köln.**

P: „Mein" **FC Schalke 04** war irgendwie im Mittelfeld. Die Schalker haben gleich im ersten Bundesliga-Jahr geschummelt.

B: Verdamp lang her!

INFOBOX

1. FC Köln

Kölns größter Sportverein wurde 1948 gegründet. Der 1. FC Köln ist Gründungsverein der Fußball-Bundesliga 1963 und wurde 1964 auch der erste Bundesliga-Meister. Insgesamt wurde der 1. FC bisher dreimal Deutscher Meister und viermal DFB-Pokalsieger. Trainer wie *Hennes Weisweiler, Rinus Michels, Christoph Daum, Ewald Lienen, Friedhelm Funkel* oder *Peter Stöger* prägten den Verein. Zahlreiche Nationalspieler, wie *Hans Schäfer, Helmut Rahn, Karl-Heinz Thielen, Georg Stollenwerk, Karl-Heinz Schnellinger, Johannes Löhr, Bernd Schuster, Wolfgang Overath, Pierre Littbarsi, Toni Schumacher, Lucas Podolski* oder *Jonas Hector,* um nur einige zu nennen, spielten für den 1. FC. Köln. Der Verein stieg bisher sechsmal aus der 2. Liga in die 1. Liga auf. Ein Geißbock, genannt *Hennes,* ist das Maskottchen des Clubs; aktuell Hennes IX.

INFOBOX

FC Schalke 04

Schalke ist ein Stadtteil von Gelsenkirchen. Der 1904 gegründete Verein ist der viertgrößte deutsche Sportverein und der sechstgrößte weltweit. Schalke wurde bisher siebenmal Deutscher Meister und siegte fünfmal im DFB-Pokal. Den UEFA-Pokal holte Schalke 1997. Prägende Trainer waren: *Hans Schmidt, Otto Faist, Ernst Kuzorra, Rudi Gutendorf, Ivica Horvat, Siegfried Held, Jörg Berger, Huub Stevens, Mirko Slomka, Felix Magath* oder *Ralf Rangnick*. Zu den bekanntesten Spielern zählen: *Willi Koslowski, Manfred Kreuz, Reinhard Libuda, Rüdiger Abramczik, Herbert Lütkebohmert, Rolf Rüssmann, Ingo Anderbrügge, Gerald Asamoah, Michael Büskens, Norbert Nigbur, Klaus Fichtel, Klaus Fischer, Olaf Thon, Marc Wilmots, Ebbe Sand, Manuel Neuer, Klaas-Jan Huntelaar …*

P: Damals lag die festgeschriebene Ablösesumme für einen Spieler bei 50.000 D-Mark. Schalke 04 kaufte vom **Karlsruher SC Günter Herrmann** – ein guter Spieler – für 50.000 Mark. Alles in Ordnung. Und dann kauften sie noch einen **Jupp Schiwinski,** der nie irgendwo gespielt hatte – auch für 50.000 Mark. Da wusste man, dass die 100.000 eigentlich für Herrmann waren. Die Schalker wurden deswegen ausnahmsweise einmal nicht angeklagt.
Die Gründung der Fußball-Bundesliga war für mich auch ein großer Moment. Alles wurde anders, etwas professioneller. **Helmut Rahn*** spielte beim **MSV Duisburg,** der uns 1954 zur Weltmeisterschaft geschossen hatte.

B: **Hans Schäfer*** spielte in den Meistermannschaften von Köln.

P: Helmut Rahn war übrigens der erste, der in der Bundesliga vom Platz geflogen ist.

B: Tatsächlich?

P: Ja. **Rudi Gutendorf*** wurde mit dem MSV Duisburg Zweiter. Ich hab das alles ganz gut abgespeichert, obwohl das schon so lange her ist und ich noch ein kleiner Junge war. Aber Fußball hat mich damals schon fasziniert und interessiert. Und wie das mit der Technik war, das war auch klasse. Es gab ja nicht alle Spiele im Fernsehen. Ich erinnere mich: Overhofstraße 8, Gelsenkirchen-Schalke; Schalke hatte gespielt, **Glückauf-Kampfbahn,** die war nicht weit weg. Wir hatten die Ergebnisse im Fernsehen gesehen. Schalke 04 – ich weiß nicht mehr gegen wen – 0 : 2. Und dann kamen die Schalke-Fans unten über die Overhofstraße und waren alle so schlecht gelaunt. *Hört mal, wie hat denn Schalke gespielt, haben wir doch gerade im Fernsehen gesehen? Die haben 2 : 0 gewonnen.* Antwort: *Nee, die haben 2 : 0 verloren.* Da war das im Fernsehen falsch berichtet worden. Wir waren verärgert über die Sportschau, dass so etwas passieren konnte.

B: Das kann doch nicht die erste Erinnerung sein. Die müsste doch 1958 einsetzen.

P: Ja, das war auch schon mit der deutschen Meisterschaft 1958, denn Schalke war da zum letzten Mal deutscher Meister. Meine Oma wohnte in einem Möbelhaus in Gelsenkirchen. Die Schalker Spieler fuhren in offenen Autos über die Schalker Straße, die damals eine relativ „reiche“ Straße war. Alles war blau-weiß geschmückt.

Somit kann ich guten Gewissens sagen, dass ich wenigstens eine deutsche Meisterschaft miterlebt habe. 3 : 0 gewann Schalke 1958 im Endspiel gegen den Hamburger SV in Hannover.

B: Dann kam die Weltmeisterschaft.

P: Dann kam die Weltmeisterschaft. Es wurde immer alles professioneller mit dem Fußball. Später wurde beschlossen, eine Bundesliga mit 16 Vereinen zu gründen. Gründungsmitglied war beispielsweise **Preußen Münster.** Mein Gott, die heutzutage in der Vierten Liga spielen. Aber das hab ich natürlich alles parat. Alte Glückauf-Kampfbahn zum Beispiel. Ich war so dünn damals – unvorstellbar heute – und es gab am Stadion Gitter, und ich passte hindurch und kam somit immer in den Innenraum. Zu der Zeit durfte man auch noch in den Innenraum. Das sind tatsächlich meine frühen Erinnerungen an die Fußball-Bundesliga. Übrigens hatte ich nicht die eine Mark fünfzig, die der Eintritt kostete. Damals war das noch so – auch unvorstellbar –, dass die Väter ihre Söhne umsonst mitnehmen konnten. Mein Vater ging nicht zu jedem Spiel und ich stand aber bei jedem Spiel vor den Stadiontoren und habe wildfremde Männer angesprochen: *Kannst du nicht mein Papa sein?* Und dann haben die mich mit reingenommen. So konnte ich Bundesliga gucken. Schöne Erinnerungen!

- **1966? Was gibt es für Erinnerungen?**

P: 1966 – keine Frage: **Wembley, Fußall-WM in England.** Zu der Zeit war ich in einem Ferienlager auf Norderney.

Deutschland war im Endspiel gegen England. Es guckten vierhundert Leute auf einen Mini-Fernseher in schwarzweiß. Ich saß natürlich ganz weit vorne und konnte genau sehen, dass der Ball nicht hinter der Linie war. Also kein Tor von **Geoffrey Hurst*.**

- **Das haben wir alle so gesehen …? Gab es das Wembley-Tor? Damals stand der Dortmunder Hans Tilkowski* zwischen den Pfosten.**

B: Überhaupt keine Frage. Ich habe das zwar überhaupt nicht gesehen, aber für mich war klar, dass der Ball nicht hinter der Linie war.

P: Wer war das? Lübke oder Heuss – einer von beiden hat gesagt …

B: … Der Ball war drin!

P: Ja genau!

B: Dann ist die Karriere natürlich beendet.

P: Die politische Karriere … – wer so was sagt!

B: Wir waren auf dem Weg ins Zeltlager an die Mosel und haben natürlich nur die Radioreportage gehört. Aber – zunächst war es ja kein Tor. Dann kam der Linienrichter …

P: … der russische

B: … der russische Linienrichter. Der Schiedsrichter hieß **Dienst …**

P: … aus der Schweiz …

B: … und hat das dann korrigiert. Es gab ja noch keinen **Deutzer Keller* …**

P: Gott sei Dank! Oder auch nicht!

B: Dann fiel noch das 4 zu 2. Das war ja wohl auch irregulär, weil Zuschauer auf dem Platz waren.

P: Genau, da liefen die Engländer schon rum und feierten.

B: Vielleicht haben die Deutschen rein sportlich noch nicht mal unverdient verloren. Darauf kommt's ja im Moment nicht an. Ich weiß nur, Jahrzehnte später war ein Ball der Engländer drin – und das Tor ist nicht gegeben worden.

P: Der war aber zwei Meter drin, so ungefähr.

***Deutzer Keller**

(oder „Kölner Keller") So werden die Räumlichkeiten bezeichnet, in denen die „Videoschiedsrichter" die Bundesligaspiele beobachten und anhand des sogenannten Videobeweises in unklaren Spielsituationen (z. B. Foul im Strafraum, Abseits …) dem Schiedsrichter ihre Einschätzung geben. In diesem Spiel fiel das berühmte Wembley-Tor.

B: Mehr drin geht gar nicht.

- **Bei Manuel Neuer* war das – beim sogenannten Anti-Wembley-Tor*.**

B: Ich glaube, beim Endspiel damals 1966 war es Wolfgang Weber, der den Ball über die Latte ins Aus geköpft hatte.

P: **Rudi Michel*** war der Kommentator. Der Skandal war – heute wäre es ein Skandal –, dass er ungefähr sieben Minuten brauchte, um zu sagen, Geoffrey Hurst hat das vermeintlich dritte Tor gemacht. Aber ich muss zur Ehrenrettung sagen: Die hatten nur so einen kleinen Monitor, schwarz-weiß. Ich habe einmal aus dem alten Wembley-Stadion zwei, drei Spiele übertragen und weiß, wie weit vom Spielfeld man da weg ist. Auch die Technik war ja viel einfacher als heute. Wenn du heute als Reporter sieben Minuten brauchst, um den Torschützen zu identifizieren, dann hast du ein Problem. Dann bist du wahrscheinlich weg vom Fenster. Aber so war das damals auch nicht weiter schlimm.
Kleine Randbemerkung zum Endspiel 66: Du an der Mosel, ich auf Norderney.

*Anti-Wembley-Tor

In Anlehnung an das sogenannte Wembley-Tor des Jahres 1966 wird das Tor des englischen Nationalspielers Frank Lampard im Länderspiel Deutschland gegen England im Juni 2010 bei der WM in Südafrika nicht gegeben, obwohl der Ball im Tor von Manuel Neuer für alle deutlich sichtbar die Torlinie überschritten hatte.

Zwischen „Radio“-Luxemburg-Universität, „Helga“-Filmen und einem Leben im Bärenkäfig

- **Wir machen noch einmal einen Themenwechsel. Eine Entwicklung, die sich weltweit abgespielt hat, aber natürlich auch auf Deutschland übergeschwappt ist: Die sogenannte Studentenbewegung mit den Auswirkungen**

wie RAF usw. Gibt es bei diesem Thema bei euch Anknüpfungspunkte, Erfahrungen …?

B: Die revolutionären Bewegungen hielten sich in Köln in Grenzen. Ich kann mich noch erinnern, dass ein Hörsaalgebäude mal die Aufschrift **„Rosa-Luxemburg-Universität"** trug. Das war von irgendjemandem aufgesprüht worden. Stunden später hatte ein Komiker aus „Rosa" „Radio" gemacht. Irgendwie endet in Köln alles im Karneval. So ist dann auch die Revolution frühzeitig beendet worden.

- **Studenten haben an deiner Uni nicht skandiert:** *„Unter den Talaren, der Muff von tausend Jahren"* **und ähnliche Parolen?**

B: Hat es auch gegeben, aber nicht zu vergleichen mit Frankfurt oder Berlin.

INFOBOX

Studentenbewegung
(auch Achtundsechziger-Bewegung genannt)
So bezeichnet man eine – politische bzw. gesellschaftliche – Bewegung aus den 60er-Jahren des vorigen Jahrhunderts, vorwiegend getragen von studierenden jungen Menschen. Es handelte sich um eine linksgerichtete gesellschaftskritische Bewegung. Ideologische Grundlage für die Ideen und Forderungen der Studenten bildete der Neomarxismus der **Frankfurter Schule** mit ihren Hauptvertretern **Theodor W. Adorno*** und **Max Horkheimer***. Die Anhänger der Studentenbewegung forderten eine umfassende Demokratisierung der bundesdeutschen Gesellschaft. Die Studenten beklag-

ten die, ihrer Einschätzung nach, veralteten und undemokratischen Strukturen an den Universitäten und fassten ihre Kritik in dem Satz „*Unter den Talaren, der Muff von Tausend Jahren*" zusammen. Unter anderem verlangten sie eine radikale Veränderung des Schul- und Bildungssystems und eine Erneuerung des Hochschulwesens. Deutlich forderten sie eine kritische Aufarbeitung der Nazi-Vergangenheit **(Vergangenheitsbewältigung).** Die Studenten zielten auf eine **Emanzipation** aller Menschen von kapitalistischer Ausbeutung. Sie kritisierten die Unterdrückung und Entfremdung des Menschen durch eine autoritäre Herrschaft in Politik, Gesellschaft und Wirtschaft. Der Protest der Studentenbewegung richtete sich auch ganz konkret gegen die Teilnahme der USA am **Vietnamkrieg.** Offen wurde der vietnamesische Gegner unter der Führung von Ho-Chi-Minh unterstützt.

Daher wurden bei Protestmärschen auch immer wieder Schlachtrufe laut, bei denen der Name des vietnamesischen Revolutionsführers skandiert wurde. Der Protest richtete sich auch gegen die Notstandsgesetze sowie den

Axel-Springer-Verlag mit der von ihm herausgegebenen BILD-Zeitung. Zum einflussreichsten Führer der Studentenbewegung wurde *Rudi Dutschke*. Aber auch Namen wie *Daniel Cohn-Bendit, Fritz Teufel* oder *Rainer Langhans* gehörten zu den Hauptvertretern der Bewegung. Die geforderte Veränderung der Gesellschaft wurde zu einer deutlichen Abkehr von den bisherigen gesellschaftlichen Strukturen und leitete einen längerfristigen Wertewandel in der Bundesrepublik ein. Nach und nach entstanden immer neue soziale Bewegungen bis hin zu radikalisierten Gruppen mit terroristischen Aktivitäten, wozu zum Beispiel auch die **Rote Armee Fraktion (RAF)** mit ihren terroristischen Anschlägen auf Personen und Einrichtungen gehörte.

P: Also ich erinnere mich an die Demonstration, als der **Schah*** in Berlin war. Das hatte ja auch Auswirkungen, die ganz schrecklich waren. Vor meinem geistigen Auge sehe ich noch diese prügelnden Schah-Anhänger. In der Familie wurde auch darüber diskutiert. Mein Vater war immer der Meinung, die Polizei hätte immer Recht. Ich war da schon immer sehr skeptisch. Auch die Springer-Presse war mir damals suspekt.
Hattest du den Eindruck, dass die berühmte BILD-Zeitung politischen Einfluss nehmen konnte auf die politischen Ereignisse in der Bundesrepublik?

B: Auf Ereignisse vielleicht weniger, aber auf das Meinungsklima, das glaube ich schon. Übrigens auch heute noch. Natürlich hat dies nicht mehr die Bedeutung, natürlich hat die Zeitung nicht mehr die Auflage wie in den Anfangsjahren unter Axel Springer. Dass die BILD-Zeitung auch heute noch Meinung machen und beeinflussen kann, das glaube ich schon – aber in beide Richtungen. Ich habe oft genug erlebt, wenn die BILD einen bestimmten Trend hatte, dass dann die anderen Zeitungen genau in die andere Richtung gegangen sind. Schon um ein publizistisches Gegengewicht zu schaffen. Das tariert sich dann wieder aus. Ich würde die Bedeutung nicht überschätzen, aber sowohl auf Grund der hohen Zahl der Leserinnen und Leser, als auch auf Grund der Art der Aufmachung, der Präsentation, ist das schon ein mächtiges Medium. Insofern darf der Einfluss der BILD auch nicht unterschätzt werden.

P: Zehn Pfennig hat die BILD damals gekostet. Das Schlimme war, mein Vater hat die so verschlungen wie das Neue Testament. Das fand ich ganz schrecklich, dass er das, was da stand, immer für bare Münze genommen und nie hinterfragt hat. Ich finde, dass ist etwas sehr Wichtiges, dass wir die Presse gelegentlich hinterfragen. Es stehen ja auch oft Interessen dahinter und das ist das, was mir eigentlich am meisten Sorgen macht. Wenn man merkt, dass jemand ein klares Interesse hat, eine Sache so oder so darzustellen, dann wird's mir suspekt. Davor habe ich immer ein bisschen Angst.

B: Das findest du in der taz auch …

P: … nur zur anderen Seite.

B: … und eben nicht mit dieser Strahlkraft und dieser Reichweite.

P: Wobei ich sagen muss, dass ich auch die taz gerne gelesen habe. Überhaupt habe ich irgendwann angefangen, viele

Zeitungen unterschiedlichster Couleur zu lesen, um mir auf diese Art und Weise eine eigene Meinung zu bilden. Das ist so wichtig, dass man verschiedene Meinungen kennt.

- **Es ist ganz interessant einmal zu fragen, welches gesellschaftliche Klima damals – also zur Zeit der Studentenbewegung, der Zeit der sogenannten Achtundsechziger – herrschte. Wie die Ideen von den Studenten insgesamt so erfolgreich sein und die Gesellschaft doch so stark beeinflussen bzw. verändern konnten. Wenn man zum Beispiel an die sogenannte „Sexuelle Revolution" oder die „Emanzipation der Frau" denkt usw. Wieso konnte das in diesem gesellschaftlichen Klima offenbar auf so fruchtbaren Boden fallen?**

B: Vielleicht, weil man wirklich das Gefühl hatte, dass in der sogenannten Adenauer-Ära vieles verkrustet, versteinert war, dass man sich befreien wollte. Dass man mal lockerer werden wollte. Ich kann mich noch gut erinnern an Filme von **Oswald Kolle*** …

P: Oh ja, Aufklärungsfilme.

B: Das war damals eine Sensation. Die würde man ja heute nicht mal mehr bei RTL2 zeigen, weil sie zu brav sind. Damals waren das die Knaller!

- **Helga-Filme, die gingen wohl damals auch in diese Richtung.**

P: Da hieß die Hauptdarstellerin Helga – nein, die hieß doch anders … Helga 1, Helga 2, Helga 3 … ich weiß es nicht mehr. Ich kann mich erinnern, einen gesehen zu haben. Einen, der hat mir sehr geholfen im Leben. Nein …

B: Du warst immer schon sehr bildungsinteressiert!

P: Immer schon. Damals wurden auch die sogenannten Kommunen bei uns modern …

B: Ja, ja, genau – **Rainer Langhans, Uschi Obermaier** und wie sie alle hießen.

P: Das fand ich aber spannend. Für ein paar Wochen lebte ich in einer Art Kommune. Um ehrlich zu sein, war das in einer Discothek und die hatten keine Zimmer für die Mitarbeiter. Alle, die da gearbeitet haben, wurden in einem Raum untergebracht. Und jetzt kommt's – das ist wirklich wahr, es ist irre gewesen: Es war in einem Freizeitpark in Geilenkirchen, wo auch sonst – wir haben gemeinsam in einem ausrangierten Bärenkäfig gepennt, so sechs, sieben Leute.

B: Ohne Bär.

P: Ohne Bär, Gott sei Dank. Direkt davor befand sich übrigens ein Freibad. Das war damals meine ganz wilde Zeit. Wir schliefen alle nur auf Matratzen – das konnte ich aber auch nur sechs, sieben Wochen lang ertragen. Irgendwann fand ich das ganz schlimm. Damals – es war kurz vor der Radio-Luxemburg-Zeit – war ich gegen alles … und wohnte in einem Bärenkäfig. So viel zur sexuellen Befreiung.
Ich hatte damals eine Freundin und deren Eltern hatten ein großes BMW-Autohaus. Unvergesslich. Die Freundin

wollte mich dann ihren Eltern vorstellen, was sie dann am Muttertag auch tat. Ich habe heute noch vor Augen, wie entsetzt die Mutter geguckt hat, als sie mich gesehen hat. Haare wie Jesus und ich sah auch insgesamt so aus wie Jesus – fast wie ans Kreuz geschlagen. Und die arme Mutter musste dann, weil die Tochter das wollte, das Muttertagsessen mit mir gemeinsam einnehmen. Das war die wahre Revolution meines Lebens!

- **In der Nachschau wird ja auch gerade dieser Bewegung sehr viel Schuld zugewiesen, hinsichtlich des vermeintlichen Werteverfalls, des Niedergangs moralischer Standards, der heutigen Entgleisungen, die in der Gesellschaft passieren. Ist das ein berechtigter Vorwurf?**

B: Schuld für was? Schuld, dass Teile der Bewegungen aus dem Ruder gelaufen sind, sogar in brutaler Gewalt geendet sind?

- **Zum Beispiel das, aber auch, dass viele Werte ja tatsächlich wohl nicht mehr Bestand haben …**

P: Antiautoritäre Erziehung …

- **Zum Beispiel … Sie stellte viele überkommene Erziehungsvorstellungen in Frage.**

INFOBOX

Antiautoritäre Erziehung

In der Zeit der sogenannten Studentenbewegung bzw. der Zeit der Achtundsechziger erhielt ein besonderer Erziehungsstil immer mehr Zustimmung, die **antiautoritäre Erziehung.** Sie wandte sich bewusst ab von der bisher herrschenden, autoritär geprägten Erziehung. So wie alte Traditionen, konservative Wertvorstellungen und Lebensstile das Leben in der Zeit nach dem Zweiten Weltkrieg bestimmt hatten und sich auch in der Erziehung niederschlugen, änderte sich mit der „gesellschaftlichen Revolution" der 68er-Bewegung auch die Vorstellung von der „richtigen" Erziehung. Erziehungsziele, aber vor allem auch Erziehungsstile änderten sich radikal, passten sich häufig dem damals herrschenden Zeitgeist an, der auf die Befreiung von Traditionen und alten „Wahrheiten" setzte. Der antiautoritäre Erziehungsstil, der von einer „laissez-fair-Haltung" (als **Laissez-fair-Stil** wurde diese Form der Erziehung auch häufig genannt) bestimmt war, gestattete den Kindern weitestgehend die Möglichkeit, ihren eigenen Bedürfnissen nachzukommen. Die Entfaltung ihrer Persönlichkeit und der Aufbau von möglichst großem Selbstbewusstsein standen neben der Möglichkeit, sich den eigenen kreativen Ideen hinzugeben, im Mittelpunkt der antiautoritären Erziehung. Sie zielte auf ein Höchstmaß an Mündigkeit und Selbstbestimmung des Menschen. Sie schlug sich nicht nur im konkreten Erziehungsverhalten der Erzieherinnen,

Lehrer oder Eltern nieder, sondern machte sich auch in zahlreichen Bestimmungen – wie zum Beispiel den schulischen Mitwirkungsgesetzen – bemerkbar, die den Schülerinnen und Schülern ein bisher nicht dagewesenes Maß an Mitbestimmung, an Beteiligung in den Schulen ermöglichte.
In der Theorie der antiautoritären Erziehung wurden eine Reihe von Erziehungskonzepten versammelt, die in unterschiedlicher Ausprägung Eingang in den unterrichtlichen Alltag bzw. die tägliche Arbeit in Kindergärten und Schulen fanden. Die Wurzeln der antiautoritären Erziehung gehen zurück auf Bestrebungen der Reformpädagogik aus der Zeit um die Jahrhundertwende vom 19. zum 20. Jahrhundert. Gerade nach den Erfahrungen in der Nazizeit, in der Autoritäten und bedingungsloser Gehorsam zu den Grundlagen des menschlichen Zusammenlebens gehörten, stellte die antiautoritäre Erziehung sicherlich auch eine Befreiung aus den aus der Naziherrschaft überkommenen Regeln des Zusammenlebens und vor allem auch des pädagogischen Handelns dar.

P: Was hast du davon gehalten, als dieser Begriff der Antiautoritären Erziehung aufkam?

B: Was versteht man denn genau unter Autorität? Im Grunde ist Erziehung doch Vorleben. Dagegen spricht überhaupt nichts. Es ist schwierig, den Kindern Werte zu vermitteln, wenn man sie selbst nicht als Eltern vorlebt. Ich halte auch nicht viel von dem berühmten Satz: *Ach, Sie haben ein Kind bekommen? Junge oder Mädchen? Antwort: Das soll das Kind später selbst entscheiden.* Natürlich beeinflusst man die Kinder. Schon mit dem, was man ihnen zu essen gibt, wie man sie kleidet; schon damit, welche Geschenke sie bekommen, womit sie spielen, in welcher Umwelt sie aufwachsen … Beide, meine Frau und ich, waren nie in der Abteilung Dressur unterwegs, haben aber sehr darauf geachtet, wofür interessieren sich die Kinder, was macht ihnen wirklich Freude, was machen sie gerne – und was nicht, was hätten wir gerne, was die Kinder machen. Das war für uns nie bewusst antiautoritär, das war für uns eher selbstverständlich.

3.

Ölkrise, RAF-Terror, Olympische Spiele in München

– Die Siebziger Jahre

3.

Die Zeit der Siebziger war für Historiker vor allem eine Zeit der Umbrüche und grundlegenden Veränderungen. Dabei steht sicherlich die **Energie- bzw. Ölkrise** (auch Ölpreiskrise genannt) im Vordergrund. Sie zeigte deutlich die Endlichkeit natürlicher Ressourcen auf der Erde und die Notwendigkeit eines wohlüberlegten Umgangs mit ihnen.

In der Bundesrepublik wurde 1969 die sozialliberale Koalition gebildet, die die von der CDU / CSU geführten Regierungen, die die Geschichte der Bundesrepublik Deutschland zwanzig Jahre lang bestimmt hatten, ablöste.
In den Siebzigern standen die **Deutschland- und Ostpolitik** unter dem damaligen SPD-Bundeskanzler **Willy Brandt** im Blickpunkt. Es wurden engagierte Debatten darüber geführt, wie die Zukunft der deutschen Nation aussehen sollte und wie die Folgen der deutschen Teilung zu bewältigen wären. Es wurden eine Reihe von Verträgen mit den Staaten im Osten geschlossen, mit Polen, der Tschechoslowakei und der Sowjetunion sowie der Grundlagenvertrag, der die Grundlagen der Beziehungen zwischen der Bundesrepublik Deutschland und der Deutschen Demokratischen Republik regelte. Sie gingen unter dem Begriff **„Ostverträge“** in die Geschichte ein.

Daneben gab es – nicht zuletzt auch auf Grund der Veränderungsbestrebungen der sogenannten **Achtundsechziger** – eine Reihe von gesellschaftlichen Umwälzungen. Unter anderem gab es sie in der **Bildungspolitik** mit der Forderung nach Gesamtschulen sowie der Einführung von mehr **Mitbestimmung** in den Schulen oder in den Reformbestrebungen in der Justiz, als vor allem Forderungen nach **Resozialisierungsmaßnahmen** und die Rolle der Täter ins Blickfeld der Aufmerksamkeit genommen wurde. Überhaupt war der Wunsch nach Mitbestimmung bei vielen Bürgern stark ausgeprägt. Und so ist es nicht verwunderlich, dass sich immer mehr **Bürgerinitiativen** bildeten, die auf vermeintliche politische und gesellschaftliche Missstände hinwiesen und eine Verbesserung der derzeitigen Verhältnisse wünschten.

Die **Anti-Atomkraft-Bewegung** oder die **Umweltbewegung** sind hierbei zu nennen. Es war wohl nur folgerichtig, dass die Aktivitäten hinsichtlich des Umweltschutzes in der Gründung einer eigenen Partei, den **Grünen** eben, Anfang 1980, gipfelten. Insgesamt zeigten die Aktivitäten der Bürger ein ge-

steigertes Interesse am politischen Geschehen und vor allem auch die Bereitschaft, sich aktiv an der Gestaltung der Politik zu beteiligen und sich einzumischen. Interessant ist dabei, dass der Lebensstandard bzw. die Lebensqualität in der Bundesrepublik ein hohes Niveau erreicht hatte. Das zeigte sich auch darin, dass sich die Bundesrepublik endgültig zu einer **Konsumgesellschaft** entwickelt hatte.
Insgesamt waren die Siebziger Jahre – wie oben bereits erwähnt – von einem **starken Reformwillen** geprägt, sowohl von den Regierenden als auch von den Bürgern.

Überschattet wurde das Leben in der Bundesrepublik durch den **Terrorismus,** unter anderem durch die terroristischen Anschläge der **RAF (Rote Armee Fraktion).** Die Ermordung von namhaften Vertretern der bundesrepublikanischen Gesellschaft verunsicherte auch die Bevölkerung. Nicht wenige Menschen sahen eine ernste Gefahr für den Rechtsstaat. Besonders die Ereignisse um die Entführung und Ermordung des Arbeitgeberpräsidenten **Hanns Martin Schleyer*** im Jahre 1978 hinterließen tiefe Wunden. Der Staat und seine Institutionen wurde an ihre Grenzen gebracht. Eine Verschärfung von Gesetzen war die Folge und damit die Frage nach mehr Sicherheit auf Kosten von weniger Freiheit.

Gegen Ende der Siebziger Jahre waren viele Menschen enttäuscht, dass die angekündigten Reformen nicht oder nur halbherzig umgesetzt werden konnten. Hinzu kamen **schrumpfende Wachstumszahlen in der deutschen Wirtschaft.** Beim sogenannten **NATO-Doppelbeschluss** wurde zum einen die Aufstellung neuer Marschflugkörper mit Pershing II-Sprengköpfen als Abwehr der SS-20-Raketen der Sowjetunion und zum anderen Verhandlungen zwischen den

Supermächten über die Begrenzung von Mittelstreckenraketen und Rüstungskontrolle vereinbart. Die Beurteilung dieses NATO-Doppelbeschlusses war in der bundesdeutschen Gesellschaft gespalten, sodass es in vielen Städten zu Demonstrationen kam.

Auch der Angriff der Sowjetunion auf Afghanistan führte weltweit zu einer Verunsicherung.

■ Terror der RAF und „The games must go on"

P: Welche Erinnerungen hast du an die Zeit des Terrors der **Baader-Meinhof-Bande* …?**

B: Daran kann ich mich leider noch gut erinnern. Ich meine, es wäre die Vincenz-Statz-Straße in Köln gewesen, die gesperrt war. Ich wusste damals überhaupt nicht, was da passiert war. Riesiges Polizeiaufgebot – das muss der Tag der Entführung von **Hanns Martin Schleyer** gewesen sein. Da hielt die ganze Nation kollektiv den Atem an. Die Begriffe **Rote Armee Fraktion, Baader-Meinhof-Bande** waren synonym für den Kampf des Staates gegen eine angeblich revolutionäre Bewegung, die tatsächlich nichts anderes war als eine skrupellose Mörderbande. Über 40 Menschen haben durch sie ihr Leben verloren.

***Baader-Meinhof-Bande**

Sie war eine terroristische Vereinigung und wurde benannt nach ihren Anführern Andreas Baader und Ulrike Meinhof. Die RAF nannte sich in ihren Anfängen Baader-Meinhof-Bande.

INFOBOX

RAF-Terror

Die Abkürzung RAF steht für Rote Armee Fraktion. Es handelte sich dabei um eine linksgerichtete Terrororganisation, die zwischen den 1970er und 1990er Jahren aktiv war. Dabei spricht man von der Ersten, Zweiten oder Dritten Generation der RAF. Eine personelle Kontinuität in der RAF gab es nicht. Die Rote Armee Fraktion definierte sich als eine kommunistische, antiimperialistische Stadtguerilla, die unter anderem Vorbilder in Südamerika hatte. In den Anfängen ihrer Aktivitäten wurden ihre Mitglieder nach den Namen ihrer Führungspersonen auch als Baader-Meinhof-Gruppe bzw. Baader-Meinhof-Bande bezeichnet. Zu den bekanntesten Mitgliedern der RAF gehörten u. a. *Andreas Baader, Ulrike Meinhof, Gudrun Ensslin, Jan-Carl Raspe, Brigitte Mohnhaupt, Verena Becker, Christian Klar, Holger Meins, Susanne Albrecht …*

Zahlreiche Morde gehen auf das Konto der RAF, mehr als 200 Menschen wurden verletzt. Von der RAF verursachte Sachschäden werden auf rund 250 Millionen Euro geschätzt. Besonders spektakulär und im kollektiven Bewusstsein der Deutschen sind verschiedene Terrorakte geblieben: u. a. die Entführung und Ermordung des damaligen Arbeitgeberpräsidenten *Hanns Martin Schleyer.*

INFOBOX

Schleyer-Entführung

Im sogenannten „Deutschen Herbst" wurde der Arbeitgeberpräsident **Hanns Martin Schleyer** am 5. 9. 1977 von Mitgliedern der RAF entführt. Gleichzeitig forderten die Entführer für die Freigabe Schleyers die Freilassung von elf inhaftierten RAF-Mitgliedern. Die damalige Regierung unter Bundeskanzler Helmut Schmidt (SPD) ließ sich auf diese Forderungen nicht ein. Als am 13. Oktober 1977 das Flugzeug „*Landshut*" entführt und in Mogadischu mit zahlreichen Geiseln gelandet war, ließ die Bundesregierung das Flugzeug durch die Spezialeinheit **GSG 9*** stürmen und die Geiseln befreien. Hierbei kam der Pilot des Flugzeugs ums Leben. Nach der Befreiung der Geiseln töteten sich drei RAF-Gefangene (Baader / Meinhof / Ensslin) in der Justizvollzugsanstalt Stuttgart-Stammheim. Schleyer wurde am 19. Oktober 1977 erschossen im Kofferraum eines Autos gefunden.

*GSG 9

Dies ist eine Spezialeinheit der deutschen Bundespolizei zur Bekämpfung von Schwerstkriminalität bzw. Organisierter Kriminalität. Sie errang bundesweite bzw. weltweite Aufmerksamkeit, als sie 1977 die Geiseln aus dem entführten Flugzeug „Landshut" in Mogadischu (Hauptstadt von Somalia) befreite.

P: Wenn sie nicht gemordet hätten, wären ihre Gedanken und Ideen nachvollziehbarer gewesen?

B: Das erleben wir ja heute noch, das viele sagen: Aber das Motiv ist wenigstens edel und nachvollziehbar. **Jean Paul Sartre*,** eine wirkliche Geistesgröße, hat sich damals nach Stammheim begeben. Viele haben dann überlegt: Was ist der Ansatz, das geistige Motiv, das Anliegen – und kann man dann nicht doch Verständnis haben? Nein! Spätestens, wenn der Finger am Abzug ist, muss jedes Verständnis aufhören. Vielleicht hätten sie tatsächlich mehr gesellschaftlichen Rückhalt bekommen, wenn sie auf jede Form der Gewalt verzichtet hätten. Dann schlägt das Pendel natürlich sofort zurück, weil der Staat mit notwendiger Härte und Konsequenz reagieren muss.

P: Hattest du persönlich Angst vor einem Anschlag oder Ähnlichem …?

B: Nein. Wenn man selbst bedroht wurde, gab es hinreichenden Schutz, zu Hause und unterwegs. Aber ich bin nie jemand gewesen, der damit nach außen gegangen ist. Noch heute denke ich, *wenn du das öffentlich machst, kommen die Trittbrettfahrer, die sagen: Oh, da regt der sich drüber auf, da wollen wir mal gleich nachlegen.* Darum habe ich mich immer bemüht, mich davon nicht beeinflussen oder gar beeindrucken zu lassen.

- **Wie ist die Entscheidung, die damals im Zusammenhang mit Mogadischu und der Entführung der Landshut, also die Entscheidung der Bundesregierung bzw. des Bundeskanzlers Helmut Schmidt getroffen wurde, zu bewerten?**

P: Ich war mir sehr unsicher, ob man so rigoros sein dürfte. Der Staat darf nicht erpressbar sein, das ist ja wohl die Kernaussage gewesen. Ich war mir damals nicht sicher. Ich habe immer geglaubt, dass man Menschen, die an nichts irgendeine Schuld tragen, nicht für den Staat opfern kann. Da war ich stark hin- und hergerissen. Das ist ja dann „relativ" gut ausgegangen. Aber das war so ein Moment, in dem ich auch mit mir gerungen und auch keine richtige Antwort gefunden habe, was jetzt richtig ist. Stur bleiben …

- **Schleyer ist zu Tode gekommen, der wurde nicht gerettet …**

B: … und der Pilot auch nicht.

- **… weil man nicht auf die Forderungen eingegangen ist.**

P: Ich möchte nicht in einem solchen Gewissenskonflikt drinstecken, das muss ganz schrecklich sein. Hattest du mal die Gelegenheit, mit Schmidt über solche Dinge zu reden?

B: Nein, mit Helmut Schmidt nicht, aber ich habe den Sohn von Hanns Martin Schleyer kennengelernt. Die Familie hat sich damals bemüht, die Entscheidung des Staates zu verhindern, um das Leben des Entführten zu retten. Das Leben des Vaters, des Ehemanns zu retten, ist sehr verständlich. Aber es ist ein Dilemma. Wie sich der Staat auch verhält, es kann immer dramatische Folgen haben: entweder für den Entführten selbst oder aber für den Staat, der sich erpressbar gezeigt hat. Oder – man wusste ja damals nicht, wie der Einsatz enden würde – für die Insassen im Flugzeug in Mogadischu. Ich habe später den Gründer der GSG 9 persönlich kennengelernt. Aus der Rückschau war das natürlich ein „erfolgreicher“ Angriff zur Überwältigung der Terroristen, aber mit dramatischen Folgen. Das muss man auch sehen. Wenn Mogadischu schiefgegangen wäre, hätte es sicher politische Konsequenzen gegeben. Dann kommen ja die Schlaumeier, die meinen, man hätte es gleich ganz anders machen müssen. Man ist ja immer von Schlaumeiern umgeben, die hinterher alles besser gewusst haben. Man muss mal zur Kenntnis nehmen, es gibt Dilemmata, in denen der Staat steckt, wo keine Entscheidung völlig zweifelsfrei richtig ist. Zweifel bleiben immer. Und trotzdem musst du dich entscheiden. Du kannst nicht die Mühle unendlich lange offenhalten. Du musst alle möglichen Alternativen, Optionen abwägen, und dann musst du eine Entscheidung treffen – und dann hoffen und beten, dass es die richtige ist.

P: Geht das nur mit „kaltem Herzen"?

B: Nein, das Herz darf da gar nicht kalt sein, weil du ja Empathie empfinden musst für diejenigen, die sich in dieser Situation befinden, sei es die Entführten, die Geiseln, die sich an Bord befinden. Man muss dennoch eine rationale Entscheidung treffen. Man darf sich nicht von seinen Gefühlen übermannen lassen. Es gibt auch ein anderes Beispiel, an dem doktern wir rechtlich heute noch herum. Während der **Schlussfeier der Olympischen Spiele 1972 in München** gab es ein Flugzeug, das vom Kurs abgekommen war und sich in Richtung Olympiastadion bewegte. Damals war **Georg Leber*** Verteidigungsminister. Klar ist, die Zuständigkeit zur Gefahrenabwehr im Inland liegt bei der Polizei. Auch heute noch. Die technische Fähigkeit zur Gefahrenabwehr lag in diesem Fall ausschließlich bei der Luftwaffe, der Bundeswehr. Die Polizei müsste helfen, sie kann aber nicht; die Luftwaffe kann, aber sie darf nicht. Dieselbe Situation, die wir heute auch noch haben können. Georg Leber hat damals eine Alarmrotte aufsteigen lassen. Die hat dann durch Wackeln der Flügel dem Piloten signalisiert, dass er abdrehen muss. Mit Erfolg. Die Maschine ist abgedreht. Es gab keinen terroristischen Hintergrund, der Pilot hatte sich glatt verflogen. Nun muss man wissen: Acht Tage vorher hatte es diesen Angriff im

Olympischen Dorf und das Desaster in Fürstenfeldbruck mit einem Dutzend Toten gegeben. Israelische Sportler sind überfallen worden. Es war eine Tragödie. Verständlicherweise hat Georg Leber gedacht, dass jetzt der zweite Terrorangriff erfolgen könnte, dann aber mit viel dramatischeren Auswirkungen. In seinen Memoiren schrieb Georg Leber – verfassungsrechtlich hochumstritten sei der Einsatz der Bundeswehr im Innern –, das müsste mal verfassungsrechtlich aufgearbeitet werden. Das war 1972, jetzt haben wir 2020 – und wir sind immer noch daran, eine zufriedenstellende Regelung zu finden. Jetzt haben wir zwar eine Entscheidung des Bundesverfassungsgerichtes zum Einsatz der Bundeswehr im Inneren, aber Zweifelsfragen bleiben immer noch.

P: Wie war das bei diesen Olympischen Spielen? Wir hatten ja wirklich wunderschöne Spiele: **Ulrike Meyfarth*** war

damals sensationell mit 16 Jahren gerade Olympiasiegerin im Hochsprung geworden. Und dann passierte dieser

Überfall im olympischen Dorf. Ich weiß, wie wir alle wie gebannt das Ganze verfolgten und natürlich auch nach den Ereignissen in Fürstenfeldbruck die moralische Frage gestellt haben: Darf man die Spiele weiterlaufen lassen?

B: *The games must go one* – **Avery Brundage***

P: Genau, der hat's dann verkündet. Ich war auch erst der Meinung: Nein, danach darf erst einmal kein Sport mehr betrieben werden. Im Nachhinein glaube ich, es war die komplett richtige Entscheidung. Es ist ein einziger deutscher Sportler damals aus dem olympischen Dorf abgereist: **Manfred Ommer,** 200-m-Europarekordhalter. Der ist abgereist, weil er Angst bekommen hatte oder was auch immer – oder aus moralischen Gründen. Alle anderen wollten weiter diese Spiele haben. Ist das richtig aus deiner Sicht? Wie fühlst du da?

B: Die Entscheidung war richtig, und es war eine ganz grundsätzliche. Dahinter stand der Gedanke: Wenn jetzt Terroristen bestimmen, ob olympische Spiele fortgesetzt werden oder nicht, wenn wir uns von deren Verhalten abhängig machen, werden sie eine Macht bekommen, die wir ihnen nie geben dürfen.
Interessant ist übrigens, *Ulrike Meyfarth,* heute *Nasse-Meyfarth,* wohnt hier um die Ecke in Odenthal und *Manfred Ommer* auch hier in der Nähe in Moitzfeld.

P: So schließen sich hier Kreise.

B: Nachdem ich in der ersten Woche in München war, befand ich mich gerade auf der Rückfahrt. Ich kann mich an die Olympischen Spiele auch deshalb noch so gut erinnern, weil ich ein Quartier bei einem Freund in München hatte, bei **Bernd Hüfler,** der damals dort arbeitete. Der meinte: *Auf jeden Fall musst du ein Fässchen Kölsch mitbringen.* Und es war nicht einfach, als stolzer Besitzer eines Opel Kadett so ein Fässchen über 560 Kilometer zu transportieren, ohne dass mit dem Inhalt was passiert. Also hatte ich Plumos links und rechts im Kofferraum. In der Mitte das Fässchen, damit es nicht hin- und herschaukelte. Mama hatte mir noch dabei geholfen, alles zu verstauen. Ich komme in München an und stelle fest, dass ich aber den Koffer zu Hause stehen gelassen hatte. Kein einziges Kleidungsstück, aber ein Fass Bier.

P: Viel wichtiger!

B: Heute würde doch die Mama sofort auf dem Handy anrufen und sagen: Du hast den Koffer stehen gelassen. Das gabs ja damals nicht. Meine Eltern hatten sich derzeit noch bemüht, den Westdeutschen Rundfunk einzuschalten …

P: Wie, dass die eine Durchsage machen sollten?

B: Ja, eine Radiomeldung. Die müssen da wohl meinen Eltern geantwortet haben, ob sie keine anderen Sorgen hätten als der Koffer ihres Sohnes?

P: Das finde ich jetzt gut. Durchsage: *Herr Bosbach ist unterwegs von Bergisch Gladbach nach München und hat seinen Koffer vergessen.*

B: Ja, aber das Fass Bier hat er dabei!

P: Ja, Kölsch.

B: Die Arbeitskollegen von meinem Freund haben dann geschaut, wer hat ungefähr Größe 52 – und so habe ich alles bekommen, was ich brauchte, um die eine Woche zu überleben. Für alles, was wir sehen wollten, hatten wir sogar noch Eintrittskarten bekommen. Sehr überraschend. **Mark Spitz*** war damals sehr erfolgreich. Sieben Goldmedaillen hat er bei den Spielen in München im Schwimmen gewonnen. Ich habe damals ja als Leistungssport Schwimmen betrieben, Wasserball gespielt für den Schwimmverein Bergisch Gladbach.
In München habe ich auch die amerikanischen Basketballer erlebt, ein einziger Traum. Und dann kam die Rückfahrt. Und während der Rückfahrt – es muss das zweite Wochenende gewesen sein – fand der Überfall auf die israelischen Sportler im olympischen Dorf statt. Atemlos habe ich das Drama am Radio verfolgt. Ich glaube, der Stadionsprecher beim Einmarsch der Sportler bei der Eröffnungsveranstaltung war **Joachim „Blacky" Fuchsberger*.** Das hatte ich aber nur im Radio auf der Hinfahrt gehört. Bei der Einweihungsfeier im neuen modernen Olympiastadion war ich nicht dabei. Aber die olympische Woche, die ich erleben durfte …

P: … war eine schöne Woche.

B: … war eine tolle Woche.

P: Und Deutschland konnte sich endlich mal ganz anders darstellen.

B: **Hans-Joachim Vogel*** hat später erzählt, wie sehr die Vergabe der Olympischen Spiele an München die Stadt verändert, in Euphorie versetzt hatte. Spiele der kurzen Wege, neue Spielstätten waren entstanden. Die Stadt, das Land waren euphorisch. Olympische Spiele werden ja nicht an Länder vergeben, sondern an Städte. Und Jahrzehnte später haben die Hamburger gesagt: *Nein, Olympische Spiele nicht.* Garmisch-Partenkirchen hat gesagt: *Olympische Spiele wollen wir nicht.* Vielleicht wegen des Gigantismus …

P: Es ist alles so groß geworden.

B: Immer höher, schneller, weiter. Und dann sagen eben nicht wenige: *Nein, das genau wollen wir nicht!*

- **Die Folgen von diesen Bedrohungssituationen wie Terrorismus … ist, dass Gesetze erlassen werden, die die Freiheit von Menschen einschränken nach dem Prinzip Sicherheit gegen Freiheit.**

B: Das Spannungsfeld ist bis heute geblieben. Auch heute noch stimmt der Satz: *So viel Freiheit wie möglich, aber auch so viel Sicherheit wie nötig.* Ich kann mich noch sehr gut an die Demonstrationen gegen die **Notstandsgesetze*** erinnern. Alle Befürchtungen, die damals geäußert worden sind, sind nicht eingetreten. Sie haben die Demokratie weder eingeschränkt noch abgeschafft. Aber, es ist richtig – jetzt haben wir eine neue Herausforderung – **Cyberkriminalität*.** Es gibt immer wieder neue Kriminalitätsphänomene, bei denen der Staat sich genau überlegen muss: Brauchen wir jetzt rechtliche Erweiterungen, Ergänzungen, mehr Sicherheit ja oder

***Notstandsgesetze**

Wenn im Verteidigungsfall der Bundestag nicht zusammentreten kann, werden nach der Notstandsgesetzgebung seine Funktion (und die vom Bundesrat) vom Gemeinsamen Ausschuss wahrgenommen. Es können bei der Notstandsgesetzgebung Grundrechte eingeschränkt werden.

***Cyberkriminalität**

(oder Computerkriminalität) Hierzu gehören alle illegalen Handlungen, die im Computer- bzw. Telekommunikationsbereich stattfinden, wie zum Beispiel das Hacken von Internetseiten (sich „gewaltsam", also illegal, Zugang zu einem Computer bzw. Computersystem zu beschaffen) oder die Manipulation von Daten.

nein. Und wir müssen immer Maß und Mitte halten, dass wir die Freiheit, die wir ja verteidigen wollen gegen ihre Gegner, nicht einschränken.

Radfahren auf der Autobahn und der Club of Rome

P: Es gab ja dann auch eine sogenannte Energiekrise, eine **Ölkrise …**

B: Ölpreisschock 1973.

INFOBOX

Ölkrise 1973

Ägyptische und syrische Truppen hatten am 6. 10. 1973, dem jüdischen Versöhnungsfest Jom Kippur, überraschend Israel auf dem Sinai und den Golanhöhen angegriffen. Die Organisation der Erdöl exportierenden Staaten (OPEC) verhängten am 17. Oktober 1973 ein Embargo. Mit einer

Drosselung ihrer Ölexporte wollten die arabischen Staaten die westlichen Staaten zwingen, gegen Israel und für Ägypten und Syrien Position zu beziehen. Damit wurde bei den westlichen Staaten und somit auch in Deutschland eine „Ölkrise" ausgelöst, auf die mit drastischen Sparmaßnahmen reagiert wurde, unter anderem mit Fahrverboten.

P: Das war mal wieder nach einem Krieg in Israel, dem **Jom-Kippur-Krieg***. Und dann hatten die Scheichs uns so ein bisschen unter Druck gesetzt. Wie hast du das damals empfunden? Also ich durfte Autofahren an diesen Tagen, hatte eine Sondergenehmigung als Journalist und fand das ganz toll, mit meinem Opel GT über die Autobahn fahren zu dürfen. Es war fast niemand unterwegs und ich empfand es schon als ein bisschen gemein, fast alleine die Autobahn benutzen zu dürfen.

*Jom-Kippur-Krieg

Dieser Krieg wurde vom 6. bis zum 25. Oktober 1973 von Ägypten, Syrien und anderen arabischen Staaten gegen Israel geführt.

INFOBOX

Autofreier Sonntag

Auf den Straßen und Autobahnen herrschte am 25. November 1973 gähnende Leere. Es galt ein bundesweites Fahrverbot; zum ersten Mal in der Geschichte der Bundesrepublik Deutschland. Fast nur Polizisten und Ärzte erhielten Ausnahmegenehmigungen. Die meisten der rund 13 Millionen Autobesitzer mussten ihre Wagen stehen lassen. Viele nutzten den Tag für einen Spaziergang auf den leeren Fahrbahnen oder machten mit ihren Fahrrädern einen Sonntagsausflug. Nicht wenige empfanden ein Gefühl von Freiheit und hatten großen Spaß an dieser Form der Freiheit.

Ein paar Tage vorher war das sogenannte **Energiesicherungsgesetz** erlassen worden. Hierin waren drastische Sparmaßnahmen angeordnet worden und an vier Sonntagen im November und Dezember ein Fahrverbot sowie Tempolimits verhängt worden.

B: Wir sind damals Fahrrad gefahren, obwohl wir gar nicht Fahrradfahren mussten, weil es auch Spaß machte und wir natürlich auch politisches Bewusstsein demonstrieren wollten!

P: Aber es war zum ersten Mal, dass einem bewusst wurde, mit der Energie bekommen wir ein Problem. Bis dahin war das so selbstverständlich, dass wir Kohle und Öl genutzt haben. Bei mir im Elternhaus zum Beispiel gab es **Deputatkohle***, 20 Zentner alle vier Wochen. Da wurde noch mit Kohle geheizt. Allerdings kann ich mich auch an diese Smog-Tage im Ruhrgebiet erinnern. Das war das erste Mal, dass ich mit dem Thema Umweltschutz in Berührung kam.

B: Erstens das und zweitens, wenn die **OPEC*** tagte, hielten wir den Atem an, waren gespannt, was die jetzt wieder beschließen würden.

*Deputatkohle

Das ist die „Lieferung" von Kohle zum Eigenbedarf an die Bergleute. Es handelte sich um eine Sachleistung und war Bestandteil des Lohnes und im Tarifvertrag festgelegt.

*OPEC

(Organization of the Petroleum Exporting)
Das ist also die Abkürzung für die Organisation ölexportierender Länder. Diese Organisation wurde von diesen Ländern gegründet, um ihre Interessen gegenüber den Verbraucherländern zu vertreten.

P: Was würden die für Preise beschließen.

B: Ja, entweder Preise …

P: … oder die Menge.

B: Ja, oder die Reduzierung der Fördermenge, was dann auch den Preis in die Höhe schießen ließ. Es ging nicht nur um Heizöl, sondern um den gesamten Rohstoff Öl und darum, was das für die petrochemische Industrie, was das für die Preisentwicklung bedeuten würde. In dieser Zeit sprach auch der **Club of Rome** vom Ende des Wachstums. Es wurde uns bewusst, was Öl für eine Art Schmiermittel für die Weltwirtschaft war, welche Macht die sogenannten Ölscheichs hatten. Damals sahen Staaten wie Saudi Arabien, Dubai, Abu Dhabi, Katar noch nicht andeutungsweise so aus wie heute, aber ihre Macht wuchs dennoch deutlich.

INFOBOX

Club of Rome

Das Ziel des 1968 gegründeten Zusammenschlusses von Experten verschiedener wissenschaftlicher Disziplinen bestand in der Realisierung einer nachhaltigen Zukunft der Menschheit. Der italienische Industrielle hatte die Idee zur Gründung dieses Zusammenschlusses. Weltweites Aufsehen erlangte der Club of Rome mit seinem 1972 veröffentlichten Bericht „Die Grenzen des Wachstums“. Schon früh warnten seine Mitglieder vor den Folgen der Umweltzerstörungen und setzten sich für den Schutz der Ökosysteme ein.

P: Wenn wir an unsere Kinder und Enkelkinder denken: Haben wir, hat unsere Generation, viel falsch gemacht?

B: Im Nachhinein ist man immer schlauer. Natürlich kann man immer sagen, wir hätten uns früher von der Abhängigkeit trennen oder bewusster leben müssen. Bewusster in dem Sinne von „Rohstoffe sind endlich".

- **War denn die Entscheidung des Atomausstiegs falsch?**

B: Ich bin mir nicht sicher, ob wir uns heute wieder so entscheiden würden wie damals unmittelbar nach Fukushima – und zwar vor dem Hintergrund der Klimakrise und der Sicherheit der Energieversorgung. Es gibt Länder, die steigen – wie wir – aus der Kernenergie aus. Es gibt Länder, die steigen – wie wir – aus der Kohleverstromung aus. Aber ich kenne im Moment kein großes Industrieland, das gleichzeitig aus der Kernenergie **und** der Kohleverstromung aussteigt. Wir haben als Industrienation einen enormen Energiehunger und sind auf Grundlastfähigkeit angewiesen. Auf eine kontinuierliche Energieversorgung, unabhängig von Sonnenscheindauer, unabhängig davon, ob der Wind bläst oder nicht. Die Windkraft ist sicherlich konstanter in der Lage, Energie zu liefern als Solarenergie, Photovoltaik. Aber damals, nach **Fukushima** – so ist nunmal das Leben – gab es keine Akzeptanz mehr in der Bevölkerung für die weitere friedliche Nutzung der Kernenergie. Die Stimmung war eindeutig dagegen. Ich war ja dabei, ich habe das ja alles mitbekommen. Es ist einfach falsch, wenn gesagt wird, **Angela Merkel** hätte den Ausstieg aus der Kernenergie erzwungen. Kein einziger Ministerpräsident war mehr bereit, an der Kernenergie auf

Dauer festzuhalten, selbst die Ministerpräsidenten aus Baden-Württemberg und Bayern wollten aussteigen. Dieser Ausstieg war, wenn man so will, ein Gemeinschaftswerk. Hätte man damals schon die Debatten über die Senkung des **CO_2-Ausstoßes*** gehabt wie heute, hätte man vielleicht eher gesagt, jetzt denken wir noch einmal einen Moment darüber nach, was das für die Klimabilanz bedeutet. Denn unter CO_2-Gesichtspunkten ist Kernenergie wesentlich freundlicher als Kohleverstromung oder generell das Verbrennen fossiler Energieträger zur Energiegewinnung.

***CO_2-Ausstoß**

Mit CO_2 bezeichnet man eine chemische Verbindung von Kohlenstoff und Sauerstoff, die vor allem für die Klimaerwärmung verantwortlich gemacht wird.

INFOBOX

Angela Merkel

Angela Merkel (CDU) wurde am 17. Juli 1954 in Hamburg geboren. Sie wuchs in der DDR auf, studierte dort Physik und promovierte auch in diesem Fachbereich. Später engagierte sich Merkel in der Bürgerrechtsbewegung, arbeitete beim Demokratischen Aufbruch (DA) mit. In der ersten und gleichzeitig letzten frei gewählten Regierung der DDR unter **Lothar de Maiziére*** wurde Angela Merkel Regierungssprecherin. Durch die Fusion von DA und CDU wurde sie „automatisch" CDU-Mitglied. Bei der ersten gesamtdeutschen Bundestagswahl am 2. 12. 1990 gewann Merkel ihren Wahlkreis und zog als Abgeordnete in den Deutschen Bundestag ein. In dem ersten Bundeskabinett nach der Wiedervereinigung unter Helmut Kohl als Bundeskanzler übernahm Angela Merkel das Bundesministerium für Frauen und Jugend. Nach der Bundestagswahl 1994 wurde sie im Kabinett von Helmut Kohl Bundesministerin für Umwelt, Naturschutz und Reaktorsicherheit. In der Zeit von 1998 bis 2000 war sie Generalsekretärin der CDU, von 2000 bis 2018 CDU-Vorsitzende. Im Jahre 2005

wurde Angela Merkel zur ersten Bundeskanzlerin Deutschlands gewählt. Sie hat es geschafft, parteiinterne Widersacher in Schach zu halten und wurde vor allem für ihr außenpolitisches Geschick und Engagement gelobt. Seit 2005 ist Angela Merkel Bundeskanzlerin. Für eine erneute Amtszeit ab 2021 steht sie nicht mehr zur Verfügung.
Angela Merkel ist in zweiter Ehe mit dem Chemiker Prof. Joachim Sauer verheiratet; sie ist kinderlos.

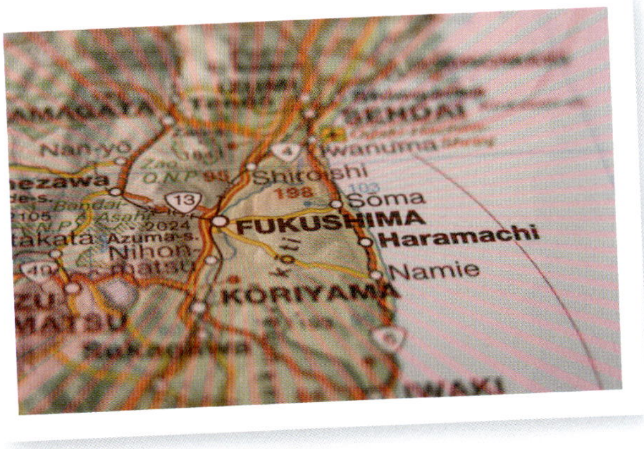

INFOBOX

Nuklearkatastrophe von Fukushima

Am 11. März 2011 begann eine Unfallserie in Fukushima, einer japanischen Stadt. Die Katastrophe begann mit einem Erdbeben, in dessen Folge es zu Kernschmelzen im Atomkraftwerk kam. Kurze Zeit später wurden durch das Beben Tsunamiwellen ausgelöst, wodurch bis zu vier Meter hohe Wellen auf Fukushima trafen. Durch die Freisetzung großer Mengen an radioaktivem Material wurde die Umgebung kontaminiert. Rund 100.000 bis 150.000 Menschen mussten das Gebiet verlassen. Die Zahl der Toten lag bei über 1.200.

4. Tschernobyl, Privatfernsehen, Mauerfall

– Die Achtziger Jahre

Auch in diesem Jahrzehnt sind es wieder Kriege, die die Welt erschüttern. Der Einmarsch sowjetischer Truppen Ende Dezember 1979 in Afghanistan löst Proteste in der westlichen und auch der islamischen Welt aus. Zwischen dem Iran und dem Irak bricht der **1. Golfkrieg** aus und die Engländer kämpfen im **Falklandkrieg.** Auch das **Massaker in China** auf dem Platz des himmlischen Friedens im Jahre 1989 erschüttert die Welt. Die Zahl der Toten wird auf rund 2.600 geschätzt. Weltweites Entsetzen löst das **Challengerunglück** aus, bei dem ein NASA-Weltraumflug mit einer bemannten Rakete nach etwas mehr als einer Minute in einer Katastrophe endet. Alle sieben Besatzungsmitglieder kommen ums Leben. Interessant sind die Veränderungen in der Sowjetunion. Dort leitet der sowjetische Generalsekretär der KPdSU, Gorbatschow, den Wandlungsprozess unter den Schlagwörtern **Perestroika** und **Glasnost** ein. Nicht zuletzt diese Veränderungen haben auch die Prozesse, die zur **Wiedervereinigung Deutschlands** geführt haben, befördert. Für das deutsche Volk stellt sicherlich die **Öffnung der Mauer** und die Vereinigung der beiden deutschen Staaten am Ende des Jahrzehnts das wichtigste Ereignis seit dem Ende des 2. Weltkriegs dar. Mit der Wiedervereinigung beginnt für Deutschland und die Deutschen ein langer Prozess der Wiederannäherung, da sich die Menschen teilweise sehr fremd geworden sind. Die unterschiedlichen Systeme haben deutlich ihre Spuren bei der Bevölkerung hinterlassen. Und so ist dieser Prozess mehr als dreißig Jahre nach der Wiedervereinigung noch nicht abgeschlossen.

Am 26. April 1986 lässt ein Ereignis die Welt aus den Fugen geraten: die **Reaktorkatastrophe in Tschernobyl.** In einem noch nie dagewesenen Ausmaß wird die Gefährlichkeit und – zumindest bis dahin – Unbeherrschbarkeit der Atomenergie deutlich. Die Auswirkungen dieser Katastrophe waren in Westeuropa ebenso spürbar wie in den nordischen Ländern unseres Kontinents. **Anti-Atomkraft-Bewegungen** bekamen durch dieses Unglück einen enormen Zulauf – und nicht zuletzt dadurch auch die gesamte Umweltbewegung. So ist es insgesamt nicht verwunderlich, dass in den Achtziger Jahren überall in Europa Umweltparteien gegründet werden. Die Grünen ziehen 1983 zum ersten Mal in den Deutschen Bundestag ein.

In der Bundesrepublik geht das **Privatfernsehen** an den Start. Damit erhalten die Öffentlich-Rechtlichen Sender nicht nur Konkurrenz um die Gunst der Fernsehzuschauer, sondern auch das Fernsehen an sich verändert sich radikal. Das Privatfernsehen setzt andere Akzente, stellt deutlich die Gewinnmaximierung ihres Unternehmens in den Fokus ihrer Aktivitäten. Dies liegt natürlich auch auf der Hand, da die Privatsender sich über die Werbeeinnahmen finanzieren müssen; anders als die Öffentlich-Rechtlichen.

- **Die große Angst vor der Kernenergie war schon in den Siebziger und Achtziger Jahren weit verbreitet. *„Atomkraft – nein danke!“* war ein weitverbreiteter Slogan, der letztlich die Angst vor der vermeintlich unbeherrschbaren Technik zum Ausdruck brachte. Und mehrere Reaktorunfälle hatten die Angst der Menschen deutlich befeuert.**

P: Ich war damals als Sportreporter unterwegs, hörte von diesem Zwischenfall, einem GAU, dem größten anzunehmenden Unfall. Man hatte ja keine Vorstellung, was das bedeutet. Es wurden Sicherheitsmaßnahmen verordnet, man sollte keine Pilze essen, die Kinder sollten nicht mit Sand spielen … Und wie der Zufall es so will, war ich genau in diesen Tagen in Lyon beschäftigt. Dort fand nämlich das Endspiel im Europapokal der Pokalsieger statt und Dynamo Kiew war dabei. Die spielten gegen Atletico Madrid, gewannen auch völlig sensationell, aber verdient mit 3 : 0. Es wurden noch Witze gemacht: *Die sind jetzt bestrahlt und sind deswegen schneller* und solche Sachen – was natürlich blöde Witze waren. Auf der anderen Seite spürte man zum ersten Mal so richtig greifbar die Angst vor einer Atomkatastrophe. Es gab die Bilder von dem Sarkophag. Zum ersten Mal hatte ich persönlich Angst vor Atomstrom. Nicht vor dem Strom selbst, sondern vor solchen Zwischenfällen. Dies wurde einem zum ersten Mal so richtig bewusst – auch im Hinblick auf die eigenen Kinder. Das war schon ein sehr unsicheres Gefühl.
Hat sich das bei dir auch so eingestellt?

INFOBOX

Reaktorkatastrophe in Tschernobyl

Am 26. April 1986 ereignete sich im Kernkraftwerk Tschernobyl bei Prypjat/Ukraine der bisher schwerste Unfall in der Geschichte der Kernenergie. Bei zwei Explosionen wurde einer der vier Reaktorblöcke zerstört und radioaktives Material in die Atmosphäre geschleudert. Weite Teile Weißrusslands, Russlands und der Ukraine wurden verseucht.

Dabei zog die radioaktive Wolke bis nach Mitteleuropa und zum Nordkap. Neben den gesundheitlichen Folgen der unmittelbar Betroffenen wurde nach dem Unglück von Tschernobyl weltweit die friedliche Nutzung der Kernenergie diskutiert.

***Three Miles Island**

Am 28. März 1979 kam es im Kernkraftwerk Three Miles Island in den USA zu einer sogenannten partiellen Kernschmelze.

B: Es gab ja nicht nur den Unfall von Tschernobyl, sondern auch im US-amerikanischen **Three Miles Island*** hatte sich schon früher ein Reaktorunfall ereignet. An die Reaktorkatastrophe von Tschernobyl kann ich mich deshalb so gut erinnern, weil zu dieser Zeit eine CDU-Reisegruppe in Moskau war. Die ist an dem Tag des Unglücks nach Hause geflogen. Der ehemalige Vorsitzende der CDU-Ratsfraktion war an Bord des Flugzeugs und hat ein Bild aufgenommen. Wenn man dieses Bild sieht, kann man den Eindruck gewinnen, dass dort ein Atompilz nach oben gestiegen ist. Das Foto ist in allen großen Medien der Welt erschienen, war auch für den Fotografen ein dankbares Motiv. Zu jedem besonderen Jahrestag – zwanzig, fünfundzwanzig, dreißig Jahre – wird das Bild gezeigt. Der Fotograf ist mittlerweile leider verstorben. Das Foto hat damals natürlich Schockwellen ausgelöst, auch in Ländern, in denen die sichersten Kernkraftwerke der Welt stehen, also auch in Deutschland. Gegen Emotionen anzutreten – das war nach Fukushima auch so – ist unglaublich schwierig. Auch hatten wir ja permanent Demonstrationen gegen die **Castor-Transporte*** in ein Zwischenlager oder Endlager. Wenn man fair ist – selbst Befürworter der Kernenergie müssen das tun – muss man sagen, dass die **Endlagerproblematik** immer noch nicht gelöst ist. Wir haben sogar ein Gesetz verabschiedet zur Regelung der Endlagerfrage. Ich ahne, wie es weitergeht. Wenn das Expertengremium die richtige Stätte gefunden hat, werden sich sofort die Anwohner dagegen wehren und dann werden dort die Demonstranten erscheinen. Es ist egal, für welchen Ort man sich entscheidet, keiner wird völlige Akzeptanz haben. Man muss ihn mit guten Sachargumenten begründen. Strich drunter: Die gesellschaftliche Akzeptanz für die Fortdauer der Kernenergie hat gefehlt, jedenfalls bei uns. In anderen Ländern, Beispiel Frankreich, hält man dagegen an der Kernenergie fest.

*Castor-Transporte

Damit sind die Transporte abgebrannter Brennstäbe zur Wiederaufbereitung in bestimmten Spezialbehältern (Castoren) gemeint.

P: Wie war das mit dieser Wolkenbildung – oder diesem Atompilz …? Es war doch nicht der Atompilz, der da aus dem Flugzeug aufgenommen worden war?

B: Das kann durchaus sein. Ich glaube es aber nicht. Es hätte auch der Sonnenuntergang über **Immekeppel*** sein können. Jedenfalls eine Wolkenkumulation, ein bedrohliches Bild, keine Frage. Aufgenommen zu dem Zeitpunkt, als dieses Unglück geschah. Damals gab es noch in Bergisch Gladbach die Firma Interatom, eine Tochterfirma von Kraftwerk Union – KWU, wiederum eine Tochterfirma von Siemens. Diese Firma Interatom war immerhin der zweitgrößte Arbeitgeber der Stadt und hat zum Beispiel die Technik für den **Schnellen Brüter in Kalkar*** entwickelt.

P: Der dann nicht ans Netz gegangen ist.

B: Genau, heute gibt es dort einen Freizeitpark. Nicht physisch gebaut, aber technisch wurde diese neue Reaktorlinie von Interatom entwickelt. Deswegen spielte auch hier in **Moitzfeld*** der **Fall Traube***, danach Atommanager bei diesem Unternehmen. Die Passagiere des Fluges aus Moskau wurden übrigens zunächst einmal nach dort gebracht, um zu sehen, ob sie in irgendeiner Form kontaminiert worden waren. Was aber nicht festgestellt wurde.

*Immekeppel

Stadtteil von Overath im Rheinisch-Bergischen Kreis.

*Schneller Brüter in Kalkar

Kernkraftwerk im niederrheinischen Kalkar. Es wurde nicht fertiggestellt – es ist heute ein Freizeitpark.

*Moitzfeld

Stadtteil von Bergisch Gladbach

*Fall Traube

Gesetzeswidrige Abhöraktion des Bundesamtes für Verfassungsschutz des Jahres 1975. Dabei war ein „Lauschangriff“ auf den Manager und Umweltforscher Klaus Traube gestartet, weil man ihn verdächtigte, er habe mit gesuchten Terroristen der Roten Armee Fraktion (RAF) Kontakt.

Tutti frutti und die „Mutter des Sex-Talks“ – Wie die „Privaten“ das Fernsehen revolutionieren und zur Sprachverrohung beitrugen

P: Wir bleiben noch einmal in der Mitte der Achtziger Jahre. Da entstand auf einmal so etwas Revolutionäres wie **Privatfernsehen und Privatrundfunk.** Alles änderte sich in den Medien. Ich war natürlich sehr mittelbar daran beteiligt. Wie hast du das empfunden: a) als Politiker und b) als Mensch? War das eine Sache, die du gut fandest – oder eher nicht?

B: Doch, denn: Konkurrenz belebt das Geschäft. Und es gab quirlige Formate, die man vorher öffentlich-rechtlich gar nicht sah. Bis heute auch noch nicht sieht. Zwei sind mir noch in Erinnerung: Einmal **Tutti-frutti*** **…**

P: Natürlich, großartiges Format!

B: Politisch nicht korrekt, aber tschinn, tschinn. Und **„Der heiße Stuhl"*,** den habe ich immer gerne gesehen, Vorläufer der Talkshows, die wir jetzt kennen. Beim „heißen Stuhl" ging es immer zur Sache. Es war so eine Art Talk-Monstrum, jemand wurde auf diesem Stuhl „gegrillt". Das war ein interessantes Format.

P: Es wurde auch mal gebrüllt in der Sendung. Ich war ja ein bisschen an der Entwicklung dieser Sendung beteiligt. Damals war ich bei RTL in der Informationsabteilung tätig. Wir haben sehr darüber diskutiert, ob wir eine solche Sendung machen können. **Olaf Kracht** war der richtige Mann dafür. Vorher hat das **Ulrich Meyer** gemacht. Es gab wirklich eine Aufbruchstimmung, wir haben uns Dinge getraut, die sich kein anderer getraut hat. Ob das jetzt gut oder schlecht war, sei mal dahingestellt. Ich hab auch so meine Vorbehalte, wenn ich so zurückschaue auf mehr als dreißig Jahre Privatfernsehen. Wir haben beispielsweise

***Tutti frutti**

Bei der Erotik-Spielshow ging es darum, dass durch einfache Glücks- und Ratespiele Punkte in abzulegende Kleidungsstücke von Stripperinnen investiert wurden.

***Der heiße Stuhl**

So wurde eine Fernsehdiskussionsrunde im Format einer Talkshow bezeichnet. Beim „heißen Stuhl" nimmt eine Person mit einer provozierenden These auf einem Stuhl Platz. Fünf weitere Personen sitzen dem „heißen Stuhl" gegenüber und vertreten eine völlig andere Meinung. „Der heiße Stuhl" wurde in den Jahren 1989 bis 1994 ausgestrahlt. Die Moderatoren waren Ulrich Meyer und später Olaf Kracht. Bei einer einmaligen Neuauflage moderierte Steffen Hallaschka die Sendung.

die Sprache schon ein bisschen verroht, wir haben sie jedenfalls verändert. Manche Dinge sind auch katastrophal gewesen, die da gelaufen sind, egal ob auf SAT 1 oder RTL. Vieles war nicht gut für die Gesellschaft.
Die Anfangszeit war jedenfalls von Aufbruch geprägt. Wir hatten kein Geld und haben beispielsweise die Spiele unserer Betriebsmannschaft live übertragen – zum Beispiel RTL gegen das Technische Hilfswerk Castrop-Rauxel am Sonntagnachmittag. Das war unglaublich, es war auch ein bisschen Piratentum. Dieser Privatsender war einfach anders. Zu dem Spiel in Castrop-Rauxel kamen 20.000 Zuschauer ins Stadion. Ich habe mit Mikrofon gespielt. Stolz bin ich darauf, dass **Günter Netzer*** in unserer Mannschaft war. Aber der konnte meine Ideen nicht so richtig verwerten. Er ging nie in die Tiefe des Raumes.
Aus der Insidersicht: Wir mussten – und das war die Aufgabe – aus einer Mark eine Mark zehn machen. Das war die Aufgabe von RTL, nichts anderes. Die Meinungsvielfalt war ja eines der Argumente – auch Helmut Kohl war ein großer Befürworter –, um Privatfernsehen einzuführen. Ob nun die Meinungsvielfalt realisiert worden ist, sei einmal dahingestellt. Aber letztendlich ging es darum, Geld zu verdienen. Genau das war die Aufgabe des Privatfernsehens. Das muss ich hier als Insider deutlich sagen. Aber dennoch war es eine spannende Zeit.

- **Was waren das für Formate, die deiner Einschätzung nach zur Sprachverrohung und ähnlichen negativen Auswirkungen geführt haben?**

P: Sendungen wie *„Familien im Brennpunkt"*. Das gibt's ja heute noch – oder *„Frauentausch"* und ähnliche Sendungen; bestimmte Formen der Talkshow – nicht *„Der heiße Stuhl“*. Das fand ich in Ordnung. Da waren Menschen auf dem „heißen Stuhl,“ die genau wussten, worauf sie sich eingelassen haben. In manchen Talkshows oder sogenannten Reality-Shows wurde ein armer Tropf, der gar nicht wusste, was mit ihm geschah, schlichtweg vorgeführt – im Sinne der Quote. Natürlich gilt das nicht für alle, ein Teil davon war auch ganz in Ordnung. Aber es gab schon vieles, was im Privatfernsehen anders war. So veränderten sich zum Beispiel die Nachrichtensendungen. Nachrichten wurden lockerer präsentiert. Ob man Nachrichten lockerer präsentieren muss, weiß ich nicht.

- **Wie haben denn Politiker darauf reagiert, dass jetzt plötzlich Nachrichten – zum Teil jedenfalls – anders präsentiert wurden?**

B: Es fiel auf, dass diese Nachrichtensendungen nicht wie die Tagesschau waren. Die Tagesschau ist ja so was wie regierungsamtlich, jedenfalls wird sie bis heute so gesehen. Sie besteht dreizehn Minuten aus Politik, Innen- oder Weltpolitik, eine Minute geht's um Königshäuser oder um Sport plus Wetter. Das war bei den Privaten anders. Da ist es vielleicht ein Drittel das, was wir als „harte Politik“ bezeichnen, ein Drittel ein bisschen Showbusiness, ein bisschen Sport und ein Drittel vielleicht Kuriositäten aus dem Alltag plus Wetter. Das war dann eben ein anderes, ein neues Format. Ich glaube, es war der Start von SAT 1, jedenfalls verbinde ich das mit dem Namen Jürgen Doetz in Mainz. Das müsste dann in den Achtziger Jahren gewesen sein.

P: Das Privatfernsehen begann 1984.

B: Mit der eindeutigen, auch politischen Unterstützung von **Helmut Kohl.** Das war so.

INFOBOX

Helmut Kohl (1930 – 2017)

Der CDU-Politiker war von 1969 bis 1976 Ministerpräsident von Rheinland-Pfalz. Von 1982 bis 1998 führte er als Bundeskanzler eine CDU / CSU / FDP-Koalition. Neben seinem Engagement für die europäische Integration setzte er sich für eine deutsche Wiedervereinigung ein, die ja auch schließlich 1989 mit dem Mauerfall und 1990 formal mit der offiziellen Wiedervereinigung erfolgreich abgeschlossen wurde. Probleme bereitete ihm die CDU-Spendenaffäre, in die er verwickelt war. Vor allem warf man ihm vor, nicht die Namen der Spender zu nennen, da er ihnen sein Ehrenwort gegeben hatte, ihre Namen nicht preiszugeben.

P: Andersherum, die politische Unterstützung spielte da auch eine große Rolle: RTL kam nach Nordrhein-Westfalen wegen der SPD, wegen der Verbindung zu Bertelsmann. Und ich weiß noch – wir waren ja noch in Luxemburg –, dass Bottrop als Standort im Gespräch war. Dagegen haben wir uns heftig gewehrt. Warum auch immer, nichts gegen Bottrop. Wir sind dann in Köln gelandet. Es gab die sogenannte Westschiene, das waren die SPD-unterstützten Sender und die Südschiene, das waren die CDU-unterstützten Sender. Das fand ich ein bisschen bedenklich. So war zum Beispiel Manfred Lahnstein ein wichtiger Mann bei Bertelsmann und auch bei RTL. Immerhin war er mal

Wirtschaftsminister in einer SPD-Regierung. Das war schon merkwürdig, dass politischer Einfluss auch auf die Sender genommen wurde.

- **Wenn man selbst in der Politik aktiv ist, wie empfindet man das dann?**

B: Ich habe das ja nur im **ZDF-Fernsehrat*** erlebt, dem ich einige Jahre angehört habe.

P: Aber jetzt nicht mehr?

B: Jetzt nicht mehr. Den Einfluss der Politik würde ich nicht überschätzen. Das waren damals sehr sachliche, fachliche Debatten. Wer da nicht medienpolitisch punkten kann, sollte es parteipolitisch nicht versuchen. Es ist ja auch ein wirklich großes Gremium mit vielen Dutzenden Mitgliedern, in dem die Politik nur einen Teil stellt. Die Politik dominiert nicht den Fernsehrat. Auch wenn das gerne behauptet wird.

P: Also, so dolle ist das gar nicht!

B: Nein, das wird überschätzt. Was mich über all die Jahre immer gewundert hat: Ich war im Gremium, das sich unter anderem mit Programmbeschwerden beschäftigen musste. Wenn die Kettensäge wütete – das war nicht so schlimm. Aber der blanke Busen regt auch im 21. Jahrhundert immer noch Menschen auf. Wie man denn das zeigen könne, oder das sei doch eindeutig ein Geschlechtsakt gewesen und ob man das im Öffentlich-Rechtlichen zeigen müsse. Wir haben uns die strittigen Szenen ange-

*** ZDF-Fernsehrat**

Als Rundfunkrat des Zweiten Deutschen Fernsehens überwacht er die Einhaltung der Programmrichtlinien bzw. die Grundsätze, die im Rundfunkstaatsvertrag aufgestellt wurden. Der Fernsehrat wird für die Dauer von vier Jahren gewählt. Derzeit (2020) sitzen im ZDF-Fernsehrat 16 Vertreter der Länder, 2 des Bundes, 5 der Religionsgemeinschaften und 37 weitere Vertreter aus verschiedensten Bereichen des gesellschaftlichen Lebens.

schaut. Dazu bekam man vorher eine CD zugeschickt. Bei den wirklich harten Szenen frage ich mich heute noch: Muss das im Öffentlich-Rechtlichen wirklich sein? Jetzt spreche ich von Gewalt und nicht von blanken Busen. Dagegen gab's auch Beschwerden. Richtig kritisch wurde es bei – so nannte man das früher – schlüpfrigen Szenen.

P: Daran erinnere ich mich auch, dass RTL lange davon lebte, samstagabends schlüpfrige Spielfilme zu zeigen. *„Unterm Dirndl wird gejodelt"* oder *„Liebesgrüße aus der Lederhose"* und so etwas – war ein großer Erfolg, kostete wenig im Einkauf.

B: Kostümbildner hatten nicht viel zu tun.

P: **Erika Berger*** tauchte auf.

B: Sexualberaterin!

P: Wunderbar fand ich das. War schon ein bisschen revolutionär, aber eigentlich spießig.

- **Was hast du als Fußballfreund gedacht, als es plötzlich hieß: Die Bundesliga im Privatfernsehen.**

B: Das geht ja natürlich gar nicht!

P: Ich bitte dich, ich hab das damals eingekauft.

B: **Sportschau** war samstagabends im Ersten, Anpfiff 15.30 Uhr, das ist Kulturgut. Dann wird's natürlich schwierig, wenn es ins Privatfernsehen abwandert – wie Länderspiele auch. Das war ein ewiger Kampf im Fernsehrat. Wir haben uns auch zum Beispiel mit der Frage beschäftigt – natürlich anderes Thema, aber gleiches Problem –: Muss jetzt eine Königshochzeit auf vier Sendern parallel übertragen werden?

P: Warst du da im Fernsehrat, als RTL die Rechte an der Bundesliga bekam?

B: Nein, da noch nicht. Es ging aber zum Beispiel um die Frage: Brauchen wir zweimal Kompaniestärke bei Olympischen Spielen oder Fußballweltmeisterschaften für die Technik? Was die Stimmen, die Moderatoren angeht: Ja! Damit identifizierst du ja einen Sender, aber doch nicht, was die Technik betrifft.
Für mich als Traditionalist war immer klar: Bundesliga gehört ins Öffentlich-Rechtliche, und damals gab es auch noch nicht das **Aktuelle Sportstudio** erst um 23 Uhr.

P: Es begann schon um 22 Uhr.

B: Der spätere Beginn der Sendung ist erst vor wenigen Jahren gekommen. Damals wurden alle Länderspiele von den

Öffentlich-Rechtlichen übertragen, die Anpfiffzeit der Bundesligaspiele war 15.30 Uhr. Und zwar nicht von vier Spielen, sondern erst von acht, dann von neun Spielen. An diese Änderungen musste ich mich wirklich erst gewöhnen.

P: Aber mein lieber Fernsehrat: Ist es denn die Aufgabe eines öffentlich-rechtlichen Senders, den Profifußball zu subventionieren?

B: Nein! Aber das interessierte Publikum zu informieren!

P: Also …?

B: Nein, aber das gilt doch als Kulturgut wie Tagesschau und ähnliche Sendungen …

P: Aber ist das nicht zu teures Kulturgut?

B: Darum geht's ja. Mit den heutigen Preisen können die Öffentlich-Rechtlichen nicht mehr mithalten. Die Privaten haben da andere Refinanzierungsmöglichkeiten. Bei den öffentlich-rechtlichen Sendern gibt es nach 20 Uhr keine Werbung mehr. Die Preise für die Übertragungsrechte sind echt explodiert! Hinzu kommt noch die Zweitverwertung. Jedenfalls bei den Champions-League-Spielen war das dann öffentlich-rechtlich nicht mehr finanzierbar.

P: Jetzt muss ich dich doch einmal direkt fragen: Hast du mich da wahrgenommen, als ich **„Anpfiff"*** gemacht habe? Oder hast du kategorisch nicht RTL geguckt?

B: Selbstverständlich hab ich das geguckt.

*** „Anpfiff"**

Februar 1988 begann RTL mit der Ausstrahlung der Bundesligaberichte, nachdem sich der Sender die Erstverwertungsrechte an der Bundesliga gesichert hatte. Bereits 1986 hatte der Sender unter dem Titel „Anpfiff" von einem Bundesligaspiel in der Woche berichtet, das nicht in der ARD-Sportschau gezeigt wurde. „Anpfiff" wurde von 1988 bis 1992 vom damaligen RTL-Sportchef Ulli Potofski moderiert. Die Sendung unterschied sich dadurch, dass sie Entertainment-Elemente enthielt und bis zu drei Stunden samstags bei Spielbetrieb dauerte.

P: Und einen Schock gekriegt?

B: Selbstverständlich …!

P: Wegen der Frisur!

B: Nein, nein, nein! Die Spiele waren ja die gleichen, wurden sogar peppiger kommentiert und – das war für mich auch ein Qualitätssprung, jetzt als Fan – unterhaltsamer präsentiert. Vorher war das doch so nach dem Prinzip: Schmitz auf Müller, Müller auf Meier … Tor! Das war jetzt bei den Privaten anders. Es wurde auch um das Spiel herum berichtet, nach dem Spiel wurden Interviews geführt. Es war mehr Ereignis als nüchterne Sportreportage – und auf einmal war's kein tolles Tor mehr, es war ein geiles Tor.

P: Das war **Werner Hansch*!**

B: Das war Werner Hansch! Solche Ausdrücke hatte man früher auch nicht gehört – zum Beispiel von Kurt Brumme. Es gab natürlich auch Dinge, die sind grenzwertig: „Der Ball ging um Schamhaaresbreite am Tor vorbei." Auch von Werner Hansch.

P: Nein!

B: Das wäre natürlich öffentlich-rechtlich gar nicht gegangen. Ich glaube, da wäre die Karriere am Mikrofon schnell beendet gewesen.

P: Werner Hansch kam vom WDR, der hat das ja wohl dort gelernt!

B: Aber die Zeiten hatten sich verändert. Es wurde alles lockerer – auch bei den Öffentlich-Rechtlichen. Vielleicht, weil die Privaten als Konkurrenz da waren. Derselbe Spruch in den Sechziger Jahren wäre sicherlich problematischer gewesen. Ich weiß auch heute nicht, ob man sich über Schalke 05 aufregen würde?

P: Absolut, völlig zu Recht, finde ich auch! Das fand ich lustig damals …

B: **Carmen Thomas*!**

P: Die hatte im Aktuellen Sportstudio diesen herrlichen Versprecher – und mein Vater war entsetzt. Daran kann ich mich noch sowas von erinnern: *„Nie wieder, die Frau muss weg! Was kann die da erzählen, die hat sich wohl nie für Fußball interessiert."* Das war eine Katastrophe! Ist übrigens mehreren Männern danach auch noch passiert.

B: Oder wollten die einen Kalauer machen?

P: Nein, nein, man hat das vielleicht als so eine Art Freud'sche Fehlleistung interpretiert. Was mir auch alles an Fehlern passiert ist! Um Gottes Willen! Sicher, die Zeiten wurden in der Tat ein bisschen lockerer, aber „Schalke 05" war natürlich damals ein Skandal. Ich bin überhaupt der Meinung, dass wir das im Sport nicht alles so übertreiben sollen – mit dieser Wissenschaftlichkeit, dieser Ernsthaftigkeit. Daten, Zahlen, Fakten sollen stimmen – aber bitte nicht übertreiben!

Als Quantensprung in meinem beruflichen Leben erlebte ich, als ich RTL-Sportchef wurde und Sportveranstaltungen übertragen durfte. Das hätte ich mir ja nie erträumt! Dieser Vierzehnjährige, der von der Volksschule kam – und auf einmal hatte ich einen Etat von 500 Millionen, den ich verwalten musste. Das habe ich auch nicht lange gemacht, weil mir das tierisch auf den Wecker ging. Aber das war natürlich so eine Geschichte, die ich mir nie hätte vorstellen können für mein Leben – Verantwortung für so viel Geld zu übernehmen.

- **Als Politiker muss man ja auch Verantwortung für Geld übernehmen. Ist einem das bewusst? Ist das eine große Belastung?**

B: Ja und nein. Nicht so sehr, wie es sein müsste, weil man ja nicht mit dem eigenen Geld Entscheidungen treffen muss. Wenn es das Geld anderer ist, fällt es einem leichter. Ich habe mich mein Leben lang gewundert, mit welcher Gelassenheit es die öffentliche Hand hinnimmt, wenn Kosten explodieren. Nun ist es meistens so: *Vor der Hacke ist es dunkel!* Wenn erst mal gebaut wird, fällt dem Unternehmer plötzlich ein, was er angeblich alles an Mehrleistungen erbringen muss. Bei jedem Straßenbau gibt es auf einmal eine andere Bodenklasse – und dann wird nachverhandelt.

Ich weiß ja noch genau, was man uns alles erzählt hat beim **BER Berlin***. Oder beim Umzug des **Bundesnachrichtendienstes*** von Pullach nach Berlin – jedenfalls der größte Teil ist jetzt in Berlin, Teile sind in Pullach verblieben. Es ging letztlich um das zwei- und dreifache der ursprünglich veranschlagten Kosten. Es muss am Ende alles bezahlt werden. Die öffentliche Hand geht ja nicht pleite, so wie ein privater Bauherr, der sagt: *Mehr kann ich nicht … Ende! Es kostet, was es kostet, und die Rechnungen werden bezahlt.* Diese Gelassenheit hat mich immer gewundert. Da würde ich mir auch wünschen, dass diejenigen, die an den entscheidenden Stellen sitzen, sagen: *Es ist zwar nicht mein Geld, aber es ist das Geld, das mir anvertraut wurde und ich muss aufpassen, dass ich keinen Euro mehr bezahle als ich bezahlen müsste.* Wir als Politiker treffen selbst keine Vergabeentscheidungen. Da sind wir nicht beteiligt, das machen die zuständigen Stellen.

*BER Berlin

Seit 2006 befindet sich der Flughafen Berlin Brandenburg „Willy Brandt" im Bau. Mehrfache Verschiebungen des Eröffnungstermins von 2011 auf den 31. Oktober 2020.

*Bundesnachrichtendienst

Diese Bundesbehörde ist für die zivile und militärische Auslandsaufklärung zuständig. Der Hauptstandort befindet sich in Berlin. Rund 6.500 Mitarbeiter arbeiten in dieser Behörde.

„Wir sind das Volk!"

P: Vorhin war von einer Mauer die Rede. Eine andere Mauer, die **Berliner Mauer,** hatte ja für uns Deutsche eine besondere Bedeutung. Als sie damals mehr oder weniger plötzlich gefallen ist, ist das Freude für dich gewesen?

B: Total, darauf hatten wir doch Jahrzehnte hingearbeitet. Es war leider nicht selbstverständlich, am Gedanken der Einheit Deutschlands festzuhalten. Die politische Konkurrenz hatte sich in weiten Teilen verabschiedet. Es gab eine **zentrale Erfassungsstelle für SED-Unrecht*** in Salzgitter. Nur noch die Unionsgeführten Bundesländer hatten diese

*Zentrale Erfassungsstelle für SED-Unrecht

Hier werden Belege für in der DDR begangenes Unrecht gesammelt und dokumentiert.

Stelle finanziert. Es gibt da böse Zitate von sozialdemokratischen Würdenträgern gegen die Wiedervereinigung. Noch am 10. November 1989 hatte **Walter Momper*,** damals Regierender Bürgermeister von Berlin, gesagt, es ginge nicht um Wiedervereinigung, es ginge nur ums Wiedersehen.

Ich wollte unbedingt nach Berlin. Auf in die Hauptstadt, um mir das alles anzusehen.

Damals war der Regierungssitz noch in Bonn; aber immer als eine Art Provisorium für Gesamtdeutschland, was später umstritten war. Klar, Berlin ist nach wie vor der politische Mittelpunkt des Landes, auch aus historischen Gründen. Aber ich durfte nicht nach Berlin fahren, weil meine Frau hochschwanger war. Meine Frau hatte nur gesagt: *Hiergeblieben!* Wenige Tage später ist dann unsere älteste Tochter geboren und die Jüngste wurde an einem 9. November geboren; allerdings erst 1995. Aber deswegen kann ich mich an die Tage noch gut erinnern, habe stundenlang vorm Fernseher gesessen. Was auch wichtig war –

es war so etwas wie eine politische Lehrstunde. Ich war sechs Jahre lang Büronachbar von Helmut Kohl und wir hatten in dieser Zeit Stunde um Stunde in lockerer Atmosphäre über die Geschichte Deutschlands gesprochen.

P: Wie muss man sich das vorstellen: In lockerer Atmosphäre …?

B: In lockerer Atmosphäre meistens bei einer guten Flasche Wein.

P: So wie andere über Fußballspiele sprechen? Das ist jetzt ein bisschen flapsig vielleicht …

B: Wir waren Büronachbarn auf der vierten Etage „Unter den Linden 71“. In der Regel waren wir die Letzten im ganzen Gebäude, die nach Hause gegangen sind. Und draußen wartete der Fahrer, **Ecki Seeber,** der Jahrzehnte für Helmut Kohl unterwegs war. Eine ganz treue Seele. Der konnte ja seinem Chef schlecht sagen: *Herr Bundeskanzler, ich möchte gerne Feierabend machen.* Im Vorzimmer saß **Juliane Weber** und in dem riesigen Chefbüro Helmut Kohl. Dann kam Ecki Seeber schon mal zu mir und sagte: *Hör mal, kannst du nicht dem Chef sagen, dass er jetzt mal Feierabend machen soll?* Ich weiß noch, dass ich mal rübergegangen bin und sinngemäß gesagt habe: *Herr Bundeskanzler – ich habe immer Bundeskanzler gesagt, er hat mich immer geduzt –, sollen wir zwei jetzt nicht mal Feierabend machen?* Da hat er nur gesagt: *Du hast es gut, aber was soll ich denn jetzt machen?*
Ja – was sollte er denn machen, der Helmut Kohl? Ich hatte immer im Hotel gewohnt, ich konnte noch in den

Fitnessraum gehen, in die Sauna, ins Schwimmbad oder abends noch etwas trinken. Helmut Kohl hätte das nicht machen können. Er hatte zwar Zeit, war ja nicht mehr Bundeskanzler, sondern einfacher Abgeordneter.
Gerne hat er mich rübergeholt und wir haben eine Flasche Wein getrunken. Helmut Kohl konnte toll erzählen! Es war sehr interessant. Ich habe ihn ganz anders kennengelernt als viele andere und als ihn die Öffentlichkeit häufig wahrgenommen hat. Er ist leider oft verspottet worden als *Birne* und wegen seines Dialektes ... Ich habe ihn als sehr

geschichtsbewusst erlebt. Zwei Dinge sind mir in guter Erinnerung geblieben: Für ihn war die europäische Einigung mindestens so wichtig wie die deutsche Wiedervereinigung. Wenn einer sagte: **„Kanzler der Einheit"** – das hat er gerne gehört. Aber es kam dann sofort der europäische Einigungsprozess. Das Zweite: Euphorie dämpfen. Auf der einen Seite war nach dem Fall der Mauer klar, dass man die Hoffnung der Menschen auf eine rasche Wiedervereinigung erhalten musste. Hätte es die Wiedervereinigung nicht gegeben, die Menschen wären zügig in den Westen gekommen. Die Menschen in der DDR wollten Wohlstand, Sozialstaat, Rechtsstaatlichkeit. Aber man musste auch die Euphorie dämpfen. In dem Zusammenhang war die **Dresdener Rede*** ganz wichtig. Es war damals nicht selbstverständlich, dass die **Wiedervereinigung am 3. Oktober 1990** kommen würde unter Beibehaltung der Mitgliedschaft in der **NATO*.** Es gab Westmächte, die gar nicht begeistert waren von der deutschen Wiedervereinigung. **Margret Thatcher*** zum Beispiel. Deshalb wurde in den Monaten danach von deutscher Seite her diesen Staaten signalisiert: *Freunde, wir wollen keine dominierende Stellung einnehmen. Wir sind zwar nach der Wiedervereinigung das bevölkerungsreichste Land der EU, aber fürchtet euch nicht.* Eher dämpfen als euphorisch. Diese Haltung fand ich sehr interessant, beeindruckend für Helmut Kohl.

*Dresdener Rede

Kohl hielt am 19. Dezember 1989 vor den Trümmern der Frauenkirche in Dresden eine Rede zur Entwicklung in Deutschland. Es durften weder die Hoffnungen der DDR-Bürger enttäuscht, noch die internationalen Partner brüskiert werden. Kohl betonte, dass die Wünsche der DDR-Bevölkerung respektiert werden würden.

*NATO (North Atlantic Treaty Organization)

Der Nordatlantikpakt (1949 gegründet) ist ein Verteidigungsbündnis von 29 europäischen und nordamerikanischen Mitgliedstaaten. Ziel ist es, die Sicherheit der Mitgliedstaaten sicherzustellen und weltweit für Stabilität zu sorgen. Als Defensivbündnis ist es auf die Verteidigung ausgerichtet.

INFOBOX

Wiedervereinigung Deutschlands

Bei der sogenannten friedlichen Revolution in der DDR strebten viele Menschen eine Veränderung des politischen Systems an. Im Herbst 1989 kam es in zahlreichen ostdeutschen Städten zu Demonstrationen, die mit dem Motto „Wir sind das Volk!" die Ernsthaftigkeit ihrer Absichten zum Ausdruck brachten. Besonders bekannt wurden die Montagsdemonstrationen in Leipzig, die meist von kirchlicher Seite ausgingen und auch häufig in Gotteshäusern stattfanden. Auf friedlichem Wege sollte die SED-Staatsmacht zurückgedrängt werden. Hinzu kam die verstärkte Ausreisewelle, bei der DDR-Bürger das Staatsgebiet in Richtung Westen verließen und dabei in bundesdeutschen Botschaften von Drittstaaten Zuflucht suchten. In dieser Zeit entwickelte sich die größte Fluchtbewegung aus Ostdeutschland seit dem Bau der Berliner Mauer. Im August 1989 gelangten beim sogenannten Paneuropa-Picknick bei Sopron (Stadt im Nordwesten von Ungarn) 661 DDR-Bürger über die Grenze von Ungarn nach Österreich. Bereits drei Tage später gelang dies weiteren 240 Menschen. Als ungarische Grenztruppen weitere Grenzübertritte mit Waffengewalt verhinderten und Flüchtlinge verletzt wurden, spitzte sich die Situation zu. Daraufhin öffnete in der Nacht vom 10. auf den 11. September Ungarn seine Grenze für DDR-Bürger. Bereits einige Monate zuvor hatte Ungarn damit begonnen, den Grenzzaun zu demontieren – unter Stillhaltung des damaligen sowjetischen Staatschefs **Michael Gorbatschow*.** Allerdings waren die Grenzpatrouillen verstärkt und Flüchtende wieder ins Landesinnere zurückgeschickt worden. Als aber am 27. Juni 1989 die Außenminister Ungarns und Österreichs symbolisch ein Loch in den Grenzzaun schnitten, gingen diese Bilder um die Welt und wurden zum Symbol für den Fall des „Eisernen Vorhangs“, der eine Minute nach Mitternacht am 11. September 1989 endgültig fiel. Mehr als 25.000 DDR-Bürger flohen in den folgenden Wochen auf diesem Wege.

Währenddessen ging die Protestwelle in der DDR weiter. Bereits während des „Republikgeburtstages“ am 7. Oktober 1989 kam es bei den Festlichkeiten in Berlin zu Protestaktionen und polizeilichen Übergriffen. Der Druck der „friedlichen Revolution“ auf die SED-Führung und der damit verbundene Veränderungswille großer Teile der DDR-Bevölkerung bzw. der drängende Wunsch nach Ablösung des damaligen diktatorischen Systems und ihrer Repräsentanten wurde immer stärker. So wurde am 18. Oktober Erich Honecker als Staatschef von Egon Krenz abgelöst. Es folgten eine Groß-

demonstration auf dem Berliner Alexanderplatz wenige Tage vor dem Mauerfall, der das Ende der DDR besiegelte. Der Mauerfall in der Nacht vom 9. auf den 10. November 1989 und die damit verbundene Grenzöffnung führte zur Regierung unter **Hans Modrow*.** Dabei spielte der von der Protestbewegung „Demokratie Jetzt" initiierte „Zentrale Runde Tisch" eine große Rolle. Gleichzeitig wurde die Auflösung des Stasi-Apparates erzwungen.
In der Folgezeit gab es zahlreiche Aktivitäten zur Vorbereitung und Regelung einer angestrebten Wiedervereinigung. Schließlich fand am 3. Oktober 1990 offiziell die Vereinigung der beiden deutschen Staaten zur Bundesrepublik Deutschland statt.

P: Du hast diese Ereignisse um den Mauerfall auch mehr oder weniger am Fernseher mitbekommen.

B: Ich war damals noch nicht im Bundestag, erst in der Periode ab 1994. Erst im Nachhinein habe ich viele Details erfahren, die ich vorher gar nicht kannte.
Zu den beeindruckenden Details gehört sicherlich eine Szene mit dem ungarischen Botschafter: Mein Büro lag in Sichtweite der ungarischen Botschaft, die sich heute noch dort befindet. Wir konnten uns quasi zuwinken, von der anderen Straßenseite, *Ecke Wilhelmstraße,* zu meinem Büro *Unter den Linden.* Bei einem Besuch brachte er mir einmal einen Brief mit, den ich heute noch habe. Es handelte sich um den Brief des ungarischen Außenministeriums an das Außenministerium der DDR vom Sommer 1989. Dort stand der schöne Satz, dass Ungarn die Flüchtlinge, die gerne nach Österreich ausreisen wollten, an der Ausreise nicht hindern würden. Die Bundesrepublik kam in diesem

Brief gar nicht vor. Die Frage war, wie würde die Sowjetunion reagieren, wenn der sozialistische Bruderstaat Ungarn die DDR-Bürger ausreisen lassen wollte. Es gab ja schon mal die **Niederschlagung des Aufstandes in Ungarn***. Das war ein ganz wichtiger Moment, als **Gorbatschow** mit dem schönen Satz klargemacht hat: *Die Ungarn sind gute Leute.* Deshalb ging die Bundesregierung davon aus, dass die Sowjetunion militärisch nicht intervenieren würde.

*** Niederschlagung des Aufstandes in Ungarn**

Bei der „Revolution" des Jahres 1956 erheben sich bürgerlich-demokratische Kräfte in Ungarn in ihrem Freiheitskampf gegen die kommunistische Regierung, die von der sowjetischen Besatzungsmacht unterstützt wird. Als die ungarische Regierung bei einer Großdemonstration auf die Demonstranten schießen ließ, brach ein bewaffneter Kampf aus. Mit Panzern und starker militärischer Präsenz beendete die Sowjetarmee den Freiheitskampf und schlug damit die Protestaktion nieder.

„Ganz in Weiß" am Wörthersee und Früchtebecher in der DDR

P: Meine Erinnerungen an den Fall der Mauer sind ganz andere. Ich hatte an diesem Tag zufällig eine Gastrolle in der wunderbaren Fernsehserie *„Ein Schloss am Wörthersee"*. Jeder bei RTL, der nicht schnell genug auf'm Baum war, musste damals in irgendwelchen Serien mitspielen. So

habe ich auch einmal mit **Howard Carpendale*** gespielt, auch mit **Kulenkampff*** und was weiß ich mit wem noch. Jedenfalls war ich damals zu Gast am Wörthersee mit **Roy Black*** als Hauptdarsteller und **Julia Kent*,** eine der Hauptdarstellerinnen. Am frühen Abend begann die Berichterstattung von dem Mauerfall. Wir saßen in einem Raum in einem hüttenähnlichen Haus, Roy Black, Julia Kent, der Produzent **Karl Spiehs*** und ich. Wir konnten die Augen nicht lösen vom Fernseher und dem, was dort gezeigt wurde. Das war schon ein irres Gefühl. Ich war als Sportreporter schon oft in der DDR gewesen, wusste etwas über die Menschen dort. Ich hatte immer geglaubt, dass es auf alle Ewigkeit diese Trennung Deutschlands geben würde. Als junger Mensch war ich durchaus der Meinung, dass man die DDR voll anerkennen sollte. Dann wäre Ruhe und man hätte eine friedliche Koexistenz.

B: Genau, das war der Sound der damaligen Zeit.

P: War auch mein Gefühl. Doch dann fällt diese Mauer. Das war unbegreiflich. Aber auch ein wunderschönes Gefühl, weil man zum ersten Mal ganz bewusst so einen freiheitlichen Akt, eine völlige Veränderung der Weltgeschichte, mitbekam. Irgendwann, so gegen Mitternacht, sagte dann Herr Spiehs: *So, meine Herrschaften, es ist genug hier mit der Politik, wir fahren jetzt ins Spielcasino nach Klagenfurt.* Dann ist der mit uns nach Klagenfurt gefahren. Ich weiß noch, jeder bekam einen Jeton – und ich gewann 100 Mark, hatte mein Geld verdoppelt. Auf der Rückfahrt – so was bleibt ja und war so irreal – sagte diese Julia im Auto zu Roy Black: *Was für ein schöner Abend. Können Sie nicht mal für mich „Ganz in Weiß" singen?* Dann sang Roy Black für fünf Leute im Auto *„Ganz in Weiß"*. Ich fand das Lied nie toll, aber an dem Abend und auch jetzt wieder habe ich eine Gänsehaut.

B: Das hatte was!

P: Ja, das war so irreal! Dann habe ich noch etwas erlebt. Wenige Tage später bin ich nach Dresden gefahren, weil ich über **Matthias Sammer*** – ein außergewöhnlicher Fußballer – ein Porträt machen wollte. So war ich zehn, elf Tage nach der Maueröffnung in Dresden. Sammer spielte mit seinem Verein, **Dynamo Dresden,** gerade gegen Berlin. Ich hatte jeglichen Zugang zum Stadion, den man sonst in der Bundesliga nie hatte, konnte überall hin. Die Dresdener waren so offen, freuten sich, dass wir als West-Fernsehen über sie und einen ihrer Spieler berichteten. Dann kam der damalige Präsident von Dynamo Dresden auf die wunderbare Idee und sagte zu mir: *Wissen Sie was, Sie müssen jetzt mal zu diesen ganzen Leuten hier im Stadion sprechen. Ich sagte: Nein, das kann ich nicht.* Er meinte: *Doch, sprechen Sie darüber, wie es jetzt nach der Wiedervereinigung weitergeht mit dem Fußball in Deutschland.* Die Eitelkeit siegte. Ich stand dann vor fünfundzwanzig Tausend Menschen im **Rudolf-Harbig-Stadion** und begann – ich weiß es noch wie heute – mit den Worten: *Liebe Leute, glaubt nicht, dass in Zukunft Milch und Honig fließt.* Pfiffe waren die Folge. Das wollten die ja nicht hören. Anschließend bin ich ein bisschen zurückgerudert. Es war dann alles ganz nett und es gab auch Applaus für mich. Ein bisschen habe ich mich so gefühlt wie der Bundeskanzler. Nur sprach ich nicht von *„blühenden Landschaften"*. Fünfundzwanzig Jahre später hatte ich in Dresden wieder zu tun und für SKY ein Fußballspiel zu reportieren, steige nach hinten in ein Taxi. Der Taxifahrer dreht sich um und sagt zu mir: *Übrigens, Sie hatten damals Recht. Milch und Honig, das durfte ja auch keiner erwarten, das war ja Blödsinn.*

B: Du weißt, was **Joachim Gauck*** gesagt hat?

P: Was hat er gesagt?

B: *Wir träumten vom Paradies und erwachten in Nordrhein-Westfalen.*

P: So ist das unter Umständen. Trotzdem ist es eines der schönsten Ereignisse, die wir miterleben und mitfühlen durften.

B: So etwas hatte es ja auch noch nie gegeben in der Geschichte und wird es wohl auch nur noch einmal geben können, falls Nord- und Südkorea sich vereinen sollten. Ja, das war ein Glücksfall in unserer wechselvollen Geschichte!

P: Das sind so Momente, wo man den Hauch der Weltgeschichte mehr als gespürt hat. Dafür bin ich wirklich dankbar.

B: Warst du vorher mal in Ost-Berlin oder „nur" in der DDR?

P: Ich war in der DDR, ich war in Leipzig …

B: Du musst doch über das damalige Stadtbild erschrocken gewesen sein. Ich war nur ein einziges Mal in der DDR.

P: Erschrocken war ich nicht. Das war das Komische. Es war anders, das gebe ich zu, und ich erinnere mich an Banalitäten: Ich saß in einer Eisdiele in Rostock und bestellte einen Früchtebecher. Ich weiß, es ist ein blödes Beispiel: Und dann bekommst du einen Becher und der ist zu 75 Prozent mit Apfelmus gefüllt und oben ist eine Eiskugel drauf. Das war der Früchtebecher der DDR. Da guckte man schon ein bisschen komisch. Ich hatte bei den Menschen, zu denen ich Kontakt hatte, immer ein gutes Gefühl. Es war ein bisschen anders, ja, man wurde gerade auch als Journalist ein wenig anders behandelt. Wir hatten auch immer „Aufpasser" im weitesten Sinne. Aber ich war nicht schockiert. Es gab ja auch Leute, die mit voller Überzeugung an das geglaubt haben, was dieser Staat zum Ausdruck gebracht hatte.

B: Das ist sicherlich richtig. Ich war bestimmt zwei Dutzend Mal in Ost-Berlin, dachte, so ähnlich sieht dann wohl die gesamte DDR aus. Und dann war ich Ende Februar / Anfang März 1990 im Wahlkampfeinsatz, in Leuna, in Bitterfeld, Leipzig, Dresden, Crimmitschau und Senftenberg. Die Strecken werde ich nicht vergessen, da war ich schon schockiert, vor allem über den Zustand der Städte und Gemeinden. Aber ich habe auch – genau wie du es gerade geschildert hast – großartige Menschen kennengelernt. Menschen, bei denen ich nicht sicher war, ob sie sich wirklich nur von Herzen über die Wiedervereinigung freuen würden oder ob nicht für sie gleichzeitig ein Traum geplatzt ist. Ich war gerührt, unter welchen Verhältnissen die

Menschen damals versucht haben, aus einer schwierigen Situation das Beste zu machen. Die wollten auch kein Mitleid oder bedauert werden. Es ging allerdings bei den Generationen auseinander. Wer damals fünfzehn, zwanzig Jahre alt war, sagte: *Jetzt beginnt ein neues Leben.* Und wer damals sechzig, siebzig war, hat zurückgeblickt auf die „braune Diktatur", auf die „rote Diktatur" und wahrscheinlich haben die meisten gesagt: *„Schade, dass wir nicht noch mal unser Leben unter anderen Verhältnissen leben können."*

P: Komische Frage: Was wäre passiert, wenn wir beide in der DDR großgeworden wären?

B: Wahrscheinlich dasselbe, wie es vielen anderen Menschen in der DDR ergangen ist. Es gab Widerstand, es gab Mitläufer, es gab die, die wir heute als Täter bezeichnen würden, und es gab wahrscheinlich nicht wenige, die nur ihr privates Leben leben wollten, die nur ihr bescheidenes Glück suchten, die nur – unabhängig von den politischen Umständen, dem politischen System – das Beste aus einer schwierigen Situation machen wollten. Das wirst du in allen Diktaturen finden.
Es gibt ja die hinreißenden Bücher von **Volker Kutscher*,** jetzt verfilmt in **„Berlin Babylon",** abgeschlossene Geschichten, aber immer fortgeschrieben der Zeit – Weimarer Republik, Nationalsozialismus, wo auch die Protagonisten in diesen Geschichten die ganz unterschiedlichen Phäno-Typen darstellen. Es hat eben zu allen Zeiten unterschiedliche Typen gegeben, die mit diesen Systemen zurechtkamen, die sie geprägt, die darunter gelitten, die Widerstand geleistet haben – und die, die nur überleben wollten.

P: Themenwechsel – Werden wir mal ein bisschen privater: Liebe, Partnerschaft. Ist es mal ein Problem gewesen für dich im Sinne von: *Die Partnerschaft, die ich gerade habe, geht mir auf'n Wecker?* Ich hatte das leider drei Mal im Leben; es ist nicht so schön, wenn man sich trennt.

B: Stimmt, aber es ist bei mir nie eine Tragödie geworden. Ich bin mit meinen beiden Partnerinnen, die ich vor meiner Ehefrau hatte, heute noch befreundet.

P: Hat deine Ehefrau nichts dagegen?

B: Nein, wirklich nicht, aber vielleicht, weil die Trennung zwei Mal von den Damen ausging und nicht von mir. Wirklich, die verstehen sich gut und dafür bin ich dankbar. Wir hatten ja immerhin eine gewisse Zeit miteinander verbracht. Ich habe relativ spät geheiratet. Heute ist das übrigens gar nicht so selten, denn Männer heiraten heute erst im Schnitt mit über 30 Jahren.

P: Zu unserer Zeit so mit 25, 26 Jahren.

B: Ich war zu der Zeit, als ich mit 35 Jahren geheiratet habe, doch schon etwas betagt.

P: Eindeutig!

B: Jedenfalls für die damaligen Verhältnisse. Es würde mir auch heute noch nahegehen, wenn mit Türenschlagen,

Anschreien und Ähnlichem die Beziehungen zu Ende gegangen wären. Nein, das war beide Male nicht der Fall.

P: Liebe – definiere bitte einmal!

B: Ich weiß gar nicht, ob es eine Definition dafür gibt. Es ist mehr ein Gefühl.

P: Herzlichkeit, Vertrauen! Menschlichkeit! Beieinandersein! Verstehen! Konflikte bewältigen! Mit Kindern sprechen! Tiere mögen! … Ist das alles Liebe?

B: Da wird sich die Ehefrau bedanken. Ich würde da schon einen Unterschied machen, ob man die Gattin oder den Dalmatiner streichelt. Das macht man schon mit unterschiedlichen Gefühlen.

P: So hab ich das doch gar nicht gemeint. Eher, dass das alles so zusammenfließt, dass das so ein Melting pot ist …

B: Das würde ich schon eher unterschreiben. Es ist halt die Summe von Gefühlen und Empfindungen. Man liebt ja auch Kinder anders als man den Ehepartner liebt. Insofern gehört das alles sicherlich dazu. Am Anfang ist da die Leidenschaft, das wird dann auch im Laufe der Jahre ein bisschen weniger …

P: Aber nur ein bisschen.

B: Dann ist es mehr Vertrautsein und dass man sich unausgesprochen versteht. Fallenlassen können. Dazu gehört

sicher auch, dass man sich geborgen fühlt, dass man auch gerne beieinander ist. Nicht nur, weil man durch Heirat miteinander verbunden ist.

P: Ich überlege gerade, warum ich das nicht geschafft habe. Es waren so viele verschiedene Lebensstationen, bei denen die Frau dann nicht so richtig mitgezogen ist, wie man sich das gewünscht hätte. Ich weiß nicht, ob diese Erklärung gerecht ist. Wir haben dann irgendwann Kinder adoptiert, einen behinderten Sohn. Das ist alles schwierig gewesen. Vielleicht war es auch ein Stück weit Bequemlichkeit, sich zu trennen und den behinderten Sohn bei der Ex-Frau zu lassen. Man macht sich dann auch manchmal Schuldgefühle …

- **Hast du mal Schuldgefühle gehabt an irgendeiner Stelle im Leben, Wolfgang?**

B: An mehreren Stellen, und das größte Schuldgefühl habe ich auch heute noch, wenn ich daran denke, dass ich nie mit meinen Kindern das gemacht habe oder machen konnte, was für andere selbstverständlich war. So war ich nie bei einem St. Martinszug dabei, ich war nie mit beim Elternsprechtag, vieles, was ganz selbstverständlich ist, habe ich einfach verpasst.

P: Enkelkinder?

B: Leider nein! Noch nicht! Ich bin mal vor ein paar Tagen gefragt worden: Was wünschen Sie sich als Schlagzeile für 2020? Da habe ich gesagt: *Bosbach ist Opa geworden!* Die drei Töchter lassen sich Zeit. Immerhin haben sich zwei dieses Jahr (die Rede ist von 2019. Anm. des Herausgebers) verlobt. Nummer Drei, unsere Jüngste, heiratet dieses Jahr. Da gibt es sogar schon einen Termin. Also wir kommen der Sache langsam näher.

P: Mit Vorfreude, wie ich merke.

B: Ja klar!

P: Und mit dem Vorsatz, dann zu sagen: So, jetzt gehe ich zum Martinszug!

B: Natürlich, ich glaube, dass man das Leben mit anderen Augen sieht, wenn man Großeltern wird.

P: Und wenn am gleichen Tag dann Markus Lanz anruft und sagt: *Komm zur Talkshow!*

B: Dann muss ich sagen: *Herr Lanz, ich komm gerne 'ne Woche später.* Dann setzt man andere Prioritäten. Denn ich weiß auch, wie wichtig und wie großartig es ist, wenn man Großeltern hat, auf die man sich dann auch verlassen kann. Da würde ich dann – weil ich auch das Glück hatte, dass meine Schwiegermutter immer da war – sagen: *So, jetzt sind wir mal dran mit den Enkelkindern.* Ich glaube, das machen Großeltern sehr gerne. Übrigens, die Enkelkinder lieben das auch!

P: Ich bin Opa, zweifacher, ein schlechter Opa, muss ich feststellen. Obwohl ich mir das immer anders vorgenommen hatte.
Mein Sohn hat sich dummerweise nie für Fußball interessiert, was natürlich eine absolute Katastrophe war.

B: Da ist ja wohl in der Erziehung einiges schiefgelaufen.

P: Gene schlagen Erziehung! Das ist leider so. Das sind nun mal leider nicht meine Gene. Ich kann mich erinnern, als ich Benny einmal mitgeschleppt habe – er war wohl so sechs – nach Schalke ins Stadion. Wir saßen auf der Pressetribüne. Als die Mannschaftsaufstellungen kamen, griff Benny zum Stift – ich bekam es schon mit der Angst zu tun – und malte die nächsten anderthalb Stunden auf die Rückseite der Mannschaftsaufstellung Dinosaurier. Er hat keine Minute Fußball geguckt, da war ich natürlich entsetzt. Aber mein Enkelsohn, der spielt Fußball. Da gibt es keine genetischen Verbindungen, insofern ist das auch erklärt, weil meine Tochter auch adoptiert ist. Der spielt gut Fußball – und da freue ich mich drüber und ich muss mir die Zeit nehmen, ihm zuzuschauen. Mein nächstes Ziel ist dann, ihn zu managen, weil man ja als Spielerberater ungeheuer viel Geld verdienen kann. Dass wir immer auf's Geld kommen beim Fußball!

B: Wenn jetzt Real Madrid anklopft, dann …

P: Dann ja!

B: … ist der Großvater gleich mitversorgt.

P: Würdest du mit dem Enkelsohn gerne Fußballspielen?

B: Ja klar! Dafür würde der Garten immer zur Verfügung stehen. Ich stell mir das sehr, sehr schön vor, weil man es heute ja schon als etwas Besonderes ansieht. Ich habe die Befürchtung, dass die Enkelkinder noch stärker als meine Kinder mit den sozialen Medien arbeiten, mit Elektronik spielen, dass sie selten mal Tageslicht sehen. Sicherlich kann man nicht gegen die moderne Zeit antreten, aber schon etwas gegensteuern: *Jetzt leg das Ding mal weg, wir gehen jetzt raus in die freie Natur! Da gibts auch einiges zu entdecken.* Das stelle ich mir schön vor. Ich glaube, Trendsportarten kommen, Trendsportarten gehen – Fußball wird immer bleiben! Ob für Jungs oder für Mädchen. Wenn der Ball rollt, sind die Kinder fasziniert!

P: Das ist so einfach – und das ist das Schöne am Fußball! Was ist mit Vorlesen? Kannst du das? Hast du das schon mal geübt, irgendwo?

B: Zu Hause oft und seit Jahren einmal im Jahr in einer Grundschule in Köln-Mülheim. Wenn man dann fragt: „*Wer von euch hat Bücher zu Hause?*", wird's eng. Deshalb habe ich die Patenschaft für einen Leseclub übernommen und die Kinder sind so unendlich dankbar, wenn man ihnen etwas vorliest, was sie sehr interessiert. Die Kinder dürfen sich aussuchen, was vorgelesen wird. Was mich bei den eigenen Kindern, bei allen dreien, in den Wahnsinn getrieben hat, dass sie ein- und dieselbe Geschichte immer wieder hören wollten. Die wussten, wie sie anfängt, wie es weiterging, wie es aufhört, aber sie wollten immer wieder diese Geschichte hören. Und dann habe ich gedacht, jetzt wirst du originell und habe mal Wörter umgestellt oder neue Wörter eingebaut … Da war vielleicht was los! Es gab immer Protest. Hab ich bis heute nicht verstanden, warum immer wieder dieselbe Geschichte vorgelesen werden musste.

P: Ich darf ja ein bisschen angeben. Ich habe mittlerweile 13 Kinderbücher geschrieben und ich freue mich darüber, weil es von allen Tätigkeiten, die ich ausübe, meine Lieblingstätigkeit ist. Und ich glaube, es gibt sogar – wir sprachen gerade über soziale Netzwerke und solche Dinge – eine

Sehnsucht bei den Kindern nach Geschichten. Das ist für mich absolut erkennbar. Nur, du musst es vermitteln können, du musst die Kinder mitnehmen, du musst es ein bisschen anders machen. Aber es gibt diese Sehnsucht und es ist schade, dass das eigentlich nicht genügend gefördert wird. Ich ärgere mich immer darüber, wenn ich höre, dass wieder eine Stadtbücherei geschlossen wird oder solche Nachrichten.

- **Warum wird immer an der Kultur oder an der Bildung am ehesten gespart?**

B: Es ist eine Art „Abstimmung mit den Füßen". Wenn das, was angeboten wird, nicht mehr so nachgefragt wird, wie es früher einmal war oder sein sollte, wird der Rotstift angesetzt. Das ist leider so. Bei der Hochkultur tun wir uns da schwerer mit dem Sparen. Bei der Breitenkultur ist es vielleicht deshalb so, weil es nicht – wie es eigentlich für eine Kulturnation sein müsste – als Pflichtaufgabe gesehen wird, sondern als schmückendes Beiwerk. Und wenn dann Kommunen in finanzieller Not sind – das sind nun mal nicht wenige – wird da angesetzt, wo man glaubt, am ehesten sparen zu können.

ICH-„Botschaften“

Ich kann am besten entspannen ...

B: ... bei einem anstrengenden Tennismatch und einem spannenden Krimi.

P: ... wenn ich intensiv Musik höre, am besten mit guten Kopfhörern und im Sessel sitzend.

Ich freue mich am meisten ...

B: ... auf Enkelkinder.

P: ... darauf, irgendwo hinzufahren, wo ich in die Ferne schauen und einen guten Kaffee in Ruhe genießen kann.

Ich habe am meisten Angst vor ...

B: ... einem Unglück, das meinen Kindern zustoßen könnte.

P: ... einem Weltkrieg.

Ich singe am liebsten ...

B: ... zwischen dem 11. 11. und Aschermittwoch und auf der Benefizveranstaltung „Kölle singt“.

P: ... in der ZDF-Hitparade.

Ich rege mich am meisten auf über ...

B: ... Ungerechtigkeit, Arroganz und Rassismus in jeder Form.

P: ... jede Form von Hass. Was ich hasse ist Hass!

Ich verbringe meine Freizeit am liebsten mit …

B: … meiner Familie und guten Freunden.

P: … meiner Familie und sehr gerne auf Galopprennbahnen.

Ich gebe gerne Geld aus für …

B: … einen schönen Urlaub.

P: … Musik in jeder Form und immer noch für Bücher.

Ich habe den meisten Respekt vor …

B: … Menschen, die sich in den Dienst einer guten Sache stellen und niemals im Scheinwerferlicht stehen.

P: … Spitzensportler, die nicht so fürstlich bezahlt werden wie Profifußballer.

Ich esse am liebsten …

B: … Lachs in allen Variationen und Spaghettieis.

P: … Grünkohl mit Mettwurst – was ich früher übrigens nicht mochte – und Spaghettieis.

Ich ärgere mich beim Autofahren über …

B: … jede rote Ampel.

P: … andere, die sich über mich aufregen.

Ich zappe beim Fernsehen weg bei …

B: … Werbung und sinnloser Gewalt.

P: … allen medizinischen Sendungen – aus Angst, auch unter einer Krankheit zu leiden, über die in der Sendung berichtet wird.

Ich bekomme Tränen in die Augen …

B: … beim Schlusspfiff, wenn der 1. FC Köln verloren hat.

P: … wenn es beim Filmegucken melancholisch oder romantisch wird.

Ich muss mich beherrschen, wenn …

B: … ich Zeuge von Ungerechtigkeit werde.

P: … ich ungerecht angegangen werde.

Ich schäme mich …

B: … jedes Mal, wenn ich auf der Waage stehe, weil ich fünf Kilo zu viel auf den Rippen habe.

P: … wenn ich öffentlich tanzen muss.

5.

Ende des Kalten Krieges, Zerfall des Ostblocks und der Siegeszug von Computer und Internet

– Die Neunziger Jahre

Der Kalte Krieg zwischen Ost und West war zu Ende, die Sowjetunion zerfallen, ebenso sind andere osteuropäische Staaten betroffen, in denen das bisherige politische System zerfällt, so wie der jugoslawische Staat. Die Teilrepubliken Slowenien, Kroatien, Mazedonien und Bosnien-Herzegowina erklären ihre Unabhängigkeit. Es brechen mehrere Jugoslawienkriege aus. Allein bei dem Massaker in Srebrenica werden rund 8.000 Bosniaken getötet. Im Jahre 1999 startet die NATO Luftangriffe auf die Bundesrepublik Jugoslawien (Kosovokrieg).
Es gab nur noch die USA als einzig verbliebene militärische Supermacht. Nach dem Überfall des Iraks auf Kuwait und der Befreiung durch die USA kommt es 1991 zum 2. Golfkrieg.

In einigen Staaten der Europäischen Union, so auch in Deutschland, wird eine neue Währung – zuerst als Buchgeld – eingeführt: der *Euro.*
In diesem Jahrzehnt beginnt auch der Siegeszug der Mobiltelefone. Auch der PC wird nicht nur in Unternehmen zum täglichen „Arbeitsgerät", auch in privaten Haushalten wird er immer beliebter. Und damit auch die Nutzung als Spielgerät: *PlayStation* und *GAME BOY* erobern die Kinderzimmer. Und auch das Internet wird durch das *World Wide Web* populär.

Beim Fernsehpublikum werden die Privatsender immer beliebter. Damit ändert sich das Sehverhalten der Zuschauer. Das Private wird immer mehr der Öffentlichkeit dargeboten. In Talkshows wird ungeniert Intimes verbreitet und in Sendungen wie *Big Brother* kann der Zuschauer voyeuristisch Menschen bei ihrem täglichen Verrichtungen beobachten.

Von Wahlerfolgen, erhabenen Gefühlen und Eitelkeiten – und wenn Mütter Zeitungsartikel sammeln und Leserbriefe schreiben

P: Wann genau bist du in den Bundestag gekommen?

B: 1994. Die erste gesamtdeutsche Wahl habe ich nicht mitgemacht, aber die zweite.

P: Das war das Jahr, in dem **Honecker*** in Chile gestorben ist.

B: War das 94?

P: Es gibt so ein wunderbares Hörbuch, das ich gerade zu Ende gehört habe. In der Handlung wird so getan, als wenn Erich Honecker weitergelebt hätte: *„Das geheime Tagebuch des Erich Honecker“*. Das ist perfekt gesprochen, als ob es Honecker wäre. Es ist so lustig. Das empfehle ich jedem zu hören. Ich habe es für 3,99 € gekauft. Es ist toll, es macht ganz viel Freude, es zu hören. Sehr pointiert und klasse gemacht. Auch wirklich lustig, wenn Honecker über die Ereignisse in der Bundesrepublik sinniert.

P: Schauen wir auf ein paar Ereignisse Mitte der Neunziger Jahre. Du bist 1994 in den Bundestag eingezogen, ich habe bei RTL den Job des Sportchefs aufgegeben, weil mir das zu viel wurde. Ich hatte vorhin schon einmal darüber gesprochen, 500 Millionen Mark verwalten, das wollte ich nicht. Für mich war das ein einschneidender Schritt, den Sportchef aufzugeben. Aber ich hatte das Glück, dass mich unser damaliger Chef – dem ich mit SAT1 gedroht hatte – halten wollte und gesagt hatte: *Was wollen Sie?* Ich sagte: *Das doppelte Gehalt und nur noch vier Tage im Monat zum Sender kommen.* Darauf hatte er gesagt: *OK, das machen wir!* Das war mein größter Glücksfall. Die haben das dann zehn Jahre tatsächlich so gemacht. In der Regel habe ich nur noch vier Tage im Monat gearbeitet und daneben irgendwelche anderen Dinge gemacht. War ein schönes Gefühl!

- **In den Bundestag einzuziehen, ist das so, wie ein entscheidendes Fußballspiel zu gewinnen?**

B: Für viele ja, für mich nicht, denn ich hatte ja schon zwölf Jahre im Bundestag gearbeitet. Nicht im Plenarsaal, der ist tabu für Nicht-Abgeordnete. Dennoch, als ich 1994 in Bonn in den Bundestag kam, kannte ich den Betrieb schon von innen. Ich bin nicht mit dem Gefühl in den Bundestag gekommen, *„endlich angekommen"* *zu sein* und *„was ist das für ein erhabener Moment."* In Bonn waren die räumlichen Verhältnisse deutlich bescheidener als später in Berlin, weil die Abgeortnetenbüros mehr verteilt waren. Die Arbeitsverhältnisse in Berlin sind deutlich besser. Wobei ich privilegiert war, weil ich in Bonn gleich ein Büro im „Langen Eugen“ bekommen habe. Ich konnte das Büro meines Vorgängers übernehmen. Andere, die im sogenannten Tulpenfeld untergebracht waren, mussten eine relativ weite Anfahrt in Kauf nehmen. Insofern war es für mich ein Glücksfall. Aber ich hatte nie erhabene Gefühle. Für mich war klar, *du hast bisher viel gearbeitet und jetzt wird's noch mehr* – und so war es dann auch.

P: Man muss ja ein gutes Wahlergebnis haben, um in den Bundestag einziehen zu können. Das muss doch ein tolles Gefühl gewesen sein. Ich vergleiche das jetzt noch einmal mit einem Fußballspiel. Du musstest doch soundsoviel Prozent bekommen haben, um da einzuziehen, also jedenfalls mehr als deine Konkurrenten. Und wenn man das doch in dem Moment schwarz auf weiß hat, ist das dann nicht doch wie ein entscheidendes Tor?

B: Natürlich ist das schon etwas Besonderes. Mein Vorgänger hatte schon gute Wahlergebnisse, meine waren dann sogar noch etwas besser. Dann kam allerdings gleich der Rückschlag, denn 1998 – das war die Wahl von Gerhard Schröder bzw. die Wahl, bei der Gerhard Schröder vom Bundestag zum Bundeskanzler gewählt wurde – waren wir plötzlich in der Opposition. Nur eine Wahlperiode unter Helmut Kohl als Kanzler war ich im Bundestag Mitglied einer Regierungsfraktion, danach ging es sofort sieben Jahre in die Opposition. Es war tatsächlich so, dass ich damals der einzige direkt gewählte CDU-Abgeordnete der Region war. Rund um mich herum waren Wahlkreise, die von der

SPD gewonnen worden waren. Beim zweiten Mal war ich nur noch knapp gewählt worden. Danach wurde es allerdings deutlich besser: zum Schluss 58,5 Prozent. Aber es ist nicht schön, wenn du siehst, du bist hier der „letzte Überlebende", der noch direkt gewählt worden ist. 1998 war für die Union eine ganz schwierige Wahl.

P: Übrigens Prozentzahlen. Was viele Leute von dem Fernsehgeschäft gar nicht wissen, dass es immer am Ende des Jahres eine Auswertung über die einzelnen Personen, die Moderatoren, gibt. Bei RTL war das jedenfalls so. Es gab zwei Säulen: Die eine war der Bekanntheitsgrad, die andere die Beliebtheit.

B: Und das hängt nicht zusammen?

P: Nein, das hängt bei der Umfrage nicht zusammen. Bei mir war es zum Beispiel so – ich weiß die Zahlen nicht mehr ganz genau –: Bekanntheitsgrad bei den RTL-Zuschauern 72 Prozent, also so viele Zuschauer konnten etwas mit dem Namen Ulli Potofski anfangen. Und wieviel Prozent fanden Ulli Potofski nett? Das waren dann nur noch 62 Prozent. Wobei es für einen Sportreporter immer heißt, wenn er es knapp über 50 Prozent schafft, ist das schon nicht so schlecht. Das liegt unter anderem daran, dass wir natürlich häufig stark polarisieren. Und wenn du dann auch noch zugibst, dass du Fan von Schalke 04 … oder so bist, hast du es sowieso nicht einfach. Das ist auch so eine Art Wahlkampf, wenn du dich ständig präsentierst und so um jeden Zuschauer kämpfst. Aber darauf wollte ich noch einmal zurück. Ich weiß, was das heißt, zu kämpfen, die Menschen auf seine Seite zu ziehen.

- **Wahlkampf – wie ist das, bereitet man sich intensiv darauf vor? Verändert man – das Wesen will ich nicht sagen – sich, zumindest seine Darstellung in dieser Zeit? Wie funktioniert so etwas?**

B: Für mich war von Anfang an klar, dass ich direkt gewählt werden wollte. Dabei hatte ich immer einen guten Listenplatz. Ich bin in meinem Wahlkreis geboren, bin hier aufgewachsen, nicht zugezogen. Das heißt, es gibt hier viele Menschen, die mich noch von Kindesbeinen an kennen. Was soll ich denen vormachen? Ich empfinde das als ein schönes Kompliment, dass die Leute einen ganz genau kennen und trotzdem wählen. Für mich waren immer Vertrauen und Sympathie wichtig, unabhängig vom politischen Inhalt. Die Menschen müssen einen auch mögen. Sie müssen Vertrauen in die Person haben, selbst wenn sie nicht alle politischen Aussagen und Inhalte teilen. Ich wollte auch immer fair sein, ein guter Kollege in der Fraktion. Auch fair den politischen Mitbewerbern gegenüber. Von mir wird man kein einziges Zitat finden, wo ich jemanden niedergemacht oder beleidigt habe. Das ist überhaupt nicht meine Art. Hart in der Auseinandersetzung, aber immer oberhalb der Gürtellinie bleiben. Für mich war der sechste Wahlkampf genauso anstrengend wie der erste. Die Nervosität war immer da: Wahlabend, 18 Uhr und die Frage, wie es gelaufen ist. Zwischen dem Schließen der Wahllokale und der ersten Hochrechnung liegen meist nur etwa zwanzig Minuten. Das ist eine ganz aufregende, angespannte Zeit. Du packst den Stand am Samstagabend zusammen und überlegst, wieviele Leute nett zu dir waren und kommst auf rund 80 Prozent. Du weißt aber trotzdem, so viele werden es bei der Wahl nicht sein. Wenn man sich diese innere Anspannung nicht erhält, wenn man reingeht in einen solchen Wahlkampf mit der Einstellung, dass es doch sowieso egal ist, dann hat man schon verloren. Die Leute müssen immer das Gefühl haben: *Der brennt für die Aufgabe.* Insofern war der Wahlabend immer ein wichtiges Datum: Hat sich jetzt der ganze Einsatz emotional, vom Zeitaufwand, von der Kraft her gelohnt oder hat sich das nicht gelohnt. Wobei ich weiß, es ist hier in Bergisch Gladbach für mich einfacher, als wenn Bosbach in Gelsenkirchen kandidieren würde.

P: Wie ist das so, wenn man durch die Heimatstadt fährt und überall hängen Plakate, auf denen man abgebildet ist?

B: Das ist interessant, stimmt!

P: Wie reagiert man darauf? Mit: Um Gottes Willen, wie sehe ich denn aus?

B: Nein, man sitzt schon etwas gerader im Auto oder ist betroffen, wenn Plakate beschmiert sind. Ich weiß noch, in einer Nacht habe ich einen tiefen Einblick in die polizeiliche Kriminalstatistik bekommen.
Was würde Ulli Potofski machen?
In einer Nacht sind einmal alle Plakate von mir in der Innenstadt mit einem Hakenkreuz versehen worden. Was ist es? Ist es politische Kriminalität links oder ist es politische Kriminalität rechts? Und, sind es hundertfünfzig Taten oder ist es eine Tat?

P: Das ist ja alles nicht zu beantworten, darüber würde ich verzweifeln.

B: Ich fand es interessant, weil es als **eine** Tat gezählt wird, wenn die Straße fortlaufend ist. Wenn sie dann abbiegt, ist das kein Tatzusammenhang mehr und wird als zweite Straftat gewertet. Und beim Hakenkreuz ist es politisch motivierte Kriminalität von rechts.

P: Das wollte ich gerade sagen.

B: Vielleicht könnten es auch Linke gewesen sein. Aber so weit geht die Statistik nicht.

P: Ich war einmal Testimonial für „Crisan", Schuppenshampoo – ganz großer Auftritt. Ich sage auch ganz ehrlich, ich glaube, damals etwa 50.000 Mark dafür gekriegt zu haben, Riesengeld, ist lange her, alles versteuert. Die machten so Pappaufsteller ...

B: Als Vorhermodell oder als Nachhermodell?

P: Was ist das für eine Frage? Also einfach nur als Werbefigur. **Anja Fichtel*,** die Fechterin, war der weibliche Part, ich der männliche. Die Werbeaktion bestand darin, dass es Pappfiguren von uns in Lebensgröße gab: Ulli Potofski und Anja Fichtel gratulieren „Crisan" zum – was weiß ich – soundsovielten Geburtstag. Das fand ich schrecklich. Wenn ich irgendwo in einen Supermarkt kam und sah von weitem, dass da dieser Aufsteller stand, bin ich wieder rausgegangen. Da hatte ich ein ganz komisches Gefühl, weil da meine Pappfigur stand und dass man mich ansprechen würde: *Das ist doch der hier, die Pappfigur!* Das war ganz merkwürdig, das habe ich irgendwie nicht ertragen. Ich fand es nicht schön. Aber ich würde gerne mal so einen Wahlkampf machen: Wählt Ulli Potofski, Schalke 04! Das würde mir schon gefallen.

- **Eitelkeit, wie groß ist die bei dir verankert?**

B: Ein bisschen eitel sind wir ja alle! Es tut gut, wenn man gekannt wird, wenn man erkannt oder angesprochen wird. Übrigens zu 90 Prozent sind die Leute nett. Aus Umfragen wissen wir: 80 Prozent der Bevölkerung finden Politiker doof, 90 Prozent freuen sich, wenn sie einen sehen. Also ich habe weit überwiegend positive Erfahrungen gemacht. Ja, das tut gut.

P: Kanzler der Herzen …

B: Manchmal kriegt man auch einen Nackenschlag. Ich erinnere mich – es ist noch nicht lange her, Berlin, Kaufhaus des Westens – kommt eine Dame auf mich zu – geschätzt so Anfang sechzig – und sagt: *Tag Herr Bosbach, ich kenn' Sie aus dem Fernsehen. Haben Sie was dagegen, wenn wir ein Selfie machen?* Ich antworte: *Nein!* Sie stellt sich hin und sagt: *Ja wissen Sie, meine Mutter, sie ist ein Fan von Ihnen.* Da kommt man doch ins Grübeln.

P: Mir ist es passiert, auch in einem Kaufhaus, kommt auch eine Frau auf mich zu, total begeistert: *Schön, dass ich Sie hier treffe …* Ich dachte: *Oh, schön, bekomme ich mal wieder Lob und Anerkennung.* Im zweiten Satz sagt sie: *Die Operation ist Ihnen wirklich gut gelungen.* Ich fragte: *Welche Operation?* Sie antwortet: *Sie haben mich doch operiert, hier im Kreiskrankenhaus.* Muss ich eine Ähnlichkeit mit dem Arzt gehabt haben – der arme Kerl. Also solche Momente erlebt man dann auch mal, dass man dummerweise verwechselt wird. Aber ich geb's zu: Jeder Beruf, der in der Öffentlichkeit stattfindet, muss auch ein Stück weit mit Eitelkeit zu tun haben. Aber nicht zu viel!

B: Wenn man sich selbst nicht leiden kann, wird's schwierig zu sagen, die andern sollen einen leiden können.

P: Sich selbst so ein bisschen lieb zu haben, ist schon in Ordnung; darf man auch. Du hast es schon einmal erzählt: Deine Mutter hat alles ausgeschnitten …

B: Heute noch …

P: … was über dich in den Zeitungen und Zeitschriften erschienen ist. Wieviel Tausende Artikel sind das?

B: Ich schätze mal, knapp vierzig Tausend. Mal ein Zitat, zwei, drei Sätze, mal seitenlange Interviews. Es sind jetzt weit über vierzig Leitz-Ordner. Ich glaube, meine Mutter hat vor zwei Jahren mal gehofft, es würde besser: *Jetzt muss ich nicht mehr so viele Artikel ausschneiden.* Aber ich musste ihr sagen: *Mama, bis jetzt hat sich noch nichts geändert.* Sie macht das mit großer Akribie und Leidenschaft und sie freut sich auch – sagt sie jedenfalls – dass sie immer sieht, wo ich gewesen bin.

P: Hat deine Mutter mal einen Leserbrief geschrieben?

B: Mein Vater hat Leserbriefe geschrieben, aber nie im Zusammenhang mit mir, sondern immer im Zusammenhang mit der „Lage der Nation". Meine Mutter würde das nie machen. Nie!

P: Da war meine Mutter ganz anders. Ich darf das kurz erzählen: Es gab mal diese Geschichte in Madrid, als das Tor umfiel und Marcel Reif und der Kollege Günther Jauch darüber berichteten; gut berichteten, lustig berichteten. Ich stand in den Katakomben und hab unten so ein bisschen mitgeholfen und Leute interviewt. Am Ende bekamen die beiden einen Fernsehpreis, ich bekam nichts. Der Preis war übrigens auch noch hoch dotiert. Ein paar Wochen später lese ich in der **„Hör zu“**, dass Potofski auch einen Preis verdient gehabt hätte. Oh, dachte ich, jemand der Ahnung hat! In dem Artikel stand sinngemäß, dass Jauch und Reif das ja ganz toll gemacht hätten, aber warum man denn Ulli Potofski, der bei der Berichterstattung auch gearbeitet und Interviews geführt hätte, vergessen worden sei. Es war ein Leserbrief, unterschrieben mit „Gerda Potofski“.

B: So sind Mütter!

P: Ja, finde ich auch. Da sollten wir auch stolz drauf sein.

B: Die müssen damals super Einschaltquoten gehabt haben.

P: Als das Tor umgefallen ist und das Spiel nicht weiterlief, haben 14 Millionen geguckt und als das Spiel lief, waren

vier Millionen wieder weg. Da waren es nur noch zehn Millionen.

B: *Wie kommen die Burschen aus der Nummer raus,* werden sich viele gedacht haben. Bleiben wir doch mal dabei und schauen, was die jetzt daraus machen.

P: Die beiden haben das genial gelöst. Wobei ich jetzt aber auch sage: Das war ja relativ einfach; es war eine Vorlage, als das Tor umgefallen war.

B: Ein schnelles Tor würde dem Spiel guttun!

P: Ein Tor würde dem Spiel guttun! Dann kam auch noch Wasser aus dem Torpfosten heraus. Das war schon ein Highlight der Fernsehgeschichte. Aber wie gesagt: Ich hab keinen deutschen Fernsehpreis dafür gekriegt.

■ *Entscheide dich!*

- **Es werden nun immer zwei Begriffe bzw. Namen genannt – und du sollst dich bitte für einen entscheiden.**

WOLFGANG BOSBACH:

Köln oder Düsseldorf
Köln

Geld oder Liebe
Liebe

Hotel oder Campingplatz
Hotel

Auto oder Flugzeug
Sydney Flugzeug / Odenthal Auto

Ronaldo oder Messi
Messi

Helene Fischer oder Andrea Berg
Helene Fischer

Bach oder Coldplay
Coldplay

Steak oder Veggieburger
Veggieburger

Bier oder Wein
An der Theke ein Bier / beim Essen Wein

Verbot oder Gebot
Gebot

Schwarz-Grün oder Schwarz-Gelb
Schwarz-Gelb

Wir schaffen das oder Wir schaffen das nicht
Wir schaffen das

Terra X oder Heute Show
Heute Show

vergeben und vergessen oder nachtragend
vergeben und vergessen

Sommer oder Winter
Sommer

Stones oder Beatles

Beatles

Jazz oder Klassik

Klassik

Strafe für Steuersünder:

Schuldangemessen! Bei hohen Summen „Vollpension“ mit gelegentlichem Freigang.

ULLI POTOFSKI:

Blau-weiß oder schwarz-gelb

blau-weiß

Marcel Reif oder Frank Buschmann

Marcel Reif

Kinderlesung oder Abendmoderation eines Firmenjubiläums

Kinderlesung

Fernsehgarten oder AC/DC-Konzert

Fernsehgarten

Stones oder Beatles

Beatles

Helene Fischer oder Andrea Berg

Andrea Berg

Let's dance oder Dschungelcamp

Dschungelcamp

Wir schaffen das oder Wir schaffen das nicht

Wir schaffen das

Das Glas ist halb voll oder Das Glas ist halb leer

Das Glas ist halb voll

Der Mensch ist von Natur aus gut oder Der Mensch ist von Natur aus böse

Der Mensch ist von Natur aus gut

Verbot oder Gebot

Gebot

B: Es gibt einen schönen Satz, der gefällt mir wirklich: *Man muss aus Kindern keine guten Menschen machen. Das sind sie bereits. Man muss nur aufpassen, dass sie es bleiben.*

Das neue Jahrtausend 6.

– Die ersten zwanzig Jahre

Der Begriff „Millenium“ prägte den Übergang vom 20. auf das 21. Jahrhundert. Weltweit wurde das neue Jahrtausend freudig und ausgelassen begrüßt. Dabei war das erste Jahrzehnt des neuen Jahrtausends, die 2000er-Jahre, von einschneidenden Ereignissen bestimmt. Sicherlich stellen die Terroranschläge vom 11. September 2001 auf das World Trade Center in New York und das Pentagon in Arlington dar. Bei den Anschlägen kamen etwa 3.000 Menschen ums Leben. Besonders in Erinnerung ist, dass die Menschheit via Direktübertragung an den furchtbaren Ereignissen dieses Tages unmittelbar teilnehmen konnte. Live-Bilder wurden in die Haushalte übertragen – und alle konnten die brennenden Türme in New York, die aus Verzweiflung sich aus dem Hochhaus stürzenden Menschen, die verzweifelten Versuche der Feuerwehrleute beobachten, in die Gebäude vorzudringen, kurz: die Katastrophe in der Millionenstadt sehen. Seit diesen Anschlägen ist – wie viele schon früh nach diesem Ereignis verlauten ließen – die Welt eine andere, *„nichts ist mehr so, wie es einmal war“*. Tatsächlich änderte sich nach den Anschlägen, die von islamistischen Terroristen verübt worden waren, die weltpolitische Situation dramatisch. Die USA führte von nun an einen Kampf gegen die von ihnen sogenannten „Schurkenstaaten“, führte in der Folge unter anderem Krieg gegen den Irak und beförderte den Sturz des dortigen Machthabers Saddam Hussein. Nach den Anschlägen vom 11. September stieg weltweit die Gefahr terroristischer Anschläge sprunghaft an. Vor allem der islamistische Terror bestimmt seitdem die internationale Sicherheitslage und hat die Welt unsicherer gemacht. Ob *al Qaida, Boko Haram, Islamischer Staat* – alle diese Gruppen stellen eine ständige Bedrohung ihrer vermeintlichen Gegner und hauptsächlich der westlichen Welt dar. Vor allem die Methoden (gemeint sind unter anderem die Selbstmordanschläge) ihres Vorgehens sorgten und sorgen für Schrecken und Angst in vielen Teilen der Bevölkerung in aller Welt. Und immer wieder sind Unschuldige bzw. völlig unbeteiligte Opfer der Terroranschläge.

Das bisherige machtpolitische System mit den beiden Weltmächten USA und Sowjetunion ist weitgehend zerbrochen. Mindestens China hat sich zu den Weltmächten gesellt und gewinnt weltweit vor allem durch seine wirtschaftsimperialistischen Bestrebungen an Einfluss. Alle Forderungen nach Verwirklichung von Menschenrechten in diesem immer noch autoritär geführten Staat verpuffen angesichts vermeintlich ökonomischer Erfordernisse zur Zusammenarbeit.

In den ersten beiden Jahrzehnten wurde die Finanzwelt und damit auch die Volkswirtschaften weltweit durch die sogenannte Finanz- bzw. Bankenkrise der Jahre 2007 und 2008 erschüttert. Die durch eine Immobilienkrise in den USA ausgelöste Finanz- und Bankenkrise führte letztlich dazu, dass die Politik in den verschiedenen betroffenen Staaten staatliche Unterstützungs- bzw. Rettungsprogramme beschloss. Die Folge war logischerweise die Staatsverschuldung vieler Länder und – auf Europa bezogen – die Eurokrise. Die sogenannte

Griechenlandrettung mit ihrem enormen finanziellen Aufwand („Rettungsschirm") steht stellvertretend hierfür.

Mit der Globalisierung sind auf kulturellem, aber vor allem auf wirtschaftlichem Gebiet eine Menge Vorteile verbunden. Neben der Schaffung neuer Arbeitsplätze wurde die weltweite Wirtschaft deutlich angekurbelt. Der Handel zwischen den Nationen vereinfachte sich, kann schneller abgewickelt werden und lässt häufig deutlich höhere Gewinne erzielen. Das Warenangebot für den Verbraucher steigt und lässt die Preise sinken. In den Industrie- und Schwellenländern führt dies häufig zu mehr Wohlstand. Dagegen sinken häufig die Preise für die Warenproduzenten, zum Beispiel in den Entwicklungsländern, wie den Obstbauern, Tabakproduzenten oder Rohstofflieferanten in den weniger entwickelten Ländern. So bringt die Globalisierung auch eine Menge Unsicherheiten für viele Menschen, aber auch ganze Volkswirtschaften, mit sich. So macht die Abhängigkeit des eigenen Arbeitsplatzes von weltweiten wirtschaftlichen Entwicklungen viele Menschen unsicher und lässt sie um ihren Job fürchten.

Schließlich stellt die Digitalisierung die Menschheit weltweit vor ungeheure Herausforderungen. Sie ermöglicht bisher ungeahnte Möglichkeiten auf zahlreichen Gebieten: Ob im Gesundheitswesen (z. B. verbesserte Diagnose- oder Operationstechniken), der Produktionstechnik, dem Warenhandel, der Logistik, des Verkehrs, der Vereinfachung von Arbeitsabläufen in vielen Bereichen des beruflichen, aber auch privaten Lebens. In kaum einem Bereich hat die Digitalisierung nicht Eingang gefunden. Auf der anderen Seite verunsichert aber auch die „neue" Technik viele Menschen, lässt vor allem Ältere als rückständig, als abgehängt erscheinen. Nicht zu vernachlässigen sind die Folgen für den Arbeitsmarkt und damit die Verunsicherung vieler Arbeitnehmer hinsichtlich der Sicherheit ihres Arbeitsplatzes.

Als eine der größten Herausforderungen, wenn nicht sogar die größte, erscheint die Bewältigung des Klimawandels bzw. der sogenannten Klimakrise oder Klimakatastrophe. Das noch nie dagewesene Ausmaß menschengemachter Klimaveränderungen stellt eine Bedrohung für den Fortbestand unseres Ökosystems dar und damit eine Gefahr für alles Leben auf dieser Erde. Allein schon aus Verantwortung für unsere nachfolgenden Generationen muss nach Lösungen gesucht werden, ohne Rücksicht auf ideologische, nationalstaatliche, klientelbezogene … Interessen. Sicherlich eine der größten Herausforderungen für die Weltbevölkerung in den kommenden Jahren.

Resümierend lässt sich sagen, dass die letzten beiden Jahrzehnte einen nie dagewesenen Wandel der Welt mit sich gebracht haben. Auf allen Gebieten des politischen, gesellschaftlichen, wirtschaftlichen Lebens haben einschneidende Veränderungen auf der einen Seite sicherlich zu großen Fortschritten geführt, auf der anderen Seite aber häufig völlig unsichere Verhältnisse und verunsicherte, in ihrer Existenz sich bedroht fühlende Menschen, hinterlassen. Die Menschheit befindet sich in einem Veränderungsprozess ungeahnten Ausmaßes. Befördert wird die Verunsicherung vieler Menschen durch den Wegfall früher gültiger Wahrheiten und Sicherheiten. Der Einfluss der Orientierung gebenden Institutionen, wie zum Beispiel der der Kirchen, lässt – zumindest in der westlichen Welt – immer stärker nach. Aber auch bisher konstante und wehrhafte politische Systeme, gemeint sind lange Jahre als unantastbar angesehene Demokratien, sind in vielen Regionen der Erde in ihrem Bestand gefährdet. Populistische, nationalistische und rassistische Weltanschauungen, autoritäres und selbstherrliches Regieren mancher Politiker scheint massentauglich und gesellschaftsfähig geworden zu sein. Auch das bisher so erfolgreiche System der Europäischen Union ist ins Wanken geraten, wie es der völlig unverständliche Brexit, aber auch zahlreiche separatistische Bestrebungen in einigen Ländern, verdeutlicht.

9 / 11 – Nichts wird mehr so sein, wie es einmal war!

P: Lass uns einmal wichtige weltpolitische Ereignisse besprechen. Was haben wir da gemacht, wo waren wir da, wie waren wir betroffen? Der 11.9.2001 zum Beispiel ist eines der sicher besonderen Ereignisse in den letzten vierzig Jahren.

- **Wo warst du an diesem Tag und wie hast du dieses Ereignis wahrgenommen?**

INFOBOX

Terroranschlag am 11. September 2001 in den USA (auch als Nine-Eleven oder 9 / 11 bezeichnet)

An diesem Tag führten islamistische Terroristen vier koordinierte Flugzeugentführungen durch. Anschließend verübten sie mit diesen Flugzeugen Selbstmordattentate auf zivile und militärische Gebäude in den USA. Zwei entführte Verkehrsflugzeuge wurden in die Türme des World Trade Centers in New York City gelenkt und eins in das Pentagon in Arlington. Wahrscheinlich sollte das vierte Flugzeug ein Regierungsgebäude in Washington, D.C. treffen. Dazu kam es allerdings nicht, weil nach Kämpfen mit Passagieren das Flugzeug vom Piloten der Entführer vorher zum Absturz gebracht worden ist. Bei den Anschlägen kamen beinahe 3.000 Menschen ums Leben. Die Terroranschläge hatten harte Reaktionen der amerikanischen Politik zur Folge. Die US-Regierung unter George W. Bush veranlasste einen Krieg in Afghanistan, um die Terrororganisation al-Qaida, die für die Terrorangriffe verantwortlich gemacht wurde, zu zerschlagen und ihren Anführer Osama bin Laden zu fassen oder zu töten. Ebenfalls wurde der Irakkrieg 2003 von den USA mit den Anschlägen vom 11. September begründet. Die Terroranschläge werden als ein krasser Einschnitt in die weltpolitische Entwicklung gesehen.

B: In meinem Büro, mit einem Packen Unterlagen unter dem Arm, auf dem Weg in den Plenarsaal. Ich sollte eine Rede halten zum Thema „Innere Sicherheit“. Ich war damals stellvertretender Fraktionsvorsitzender der CDU / CSU-Bundestagsfraktion, zuständig für den Bereich „Innere Sicherheit“. Da bekam ich eine SMS eines Freundes, von

Klaus-Dieter Becker: *Mach' mal schnell den Fernseher an!* Jetzt muss man ja die Uhrzeit um – ich glaube sechs Stunden – nach hinten drehen. Jedenfalls war es bei uns schon Nachmittag und in New York war es um die Mittagszeit. Ich sah die **Zwillingstürme,** den Rauch, die Menschen ... Die Sitzung des Bundestages wurde sofort nicht nur unterbrochen, sondern abgebrochen. Es war jedem klar, dass das ein dramatisches Ereignis ist, ein weltpolitisches. Ich kann mich noch erinnern – was sehr beeindruckend war –, dass **Otto Schily*,** damaliger Innenminister, in die CDU / CSU-Bundestagsfraktion kam und dort die Erkenntnisse offenlegte, die man zu diesem Zeitpunkt hatte. Ein Teil der Attentäter – wie sich später herausgestellt hat – kam aus Deutschland. Sie hatten hier studiert und galten als völlig unauffällig. Sie waren jedenfalls nicht im Visier der Sicherheitsbehörden. Damit war die Verbindung von New York und Washington zu Deutschland hergestellt. Schon damals hat Otto Schily gesagt, dass dieses Ereignis weitreichende Konsequenzen haben würde, innenpolitisch sowie außenpolitisch – und dass es sich um eine der schwierigsten Phasen der Weltgeschichte handeln würde. Es stellte sich die Frage, wie jetzt die Amerikaner reagieren würden. Große Solidarität und Loyalität zu den Amerikanern war selbstverständlich. **Gerhard Schröder** hat sich damals ganz an die Seite Amerikas gestellt – unverbrüchliche Solidarität bekundet. Es war klar, dass Amerika auch militärisch reagieren würde. Wenige Tage später gab es dann schon die ersten Demonstrationen gegen ein militärisches Engagement. Damals war vor der amerikanischen Botschaft in Berlin alles abgeriegelt; ein Blumenmeer, große Anteilnahme. Dann kam die Entscheidung über einen **Afghanistaneinsatz,** auch mit einem militärischen Engagement der Bundeswehr, das ja bis heute anhält. Ja, dieses Ereignis war eine Zensur, übrigens auch verbunden mit einer Fülle von Rechtsänderungen für mehr Sicherheit in unserem Land.

INFOBOX

Gerhard Schröder

Der 1944 geborene SPD-Politiker, „gelernter" Rechtsanwalt, war von 1990 bis 1998 Ministerpräsident von Niedersachsen und von Oktober 1998 bis November 2005 Bundeskanzler. Besondere Beachtung fand Schröder, als er nach den Terroranschlägen am 11. September 2001 in den USA dem damaligen US-Präsidenten George W. Bush die „uneingeschränkte Solidarität" Deutschlands zusicherte.

Bemerkenswert war Schröders Haltung in der Irakkrise des Jahres 2002. Er erklärte damals, dass Deutschland ohne UNO-Mandat nicht am Irakkrieg teilnehmen werde. Dabei stellte er den „Deutschen Weg" als Alternative zur „amerikanischen Kriegstreiberei" dar. Innenpolitisch waren die sogenannten Hartz-IV-Gesetze aus dem Jahre 2002 von besonderer Bedeutung.

Schröder ist in fünfter Ehe mit der Südkoreanerin So-yeon Kim verheiratet.

P: Wie war das: Hast du in diesem Moment Kontakt nach Hause gesucht?

B: Nein, nach Hause nicht. Eine Sitzung jagte die andere. Wir waren damals in der Opposition. Es gab zwei Verhandlungsführer für das Thema Sicherheit: Der eine war **Günther Beckstein*** als primus inter pares unter den

Innenministern der Union und ich für die CDU / CSU-Bundestagsfraktion. Die Ereignisse und die Nachrichten haben sich ja täglich überschlagen. Es war eine reguläre Sitzungswoche des Bundestages in Berlin. Ich glaube, es war die Haushaltswoche. Abends telefonierte ich nach Hause. Es wurde natürlich gefragt: *Was weißt du?* Weil man glaubt, dass Politiker mehr wissen müssten als andere. Aber wir hatten auch nur das Wissen, das die Medien transportiert hatten. Uns war wohl klar, dass uns dieses Ereignis noch Jahre beschäftigen würde.

P: Bei mir war das an diesem Tag ganz besonders, es war wirklich verrückt. Wir hatten Champions League, es war ein Dienstag, und wir trafen uns in der Redaktion. Es muss so um halb drei, drei Uhr gewesen sein. Bei RTL ist es so, dass überall die internationalen Fernsehbilder auflaufen. Es kam erst die Nachricht, dass ein Sportflugzeug in eine dieser Türme hineingeflogen sei. Wir saßen zusammen, um unsere Fußballsendungen vorzubereiten und sehen dann live das Flugzeug … – und dann war alles klar. Das kann nur ein Terrorakt gewesen sein! Wir überlegten, wie wir reagieren sollten. Denn an diesem Abend gab es Champions League – und wir mussten uns darauf vorbereiten. Eigentlich sollte es eine Studiosendung mit rund 250 Zuschauern geben, mit mir als Moderator an diesem Abend. Dann wurde aber alles von der Nachrichtenredaktion bestimmt. Es war hochspannend, was dort passierte. **Peter Kloeppel*** saß stundenlang im Studio. Er hatte lange in New York gelebt, wusste viel über die Stadt. Seine Präsentation machte er ganz hervorragend. Insgesamt war es ein Arbeiten wie in einem Bienenhaufen. Überall war Angst unter den Menschen zu spüren, so, wie ich es vorher in einer Nachrichtenredaktion und bei keiner Katastrophe noch nie erlebt hatte, vorher nicht und später auch nicht. Immer wieder schaute der eine dem anderen in die Augen und fragte sich: Was wird daraus? Viele telefonierten …

B: Viele hatten ja auch Verwandte, Freunde, Bekannte in den USA.

P: Was war zu tun? Champions League übertragen: Ja oder nein? Schließlich wurde die Entscheidung getroffen, aus finanziellen Gründen übrigens: Wir bringen um 22.15 Uhr eine Zusammenfassung der Champions League. Ansonsten müssten wir fünf Millionen Euro an Konventionalstrafe zahlen. Eigentlich ein Unding, an diesem Abend Fußball zu bringen. Wir entschieden, dass ich ins Stadion fahren und nicht mehr diese Studiosendung machen sollte. Schalke war damals in der Champions League und spielte gegen Piräus. Das war für mich der wohl irrsinnigste Moment in meinem ganzen journalistischen, beruflichen Leben. Ich stand da in diesem Stadion und ich weiß es jetzt noch, in diesem Augenblick, und kann es noch komplett nachvollziehen. Peter Kloeppel sagte um 22.15 Uhr: *Meine Damen und Herren, wir melden uns natürlich stündlich mit den Ereignissen aus New York. Aber jetzt erst einmal zum Fußball zu Ulli Potofski nach Gelsenkirchen zur Champions League.* In diesem Moment wusste ich gar nicht, was ich sagen sollte und hab dann die Zuschauer nur begrüßt mit den Worten: *Bitte erwarten Sie von uns jetzt keine normale Fußballsendung.* Es war auch alles komplett anders im Stadion. Die Menschen waren viel ruhiger. Schalke verlor gegen Piräus, ich glaube 0 : 3. Eine merkwürdige Erfahrung war, als **Huub Stevens*** mein Gesprächspartner war. Ich wollte ihm eine goldene Brücke bauen und sagte noch: *An diesem Abend kann man nicht normal über Fußball reden.* Und er antwortete mir: *Wieso, Fußball, das ist Fußball.* Er redete so, wie Huub Stevens eben war. Der hatte das völlig ausgeklinkt, was da passiert war. Alle hatten das zwar wahrgenommen, doch dann stand für ihn dieses Fußballspiel im Fokus. Das war so einer meiner bittersten Abende, zwei Stunden über Fußball berichten zu müssen, während man das Gefühl hat, die Welt bricht zusammen. Der amerikanische Präsident sitzt irgendwo in einem Bunker und bereitet was auch immer vor. Es war eine ganz, ganz heikle Situation. Das werde ich natürlich bis an mein Lebensende nicht vergessen, wie ich da gefühlt hatte. Ich glaube, das ist wichtig, dass wir alle noch Gefühle haben, wenn so etwas passiert. Auch wenn dieses Gefühl vorherrschend Angst war an diesem Abend. Und die Welt hat sich geändert danach – das wissen wir auch.

- **Es ist ja danach immer wieder gesagt worden: Es wird nichts mehr so sein, wie es einmal war.**

B: Was auch nur halb richtig ist. Für die Amerikaner war es natürlich ein traumatisches Ereignis, nicht nur wegen der hohen Zahl der Opfer, sondern weil Amerika nach dem Bürgerkrieg zwischen Nord- und Südstaaten nie mehr Schauplatz kriegerischer Ereignisse war. Selbst die Tragödie von **Pearl Harbour*** hatte sich weit vom Festland entfernt abgespielt. Es war klar, Amerika würde hart reagieren.

P: Bei mir war es so, dass ich an diesem Tag viel privat telefoniert habe. Ich erinnere mich, dass ich meinen Sohn, der

* **Pearl Harbour**

Pearl Harbour ist ein Hafen auf Hawaii und gleichzeitig das Hauptquartier der US-amerikanischen Pazifikflotte. Traurige Bekanntheit erlangte Pearl Harbour durch den Angriff der japanischen Streitkräfte am 7. Dezember 1941. Daraufhin erklärten die USA Japan den Krieg.

sich für politische Dinge eigentlich nie interessiert hatte, beruhigen musste. Das war so ein wenig meine Aufgabe an dem Tag. Es stimmt allerdings auch, dass wir dann am Ende irgendwann zu einer gewissen Normalität zurückgekehrt sind. Ich war 1985 in Mexico-City und erlebte live ein Erdbeben mit vielen Tausend Toten. Als ich aus dem Fenster schaute und eine Stadt zusammenbrechen sah, war ich plötzlich Katastrophenberichterstatter, der ich nie sein wollte. Das sind dann Momente, die das Leben und die Meinungen zum Leben und zu all diesen Dingen dann doch verändern.

Israel – zwischen Hoffen und Bangen

- **Hast du auch einmal so etwas ganz Prägendes erlebt, wodurch sich viel in deiner Gefühlslage verändert hat?**

B: Nicht ein solches Erlebnis mit derart dramatischen Auswirkungen. Aber ich kann mich noch sehr gut an den ersten Besuch in Israel erinnern.

P: Wann war das?

B: Das müsste Anfang der Achtziger Jahre gewesen sein. Man muss ein Gefühl dafür bekommen – ich bin in der Zwischenzeit zehn, zwölf Mal in Israel gewesen –, in welch existenzieller Bedrohung sich das Land befindet. Das Land ist ja eigentlich eine sehr stabile Demokratie in einem sehr bewegten Umfeld, aus dem man mit ganz gemischten Gefühlen nach Hause fährt, weil es da sehr schwer ist, nur für eine Seite Partei zu ergreifen. Bei mir gibt es keinen

Zweifel an dem Existenzrecht Israels. Bei mir gibt es keinen Zweifel an der historischen Verantwortung hierfür, die gerade Deutschland trägt.

P: Gibt es nicht auch ein Existenzrecht für Palästina.

B: Ja, das ist dann die andere Seite der Medaille. Man muss sehen, was in den besetzten Gebieten passiert. Ist die israelische Politik nicht auch in der Verpflichtung, dafür Sorge zu tragen, dass die ohnehin schon krisenhafte Stimmung, die es seit Jahrzehnten gibt, nicht noch weiter angeheizt wird? Wie kommen wir zu einer **Zwei-Staaten-Lösung*** … und, und, und? Man bekommt ein Gefühl dafür, dass es nicht selbstverständlich ist, in welchen Verhältnissen wir in Deutschland leben können. Israel ist nur gerade vier Flugstunden von uns entfernt – und seit Ende des Zweiten Weltkrieges weltweit inmitten eines großen Krisenherdes.

P: Und das ist etwas, wo du das sehr stark gefühlt hast.

*Zwei-Staaten-Lösung

Die sogenannte Zwei-Staaten-Lösung" sieht „*zwei Staaten für zwei Volksgruppen*" vor. Es ist dabei ein unabhängiger Staat Palästina neben dem Staat Israel westlich des Jordan vorgesehen.

B: In der Folge bei jedem Besuch danach. Ich war noch vor vier Jahren mit meiner ältesten Tochter in Israel. Ich bin von meiner persönlichen Haltung her sehr israelfreundlich. Aber wenn man dann die Siedlungen sieht, wo nur ein paar Dutzend Siedler wohnen, aber von einer halben Armee bewacht werden müssen, fragt man sich natürlich, ob die Siedlungspolitik der Israelis nicht auch ein Stück zu der krisenhaften Situation beiträgt?

P: Hattest du einmal Gelegenheit, das zu hinterfragen.

B: Ja, ich bin auch in **Ramallah*** gewesen und habe dort auch gesprochen. Dann stehst du vor einer Mauer – dagegen war die Berliner Mauer noch relativ klein –, und dann denkst du, dass das ja eigentlich nicht sein kann. Die Israelis sagen: *Aber seitdem haben wir keine Attentate mehr. Dies hat unser Land wirklich sicherer gemacht.* Du zweifelst dann bei jedem Meter, weil du nicht auf die eine Wahrheit triffst, weil jeder eine andere Wahrheit hat. Und dann fährst du nach **Masada*.** Heute schwören ja noch die israelischen Soldaten, dass Masada nie mehr fallen darf. Wenn du dann wieder zurückkehrst, weißt du, Israel wird sich nicht beugen, sie werden auf ihrem Kurs bleiben. Um ihrer Existenz willen.

*Ramallah

Diese Stadt mit mehr als 33.000 Einwohnern liegt in den palästinensischen Autonomiegebieten im Westjordanland.

*Masada

Das Ausgrabungsgelände Masada ist eine ehemalige jüdische Festung. Sie liegt am Südwestende des Toten Meeres in Israel. Masada wurde 2001 in die Liste des Weltkulturerbes aufgenommen.

Vom „Bröckemännchen-Preisträger", dem „Brillengesicht des Jahres" und einer Bürgersprechstunde am Pool

P: Anderes Thema: Wolfgang, du bist ja ein bekennender Karnevalist. Aber: Hast du außer Karnevalsorden auch noch weitere Auszeichnungen bekommen?

B: Ich habe eine ganze Reihe Auszeichnungen bekommen. Einige vielleicht sogar zu Recht. *(lacht)*

P: Hast du so einen richtigen, offiziellen Orden bekommen?

B: Eher so mit Augenzwinkern. Zum Beispiel den **Bröckemännchen-Preis** aus Bonn.

P: Und den bekommt man warum?

B: Für Charakterfestigkeit, Widerstandsfähigkeit, für Bockbeinigkeit. Das Brückenmännchen, das Bröckemännchen, streckt von der anderen Rheinseite aus den Bonnern den nackten Hintern zu. Das ist eine imposante, schwere Figur, aus Stein gehauen. Ich habe schon die eine oder andere Auszeichnung bekommen, aber nicht als staatliche Auszeichnung wie das Bundesverdienstkreuz, sondern als zivilgesellschaftliche Ehrung. Ich habe dann immer das Gefühl, die gelten eher dem Menschen Bosbach als dem Politiker – und dann ist es in Ordnung.

P: Wichtigste Auszeichnung, die ich einmal bekommen habe: Ich war das **„Brillengesicht des Jahres"**. Da gibt es auch eine Geschichte dazu – wie so oft. Eigentlich sollte **Harald**

Schmidt* die bekommen. Aber der wollte wohl zuviel Geld und da haben die Veranstalter gesagt …

B: Wie, Geld für die Entgegennahme eines Preises?

P: Ja, ja, ja …

B: Und du hast es für die Hälfte gemacht?

P: Für fünf Prozent habe ich es gemacht. Aber es war lustig. Ich verweise seitdem immer wieder auf meine optische Überlegenheit.

B: Die Brille ist von **Heinz-Rudolf Kunze*.**

P: Mit dem werde ich tatsächlich ab und zu verwechselt.

B: Auch zu Recht!

P: Ehrlich?

B: Nur wegen der Brille.

P: Bist du mal verwechselt worden mit irgendeiner anderen Person?

B: **Georg Clooney*!**

P: Das ist jetzt der Höhepunkt des Gesprächs!

B: **Didi Hallervorden*** hätte mir ja keiner geglaubt. Nein, aber mir ist natürlich schon dasselbe passiert, was dir auch passiert ist, nämlich, dass man völlig falsch einsortiert wird. *Wir kennen uns doch aus dem Golfclub, oder waren Sie nicht auch im XYZ zur Kur? Nein, war ich nicht.*

P: Das ist mir einmal beim Pferderennen in Köln passiert: Da kommt einer und sagt: *Sie haben das immer ganz toll gemacht mit den Pferderennen, wie Sie über das Deutsche Derby berichtet haben … Sie sind doch* ***Addi Furler!?**** Ich war nie Addi Furler. Im Zug ist mir einmal folgendes passiert: Ich hatte gegessen und dann kam der Ober und brachte mit *Bitte schön, Herr Reif,* die Rechnung. *Ich bin nicht Herr Reif.* Einer der wenigen Kollegen, über die ich ab und zu mal herziehe. Nicht böse gemeint, ein ganz besonderer Mensch, dieser **Marcel Reif*.**
Ja, das Leben in der Öffentlichkeit! Gefällt dir das?

B: Ja!

P: Grundsätzlich ja!?

B: Es würde mir nicht gefallen, wenn ich das Gefühl hätte, viele begegnen mir mit Skepsis, mit Ressentiments. Das Gefühl habe ich aber überhaupt nicht. Es gibt aber einen Moment, in dem Stimmung ein bisschen kippt. Das ist im Urlaub. Es ist ja der Klassiker, wenn Leute kommen: *Ach, Herr Bosbach, schön, dass ich Sie mal treffe. Sie haben jetzt Urlaub, Sie wollen doch bestimmt von Politik nichts hören.* Dann sage ich immer: *Jawohl!* Und dann kommt: *Aber das eine muss ich Ihnen erzählen.* Dann kann ich mich schon darauf einrichten, dass es jetzt etwas länger dauert. Das ist aber nach drei, vier Tagen durch. Dann sind die meisten, die was wollen, gekommen – und dann ist auch alles gut. Ich war einmal mit meiner Familie und mit denen von **Rainer Calmund*** und **Christoph Daum*** in Thailand; bei einem deutschen Hotelier in **Pattaya*.** Dort haben mich so viele angesprochen, dass ich gesagt habe: *Leute, ich bin hier mit Freunden, mit meinen Kindern, mit meiner Frau – ich veranstalte morgen eine Bürgersprechstunde.* Dann haben wir einen Zettel aufgehängt und ich habe am Pool in Pattaya eine Bürgersprechstunde abgehalten. Es kamen auch einige und wir haben uns nett unterhalten. Danach war es auch gut. Noch schlimmer war es bei Rainer Calmund. Er war permanent umlagert. Mit welcher Geduld er mit den Menschen umgegangen ist, mit ihnen gesprochen hat, war für mich ganz beeindruckend.

*Pattaya

Die Stadt liegt an der östlichen Golfküste Thailands, hat rund 320.000 Einwohner und ist ein international bekannter Badeort.

P: Das Schöne ist, er sagt zu den Fans immer: *Bringt mir was zu essen mit, dann ist alles in Ordnung.* Er ist ein wunderbarer Mensch – ohne Wenn und Aber. Weil du gerade den Namen Christoph Daum genannt hast: War das vor oder nach der **Haarproben-Geschichte.**

B: Das war ja erst vor drei Jahren.

P: Ach so, du hast ihm verziehen!

B: Es gibt zu Christoph Daum und dem Hotelier in Thailand eine interessante Geschichte: Dieser Hotelier in Thailand, von dem wir gerade gesprochen haben, hatte damals eine Unterkunft in Florida. Dort ist Christoph Daum damals hingefahren, um seine Ruhe zu haben. Seitdem besteht die Verbindung zwischen dem Hotelier und Christoph Daum. Wir waren damals zusammen in Bangkok, Pattaya und **Chiang Mai*** im Norden – eine wunderbare Tour. Aber zum damaligen Zeitpunkt waren wir noch nicht so eng befreundet, wie wir das in den letzten Jahren geworden sind. Ich habe sowohl Rainer Calmund als auch Christoph Daum ganz anders kennengelernt, als die Öffentlichkeit sie oft wahrnimmt; nämlich sehr belesen, nachdenklich, klug. Das waren nicht nur tolle Tage in Thailand, es waren auch immer interessante Gespräche.

*Chiang Mai

Diese Stadt mit über 130.000 Einwohnern liegt im bergigen Norden Thailands. Es gibt in dieser beliebten Ausflugsstadt Hunderte kunstvolle buddhistische Tempel.

P: Und dass einer mal Kokain genommen hat, stört dich nicht? Habt ihr da einmal drüber gesprochen?

B: Nein! Es gibt da auch nichts Neues. Es ist ein abgeschlossenes Kapitel. Ich würde ihm das nie vorhalten. Ich möchte nicht wissen, wie vielen Menschen ich begegnet bin, die mal – in welcher Phase auch immer – irgendwelche Mittel genommen haben.

P: Auch in der Politik?

B: Keine Ahnung. Erzählt ja keiner.

P: Aber die Vermutung liegt nah?

B: Ich weiß es nicht! Ich beurteile Menschen nicht danach, ob sie mal früher ein Rauschmittel genommen haben oder nicht, sondern ich beurteile sie nach ihrem Verhalten, nach ihrem Charakter. Christoph ist ein ganz toller Typ, guter Freund. Ende!

P: Damit ist seine Karriere fast am Ende gewesen.

B: Er wäre ja fast mal Bundestrainer geworden.

P: Ja genau, da hat nicht viel gefehlt! Hat dann Beckenbauer übernommen oder wer war es damals – ich überlege gerade?

B: Nein, das müsste noch davor gewesen sein.

P: **Erich Ribbeck***, glaube ich, oder war es **Berti Vogts*?**

B: Ich weiß es nicht, ich müsste rumraten.

P: Wir sehen, es ist viel gemeinsam in unserem Leben passiert. Wir wollten ja so ein wenig unsere Lebenswege nebeneinanderlegen. Ich rede nicht gerne über Krankheiten. Du machst es aber relativ offensiv, was dir widerfahren ist. Ich kann da nur zu sagen: In ganz jungen Jahren, mit zwölf, dreizehn, lag ich sieben Monate im Koma. Seitdem habe ich ein anderes Verhältnis zum Sterben. Ich habe das so in Erinnerung, dass ich noch einmal ein Licht sah, als ich auf dem Operationstisch lag. Als ich sieben Monate später erwachte – es ist wahrscheinlich Legendenbildung – soll ich als Erstes gesagt haben: *Ich habe ein wichtiges Spiel am Wochenende, ich muss Fußball spielen.* Diese sieben Monate sind natürlich komplett weg. Ich habe seitdem weniger Angst vor dem Sterben, weil ich diese Erinnerung habe, eigentlich gut geschlafen zu haben in dieser Zeit. Hast du ähnliche Gefühle, Gedanken, wenn du über Krankheiten sprichst?

B: Zunächst, ich spreche das von mir aus nie an. Von mir wird es auch nie ungefragt eine öffentliche Erklärung dazu geben. Aber wenn ich gefragt werde, gebe ich – wie in der Politik auch – ordentlich und ehrlich Auskunft. Auch weil ich weiß, wie viele Menschen es interessiert, welche Haltung ich zu meiner Krankheit habe, dass man auch mit meiner Lebenseinstellung anderen Leuten Mut machen kann. Ich selbst hatte nur eine Nahtoderfahrung. Jetzt wird es schon fast kurios. Ich sah genau das Bild, das ich auch in dem Film *„Gladiator“* gesehen habe. Es gibt eine Szene, in der **Russell Crowe*** mit einer Hand über ein Ährenfeld streicht; gleißende Sonne, offensichtlich ein warmer Tag. So ein Gefühl hatte ich auch, eher ein wohliges Gefühl. Es war auf einmal hell. Nicht düster, kein Schreckensbild. Das war für mich der Moment, bei dem mir in den Sinn kam, *da wird sich der Regisseur etwas bei gedacht haben, warum er diese optische Assoziation hergestellt hat.*

P: Angst, in diesem Sinne?

B: Angst vor dem Tod nicht, aber Angst vor dem Sterben. Da schwingt aber auch ein bisschen rheinische Fröhlichkeit mit: *Warum soll ich Angst haben – wenn der Tod kommt, bin ich ja weg.* Aber vor Leiden, vor Schmerzen, davor habe ich schon Angst – oder nicht so sterben zu können, wie wir es uns alle wünschen: Augen schließen und friedlich Abschied nehmen!

P: Ich hatte vor einigen Tagen eine Lesung vor einem Seniorenpublikum. Das hat mich fasziniert. Die Herrschaften waren alle zwischen siebzig und fünfundneunzig. Aber die waren so herrlich jung irgendwie. Und wie die beispielsweise über mein Thema, über Fußball, gesprochen haben, hat mich fasziniert. Nämlich mit sehr viel Abstand, auch mit sehr viel Kritik. Aber dann auch wieder mit so einer Liebe zu diesem Sport. Das finde ich so toll, dass das Menschen über so viele Jahrzehnte verbindet: Sport und Musik. Musik, das ist überhaupt eines meiner Lieblingsthemen. Ich weiß, dass du Musik unendlich gerne magst. Wenn du Musik hörst, lässt du dich da total fallen? Ist es dann mal so ein Moment, wo du alles um dich herum vergisst und du dich nur auf die Musik einlässt?

B: Das darfst du nicht im Auto!

P: Gefährlich!

Die Welt um sich herum vergessen – die Macht der Musik

B: Da muss man bei der Sache bleiben! Ich hatte vor kurzem ein tolles Konzertereignis, da vergisst man die Welt um sich herum. Das war in der **Elbphilharmonie*** in Hamburg, 1. November, das Requiem von **Verdi*.** Großes Symphonieorchester, großer Chor, große Gefühle – das sind die Momente, in denen man die Welt um sich herum vergisst. **Placido Domingo*** in der Wiener Staatsoper, sündhaft teure Karten. Der Dirigent kommt – und ich bin weg. Ich hab den kompletten ersten Akt verschlafen. Um mich herum tobte das Orchester. Ich muss hundemüde gewesen sein. Das war trotzdem ein wunderschöner Abend. Ein Erlebnis!

P: Ein großes Kompliment an die Musiker.

B: Da bekommt man natürlich einen Anpfiff, weil man den ganzen ersten Akt verschlafen hat. Das war eine der teuersten Nächte in meinem Leben. Und was ich als sehr interessant empfunden habe – das ist wirklich eine süße Geschichte –: Ich war einmal in meinem Leben in **Bayreuth** während der **Festspiele.** Nun muss man wissen, dass unsere Bundeskanzlerin nicht nur eine Opernliebhaberin, sondern auch eine Opernkennerin ist. Sie ist als Staatsgast bei der Premiere da, aber auch mit ihrem Gatten war sie privat dort und hörte den gesamten **„Ring der Nibelungen".** Ich war nun ihr Sitznachbar. Sie hatte mich überall vermutet, nur nicht in der Bayreuther Oper. Sie war hin und weg und hatte sich auch sichtlich gefreut, dass ich nun neben ihr sitze, dass ich Interesse zeige für die Oper. Also

***Elbphilharmonie**

Das auch „Elphi" genannte Konzerthaus am Hamburger Hafen wurde in rund zehn Jahren Bauzeit errichtet und 2017 eingeweiht. Wegen der langen Bauzeit und den heftig gestiegenen Baukosten von 186 Millionen auf 866 Millionen Euro geriet es in die Kritik. Besonders gelobt wurde anfänglich die überragende Akustik, vor allem im großen Konzertsaal. In der Zwischenzeit wurden immer wieder auch Zweifel an dem Mythos vom glasklaren Klang geäußert.

es lief gut! Nur dann fragte sie mich: *Warum hast du dir „Rheingold" ausgesucht?* Und ich habe wahrheitsgemäß geantwortet: *Angela, das ist die kürzeste dieser Opern.* Den Gesichtsausdruck, den werde ich nicht mehr vergessen. Da war mir klar, ich war jetzt in ihrer Achtung deutlich herabgesunken. Allerdings waren auch die äußeren Umstände eher schwierig. Ein heißer Tag, alle in lang oder schwarz, Smoking, Abendkleidung. Relativ harte Sitze, keine Klimaanlage und eine Aufführung, die jedenfalls für mich gewöhnungsbedürftig war. Der Rhein war eine texanische Ölquelle, die drei Rheintöchter waren Prostituierte, die Kutsche stellte sich als bonbonfarbenes Cabriolet heraus. Aber es war eine interessante Aufführung. Am Ende: Wenige Buhrufe für die Inszenierung – aber das Orchester, das Ensemble wurden gefeiert. Das fand ich toll. Für mich war es auch beeindruckend – Ulli, das musst du dir mal vorstellen – ohne Verstärker, ohne Lautsprecher singen die Künstler vor über zweitausend Menschen über den Orchestergraben hinweg. Das war wirklich beeindruckend. Ich hab da wirklich großen Respekt vor.

„Einmol Prinz zo sin" – ein Lebenstraum oder lieber afrikanische Stammestänze?

P: Jetzt machen wir noch einmal einen Gedankensprung: Karneval – Polonaise, machst du so etwas auch mit?

B: Ja, so was mach' ich mit!

P: Ehrlich, Polonaise? … Da hab ich Angst vor. Das mir da einer von hinten an die Schulter fasst – das ist ja ein Skandal!

B: Beim Karneval gibt's ja keine Fremden.

P: Das ist wirklich der Satz des Tages!

B: Wo soll er denn sonst hinpacken? Natürlich packt man sich an die Schulter.

P: Ja, das ist mir schon klar. Aber wer weiß, wer da hinter mir ist.
Hast du auch mal Büttenreden gehalten?

B: Auch das. Wir hatten einen karnevalsbegeisterten Kaplan. Es wurden Messdiener-Sitzungen veranstaltet und bei denen habe ich auch Büttenreden gehalten.

P: Selbst alles geschrieben?

B: Ich würde sagen: Alles selbst geklaut! In dem Alter von zehn, elf Jahren war man da geistig noch nicht so auf der Höhe, dass man eine gute Büttenrede ganz alleine hätte schreiben können. Jedenfalls ich nicht.

P: Mit zehn, elf Jahren schon?

B: Nur als Messdiener, später nicht mehr. Ich habe aber über hundert Karnevalsveranstaltungen als Präsident geleitet.

P: … und Prinz.

B: Prinz auch.

P: Hier in Bergisch Gladbach?

B: Hier in Bergisch Gladbach in der Session 1976 / 1977.

P: Ist das ein Lebensziel gewesen?

B: Ja. Mein Vater war aber noch stolzer als ich. Es war finanziell ein Balanceakt für die Familie.

P: Was kostet so was?

B: Es war schon fünfstellig. Wir reden hier von 76/77. In Köln ist es wohl sechsstellig. Und mittlerweile ist es ja auch in Euro. Aber da mussten wir schon verschärft nachdenken. Wenn ich damals nicht schon gut verdient und mir nicht die Karnevalsgesellschaft geholfen hätte, hätte ich es nicht gekonnt. Es geht ja nicht darum, an andere Geld zu bezahlen, aber du brauchst ein schickes Ornat, einen Karnevalswagen, der auch wie ein Karnevalswagen aussieht, du brauchst Orden, Wurfmaterial, Prinzenessen – das kostet. Es war ja nicht mit 24 ein Lebensziel, das hat man da noch nicht so wie mit 34 oder 44. Aber für meinen Vater, der Karnevalist war, war das etwas ganz, ganz Tolles, dass der Sohn Prinz wurde.

P: Du siehst mich lächeln.

B: Hier ist das so: Wir werden mit dem Karneval groß, er ist ein sehr wichtiger Bestandteil des gesellschaftlichen Lebens. In Köln träumt jeder Junge davon, *„einmol Prinz zo sin"*.

P: Und die negativen Auswirkungen: Zu viel Alkohol, manchmal sexistische Entgleisungen …?

B: Kannst du dir gar nicht erlauben. Du hast zehn, zwölf Auftritte am Abend …

P: Das meine ich gar nicht. Ich meine nicht dich als Prinz, sondern den ganzen Karneval.

B: Das war früher schlimmer!

P: Früher war es schlimmer?

B: Meiner Erfahrung nach wurde früher mehr und heftiger getrunken als heute. Wenn man mit dem Auto unterwegs ist, muss man sehr viel disziplinierter sein. Die Kontrolldichte ist viel höher und heute fahren auch sehr viel mehr mit dem Taxi nach Hause als sie selbst fahren, weil das Risiko einfach zu groß ist, auch jenseits des Karnevals. Früher gab es wesentlich mehr Verkehrsunfälle und Verkehrstote, als das heute der Fall ist. Obwohl: Jeder ist einer zuviel!

P: In der Karnevalszeit …?

B: Generell ist man etwas bewusster für Gefahren geworden. Es wird sicherlich auch heute noch Exzesse geben, aber – und das ist das eigentlich Belastende — viel mehr bei jüngeren Leuten. Man kann auch mal die Wirte fragen, was früher getrunken wurde und was heute getrunken wird. Früher war es eher die Ausnahme, dass der Wirt erst einmal eine Flasche Wasser auf den Tisch gestellt hat – heute ist es die Regel.

P: Ich habe noch nie eine Karnevalsveranstaltung besucht, aber ich werde es wohl noch mal machen. Wenn ich 70 werde.

B: Man hat seine Vorurteile. Ich habe das ja selbst erlebt in meiner Bonner Zeit. Es gab nicht wenige Kollegen aus ganz Deutschland, die wussten, ich bin begeisterter Karnevalist und fragten mich: *Nimm uns mal mit.* Nach einer Stunde teilt sich das Meer. Die einen singen Lieder mit, die sie überhaupt nicht kennen und finden das toll. Die anderen betrachten dann die Darbietungen so, wie wir afrikanische Stammestänze sehen, wobei wir sagen: *Kulturell interessant, muss ich jetzt aber nicht unbedingt mitmachen oder noch einmal dabei sein.*

P: Afrikanische Stammestänze wären schon eher meins.

B: Dann wird dir Karneval auch gefallen. Jedenfalls fragten die einen, wann die nächste Sitzung stattfindet und die anderen sagten, sie hätten es jetzt mal gesehen.

Vor allem, du darfst nicht da sitzen wie beim Opernpublikum: *So, ich bin jetzt hier und oben ist die Bühne und jetzt unterhaltet mich mal.* Du musst da reingehen mit dem Vorsatz, Teil des Programms zu werden, mitzumachen, dich mitreißen zu lassen. Wenn man das nicht will …!

Und – erstaunlich – es gibt Regionen, da hätte man es nicht vermutet, Eichsfeld in Thüringen zum Beispiel. Eine Karnevalshochburg. Ich habe schon oft Hochburgen erlebt, wo ich es gar nicht vermutet hätte. Aber ich habe mich mal richtig blamiert; ich glaube, es war in Baden-Baden. Da habe ich in der Karnevalswoche gesprochen. Oben an der Decke hingen zwei Luftballons, vorne drei Luftschlangen, zwei Konfetti … und dann wollte ich etwas Nettes sagen, gleich zu Beginn der Rede: *Das muss ja gestern ein rauschendes Fest gewesen sein, ich sehe hier noch Reste der Dekoration* – bis der Vorsitzende erklärte, das wäre die Dekoration für heute Abend. Da habe ich gewusst: *Hier ist Karneval doch etwas anders.* Aber zum Beispiel **Rust, Europapark.** Da habe ich auch einmal eine karnevalistische Auszeichnung …

P: Noch eine Auszeichnung!

B: Die **Narrenschelle der schwäbisch-alemannischen Fastnacht*.** Der Karneval in Schwaben wird völlig anders gefeiert als der Karneval im Rheinland. Die tragen dort schwere Kostüme, schwere Masken – als Hexen verkleidet, mit Klappern oder Rasseln. Ganz fantastische Kostüme, großartige Veranstaltung in dem tollen Ambiente des Europaparks. Nicht der klassische rheinische Karneval, eben eine andere Form der Brauchtumspflege, aber auch sehr unterhaltsam.

P: Europapark. Da findet ja auch manchmal die Wahl zur **Miss Germany*** statt. Da saßt du in der Jury.

B: Fünf Mal!

P: Fünf Mal! Das ist so dein eigentliches Hobby!

B: Genau richtig! Jeder hat seine besondere Expertise.

***Narrenschelle**

Sie wird seit 2006 jährlich für Narreteien im Alltag an jeweils eine Persönlichkeit vergeben. Zu den bisherigen Preisträgern gehören neben *Wolfgang Bosbach Günther Oettinger, Tony Marshall, Wolfgang Thierse, Winfried Kretschmann, Cem Özdemir …*

***Miss-Germany-Wahl**

Dieser Schönheitswettbewerb für Frauen wird in Deutschland seit 1927 ausgetragen. In den letzten Jahren steht neben der optischen Präsenz auch die „geistige“, die intellektuelle bzw. kommunikative Kompetenz der Bewerberinnen im Vordergrund.

P: Ich würde das auch mal gerne machen.

B: Ich kann ja mal ein gutes Wort für dich einlegen.

P: Ist das nicht schwierig …?

B: Total schwierig. Ich hab mal gesagt: **Griechenlandrettung*** ist kein Problem gegenüber der Wahl der Miss Germany.

*Griechenlandrettung

Hierunter versteht man die finanzielle Unterstützung („Rettungsschirm") Griechenlands durch die EU.

P: Was sagen denn die Feministinnen dazu?

B: Du kriegst jedes Jahr Briefe.

P: Und darin wird dann gefragt: Warum machen sie das als Christdemokrat?

B: Richtig, aber es gibt ja super Argumente: Erstens: Eine Miss Germany ist seit Jahrzehnten Mitglied des Deutschen Bundestages – **Dagmar Wöhrl*** war unter ihrem Mädchennamen Miss Germany. Zweitens: „Meine" erste Miss Germany – und jetzt festhalten – ist vom Heiligen Vater empfangen worden. Und zwar offiziell, nicht wie bei mir im Petersdom durch Zufall. Sie war und ist nämlich katholische Religionslehrerin. Und wenn ich dann zurückschreibe: *Regen Sie sich wieder ab. Wenn die Miss Germany vom Papst empfangen worden ist, darf ich ja wohl in der Jury sitzen.* Dann ist es auch gut. Es ist längst nicht mehr so freizügig wie es in der Vergangenheit einmal war. Mittlerweile ist der Interview-Anteil ja der dominierende.

P: Genauso wie im Playboy!

B: So in der Art – und es ist tatsächlich einmal vorgekommen, dass ich nach den Interviews mit den Damen meine Entscheidung geändert hatte, weil ich der Meinung war, dass man sich als Repräsentantin einer jungen Generation doch etwas anders präsentieren müsste. Nett ist, dass meine Frau – auch die Kinder sind gerne dabei – vieles anders sieht als ich. Ich habe gelernt: Frauen sehen Frauen immer kritischer als Männer. *„Papa, die hat doch Extensions."* Darauf meine Frage: *„Was sind Extensions?"* Oder: *„Die war beim Onkel Doktor."* Ich sage: *„Ich hab nichts gesehen."* Oder sie kommen dann und sagen: *„Papa, wo du wieder hingeguckt hast!"* Meine Antwort: *„Da hab ich nicht hingeguckt."* Aber wir Männer stehen ja immer unter dem Verdacht, dass wir da hingucken, wo wir nicht hingucken sollten.

P: Ständig!

B: Auch wenn wir da gar nicht hingucken.

P: Nein, überhaupt nicht!

B: Wir sind von Frauen schneller begeistert als Frauen von Frauen begeistert sind.

P: Das stimmt!

B: Und das Zweite, was ich wirklich habe lernen müssen – und jetzt wird's nicht lustig – war folgendes: Nach der Siegerehrung sofort ins Bett zu gehen. Denn man wird direkt gefragt, *warum jetzt die gewählt worden ist und warum nicht meine Tochter, warum nicht meine Schwester, haben Sie was persönlich gegen sie?* Die Wahl ist doch sehr subjektiv und es ist eine unglaublich schwere Entscheidung. Häufige Frage: *Was war für Sie das entscheidende Kriterium?* Es ist im Grunde der erste Eindruck.

P: Ich finde, das war eines unserer wichtigsten Themen.

Wir schaffen das! – Schaffen wir das?

- **Nun wenden wir uns noch einmal wichtigen – politischen, gesellschaftlichen, sportlichen – Ereignissen zu, vor allem aus der jüngeren Vergangenheit, die für unser, die für euer Leben wichtig waren. Wir wollen erfahren, wie ihr diese Ereignisse – gemeint ist die sogenannte „Flüchtlingskrise"* – wahrgenommen habt, welchen Einfluss sie auf euch genommen haben … September 2015 – Wir schaffen das!**

B: Wer ist wir und was ist das!? Es ging um die sogenannte Grenzöffnung, die Aufnahme der Flüchtlinge, die damals unter unsäglichen Umständen auf dem Budapester Bahnhof eingepfercht waren und ihren Asylantrag eigentlich in Ungarn hätten stellen müssen. Aber **Viktor Orbán*** hatte daran überhaupt kein Interesse, die Flüchtlinge allerdings auch nicht. Diese Grenzöffnung Anfang September 2015 zur Abwendung einer humanitären Katastrophe habe ich für richtig gehalten – als Ausnahme. Die Flüchtlinge waren unter unsäglichen Umständen in den Zügen eingepfercht. Ganz schlimme Verhältnisse. Es gab Schwierigkeiten mit der Versorgung, mit der medizinischen Betreuung. Es waren ja auch Kinder dabei. Die Flüchtlinge hätten ihren Asylantrag

* Flüchtlingskrise

Der Begriff „Flüchtlingskrise" wird in der Regel im Zusammenhang mit dem starken Anstieg der Flüchtlingszahlen ab dem Jahr 2015 verwendet. Im Jahre 2015, und zwar vorwiegend im Herbst, stieg die Zahl der Flüchtlinge und Migranten stark an. Allein rund 900.000 Menschen suchten in Deutschland Zuflucht. Mit dem Wort „Flüchtlingskrise" sind allerdings auch die teils schwierig zu bewältigenden Folgen der Einwanderung gemeint.

eigentlich in Ungarn stellen müssen. Das war das erste EU-Land, das sie alle auf dem Fluchtweg erreicht hatten. Das wollten sie nicht, Victor Orbán wollte das auch nicht. Der österreichische Kanzler **Faymann*** befürchtete, dass die Züge Richtung Österreich weiterfahren und die Flüchtlinge dort aussteigen würden. Dass in dieser Lage die Bundesrepublik gesagt hat, wir helfen, habe ich immer für richtig gehalten. Aber als Ausnahme und nicht als generelle Lösung für die Zukunft auf unabsehbare Zeit. Wir haben in den ersten zehn Monaten des Jahres 2015 mehr Flüchtlinge aufgenommen, als in den zehn Jahren davor zusammen.

Der Satz *„Wir schaffen das"* ist mir zunächst einmal sympathisch. Man muss nur fragen: *Wer ist „wir"?* und *Was ist „das"?* Wenn es nicht das überragende ehrenamtliche, bürgerschaftliche Engagement gegeben hätte, wären die staatlichen Instanzen heillos überfordert gewesen mit der Aufnahme und Betreuung. Und das, was wir hätten schaffen müssen – schnelle Verfahren, zügige Rückführung abgelehnter Bewerber – konnten wir gar nicht schaffen, weil die Zahl der Flüchtlinge einfach viel zu groß war. Dann kam die berühmt-berüchtigte **Kölner Silvesternacht.** Die Bundesregierung würde es nie zugeben, aber sie war schon dankbar, dass die **Balkanroute*** geschlossen wurde und anschließend das **Abkommen mit der Türkei** geschlossen werden konnte.

*Balkanroute

Als Balkanroute werden insgesamt die Routen zwischen dem Nahen Osten und Europa verstanden, die über den Balkan führen, und zwar dort, wo die EU-Außengrenzen verlaufen. Hauptsächlich werden die Westbalkanroute über den inneren Balkan (von Griechenland über Nordmazedonien und Serbien) und die Ostbalkanroute vom Bosporus in der Türkei über Bulgarien und Rumänien nach Serbien verstanden. Ursprünglich führte die Balkanroute schließlich über Ungarn nach Österreich. Doch seitdem Ungarn die Grenze zu Serbien abgeriegelt hat, wird meist die Route durch den Save-Korridor Kroatien – Slowenien nach Österreich genutzt.

INFOBOX

Abkommen mit der Türkei

Durch das EU-Türkei-Abkommen, das auch als *„Flüchtlingsdeal"* bezeichnet wird, sollte die Zahl der Flüchtlinge und Migranten reduziert und der Umgang mit den Geflüchteten aus Syrien geregelt werden. Das Ziel des Abkommens ist es, dass Syrer in der Türkei bleiben und sich nicht auf die gefährliche Überfahrt nach Griechenland begeben und dass die Grenzen nach Europa von der Türkei strenger kontrolliert werden. Syrer, die es bis auf die griechischen Inseln schaffen und dort kein Asyl bekommen, müssen von der Türkei zurückgenommen werden. Die EU nimmt für jeden zurückgeschickten Flüchtling einen anderen Flüchtling aus der Türkei auf. Die Türkei erhält für den Flüchtlingsdeal insgesamt sechs Milliarden Euro.

INFOBOX

Kölner Silvesternacht

Am Hauptbahnhof und vor dem Kölner Dom kam es in der Silvesternacht von 2015/16 zu zahlreichen sexuellen Übergriffen auf mehr als 600 Frauen. Täter waren vorwiegend junge Männer aus dem nordafrikanischen und arabischen

Raum. Neben Sexualdelikten wurden auch Eigentums- und Körperverletzungsdelikte verübt. Die Aufarbeitung und Aufklärung der Taten der Silvesternacht erwiesen sich als äußerst schwierig. Nur in wenigen Fällen kam es zu einer Verurteilung. Innenpolitisch wurden die Ereignisse in Köln in Zusammenhang mit der Flüchtlingspolitik der Bundesregierung kontrovers diskutiert. Vor allem diejenigen, die sich gegen eine Aufnahme von Flüchtlingen aussprachen, fühlten sich durch die kriminellen Handlungen in der Silvesternacht – vorwiegend durch Ausländer verübt – in ihrer ablehnenden Haltung bestätigt. Hinzu kam, dass das Vorgehen der Polizei bzw. der Ermittlungsbehörden kritisiert wurde. Vor allem wurde kritisiert, dass von den Ermittlern zunächst die Beteiligung von Ausländern an den Ereignissen in Köln verharmlost bzw. geleugnet worden war.

- **Hatte die AfD Recht, als sie immer wieder darauf pochte, es seien mit der ungehinderten Einreise der Flüchtlinge Gesetze, es sei Recht gebrochen worden?**

B: Zwei Juristen, drei Meinungen – das gilt auch hier. Keine Regel ohne Ausnahme. Grundsätzlich gilt das **Dublin-Verfahren***, aber die Staaten haben auch ein sogenanntes **Selbsteintrittsrecht.** Das heißt: Nach dem Dublin-Verfahren war Deutschland rechtlich nicht verpflichtet, die Flüchtlinge zurückzuweisen. Deswegen kam von mir auch nie der Vorwurf des Rechtsbruches. Aber das Selbsteintrittsrecht ist eine Ausnahmeregelung. Daher die berühmte juristische Frage: Wann ist die Ausnahme noch eine Ausnahme und ist diese Vorschrift noch eine Ausnahme, wenn sie zur Regel wird? So wird es immer unterschiedliche Meinungen zur Rechtslage geben. Das ist für mich nicht entscheidend. Entscheidend ist – und das ist auch das Problem, was wir heute haben –, dass wir wissen müssen, wer in unser Land kommt. Wenn 40, 50 Prozent der Flüchtlinge keine Papiere haben, haben wir erhebliche Probleme mit der Feststellung von Identität, von Nationalität. Damit auch Probleme bei der Rückführung abgelehnter Bewerber. Bei jungen Leuten haben wir die schwierige Frage zu klären, ob sie noch minderjährig oder schon volljährig sind. Das ist für das Verfahren ein großer Unterschied.

P: Ich bin ja so ein Träumer. Ich habe das nur beobachtet, nicht als Fachmann mit politischem oder rechtlichem Hintergrund, sondern nur als Mensch sozusagen. Ich muss sagen, ich hatte damals ein sehr gutes Gefühl, als die Kanzlerin das sagte: „*Wir schaffen das!*“. Ich erinnere mich an die Bilder, wie Menschen in München auf dem Hauptbahnhof Flüchtlinge in Empfang genommen haben mit Blumen und mit kleinen Geschenken. Für unsere Nation empfand ich das eigentlich als sehr, sehr positiv. Zu dem

*** Dublin-Verfahren**

Nach dem sogenannten Dublin-Verfahren müssen sich Asylbewerber in dem Land registrieren lassen, in dem sie die Europäische Union betreten. Auch für den Asylantrag ist dieser EU-Staat zuständig. Durch dieses Verfahren soll sichergestellt werden, dass jeder Asylantrag nur von einem Mitgliedstaat inhaltlich geprüft wird.

Flüchtlingsthema insgesamt habe ich eine einfache, pragmatische Meinung: Wenn Menschen flüchten müssen, dann haben wir hier die Verpflichtung, ihnen zu helfen, in welcher Form auch immer. Dann muss man natürlich untersuchen, wer ist das, wer kommt da. Und wenn jemand nach unseren Spielregeln, nach unseren Gesetzen, hier lebt, hier arbeitet, sich anpasst, dann habe ich gegen keinen Flüchtling dieser Welt etwas. Natürlich muss man aufpassen, dass es – ein blödes Wort – nicht zu viele werden. Aber als Mensch habe ich das absolut gerne gesehen, dass wir damals die Flüchtlinge aufgenommen haben. Ich bin in der ganzen Welt unterwegs gewesen, hatte immer so das Gefühl, dass man uns noch mit gemischten Gefühlen begegnete in vielen Nationen. Nun waren wir vorbildlich menschlich. Das hat mir, einfach nur als normaler Bürger, erst einmal sehr gut gefallen. Ohne alles zu durchschauen, ohne die rechtlichen und sonstigen Konsequenzen zu durchdenken. Vom Gefühl her, fand ich das sehr schön.

- **Was glaubst du, wodurch wohl diese positive Wirkung gekippt ist?**

P: Bestimmte Ereignisse, die es nun mal gab in dieser Republik, haben dazu beigetragen. Ganz schwer beeindruckt hat die Menschen die Ereignisse in der Silvesternacht in Köln; natürlich auch durch eine bestimmte Form von Berichterstattung aus interessierten Kreisen. Aber ich sag das ja wirklich nur als Beobachter, als ganz normaler Mensch. Wenn wir ehrlich sind und zum Beispiel die Kriminalitätsrate nehmen, dann ist sie ja bei Flüchtlingen nicht deutlich höher als bei Deutschen. Also insofern kann man den Vorwurf, die Flüchtlinge seien krimineller, gar nicht richtig geltend machen. Aber dass man das alles ordentlich untersucht – so sind wir Deutschen ja – ist ja in Ordnung. Und dass Menschen hier einreisen, von denen wir nicht wissen, wo kommen sie her, wie alt sind sie – das ist schon problematisch, das sehe ich ein.

- **Wieso hat denn diese Entwicklung der AfD so in die Hände gespielt? Weil immer noch oder wieder so viel Potenzial für rechtes Gedankengut da ist?**

INFOBOX

AfD (Alternative für Deutschland)

Ursprünglich war die AfD 2013 als eine europaskeptische und rechtsliberale Partei gegründet worden. Zu ihren Gründern gehörte der Wirtschaftsprofessor Bernd Lucke, der inzwischen aus der Partei ausgetreten ist, und der heute noch als Bundestagsabgeordnete tätige Alexander Gauland, der auch Ehrenvorsitzender dieser Partei ist. Bei der Bundestagswahl 2017 erhielt die AfD 12,6 % der Stimmen und ist mit 89 Abgeordneten im Deutschen Bundestag vertreten. Heute ist die AfD als eine rechtspopulistische und teilweise auch rechtsradikale Partei zu bezeichnen. Besonders der sogenannte „*Flügel*" der AfD wird als eine völkische, nationalistische und neofaschistische Gruppierung eingestuft. Vom Verfassungsschutz wird der „*Flügel*" als „*Verdachtsfall für rechtsextremistische Bestrebungen*" eingestuft.

P: Oder ist es Protest?

B: Die Einhaltung von Recht und Ordnung hat mit rechtem Gedankengut nichts zu tun. Es sei denn, man ist der Auffassung, dass diejenigen, die sagen, *die Gesetze müssen eingehalten werden,* rechtslastig sind. Da habe ich eine andere Ansicht. Man kann ja mal sehen, was zu **Artikel 16a** im Grundgesetz steht. Das ist etwas anderes als die asylrechtliche Praxis, die wir seit Jahren haben. Es gibt auch interessante Studien über die Kriminalitätsbelastung durch Zuwanderung. Aber das würde ich jetzt nicht alleine festmachen an der Flüchtlingskrise im Herbst 2015 und der Entwicklung in den letzten vier Jahren. Das kann man schon über die letzten Jahrzehnte beobachten. Es gibt auch bestimmte Deliktsbereiche, die weit überwiegend in der Hand von Menschen ausländischer Herkunft oder Staatsangehörigkeit sind. Aber – es ist riskant, das offen auszusprechen, schon steht man „rechts".

INFOBOX

Art. 16a GG

(1) Politisch Verfolgte genießen Asylrecht.

(2) Auf Absatz 1 kann sich nicht berufen, wer aus einem Mitgliedstaat der Europäischen Gemeinschaften oder aus einem anderen Drittstaat einreist, in dem die Anwendung des Abkommens über die Rechtsstellung der Flüchtlinge und der Konvention zum Schutze der Menschenrechte und Grundfreiheiten sichergestellt ist. Die Staaten außerhalb der Europäischen Gemeinschaften, auf die die Voraussetzungen des Satzes 1 zutreffen, werden durch Gesetz, das der Zustimmung des Bundesrates bedarf, bestimmt. In den Fällen des Satzes 1 können aufenthaltsbeendende Maßnahmen unabhängig von einem hiergegen eingelegten Rechtsbehelf vollzogen werden.
(3) Durch Gesetz, das der Zustimmung des Bundesrates bedarf, können Staaten bestimmt werden, bei denen auf Grund der Rechtslage, der Rechtsanwendung und der allgemeinen politischen Verhältnisse gewährleistet erscheint, dass dort weder politische Verfolgung noch unmenschliche oder erniedrigende Bestrafung oder Behandlung stattfindet. Es wird vermutet, dass ein Ausländer aus einem solchen Staat nicht verfolgt wird, solange er nicht Tatsachen vorträgt, die die Annahme begründen, dass er entgegen dieser Vermutung politisch verfolgt wird.

P: Welche Bereiche sind das zum Beispiel?

B: Drogenhandel zum Beispiel. Da gibt es einen hohen Prozentsatz, der deutlich höher ist als der Anteil an der Bevölkerung. Selbst wenn man die Straftaten herausrechnet, die nur von Ausländern begangen werden können, ist das so. Aber das soll gar nicht mein Thema sein. Ganz entscheidend für das deutliche Erstarken der AfD war, dass diese Flüchtlingspolitik oder die sogenannte Grenzöffnung im

Parlament weitestgehend unumstritten war. Sie war nach der deutschen Wiedervereinigung die zweitwichtigste innenpolitische Entscheidung. Man kann sie begrüßen, man kann sie kritisieren. Es war unbestritten eine epochale Entscheidung, die Nachwirkungen hat bis heute. Im Grunde waren es alle Parteien im Deutschen Bundestag, die – mit unterschiedlichem Temperament – diese Regierungspolitik unterstützt haben. Über diese wichtige Entscheidung gab es aber keine Parlamentsentscheidung. Es gab zunächst noch nicht einmal eine parlamentarische Debatte. Das war reines Regierungshandeln. Die Opposition war außerparlamentarisch. Wenn Kritiker der Flüchtlingspolitik sich nirgendwo in den parlamentarischen Debatten wiederfinden, in den Parteien, den Fraktionen, dann darf man sich nicht wundern, wenn sie sich einer außerparlamentarischen Kraft zuwenden. Denn damals war ja die AfD noch nicht im Deutschen Bundestag. Sie ist später, bei der Bundestagswahl 2017 mit einem beachtlichen Ergebnis – allerdings zu meinem großen Bedauern – in den Bundestag gewählt worden.

P: Das ist alles so formal politisch. Aber du als Mensch, hast du Erfahrungen gemacht mit Flüchtlingen? Ich meine jetzt nicht in der Öffentlichkeit, sondern in deiner Nachbarschaft oder so?

B: Jeden Tag zu Hause. Meine Frau leistet seit vier Jahren Tag für Tag Flüchtlingshilfe. Sie war in den ersten Monaten auf dem Köln-Bonner Flughafen. Dort war eine große Zeltstadt aufgebaut worden. Es kamen täglich Züge mit Flüchtlingen; immer etwa Tausend pro Zug. Nachmittags kam der Anruf, dass bald wieder ein Zug ankommen würde. Meine Frau packte ihre Sachen und ist zum Flughafen gefahren. Dort wurden die ankommenden Flüchtlinge erst einmal mit dem Nötigsten wie Kleidung, Windeln für die Kinder, Schuhen, versorgt. Anschließend wurden die Flüchtlinge auf die Erstaufnahmeeinrichtungen verteilt. Diese Aufgabe am Flughafen hat meine Frau monatelang erledigt. Später hat sie die Betreuung für eine syrische Familie und für eine irakische Familie, zwei kinderreiche Familien, übernommen. Wir haben das volle Programm der Flüchtlingskrise erlebt und es ist doch klar, dass bei uns zu Hause jeden Tag darüber gesprochen worden ist. Ich finde auch das Engagement meiner Frau vorbildlich. Das ist das ehrenamtliche Engagement, von dem ich vorhin schon einmal gesprochen habe. Die staatlichen Instanzen wären überhaupt nicht in der Lage, sich so um die Flüchtlinge zu kümmern, wie das zehntausende Ehrenamtliche tun.

P: Bist du denn auch mal ins private Gespräch gekommen mit diesen Flüchtlingen?

B. Die Kinder waren auch mal bei uns zu Hause, haben bei uns im Garten gespielt.

P: Wie alt waren die?

B: Von – bis. Von klein bis schon fast erwachsen. Die haben bei uns gespielt und fühlten sich sichtlich wohl. Sie wohnen in der Nähe. Ansonsten hatte ich keinen privaten Kontakt, außer in den Bürgersprechstunden. Aber da kamen nur solche – meistens mit Flüchtlingshelfern –, deren Antrag abgelehnt worden war. Denn diejenigen, deren

Antrag angenommen worden war, die ein dauerhaftes oder **temporäres Bleiberecht*** bekommen haben, hatten keinen Grund, zum Abgeordneten zu gehen. Es kamen die, die nicht nach Hause zurück wollten, obwohl sie rechtlich ausreisepflichtig waren.

*temporäres Bleiberecht

Hierunter versteht man ein zeitlich begrenztes Bleiberecht. Allerdings folgt nach drei Jahren der Anspruch auf einen unbefristeten Aufenthalt. Wer einmal als Flüchtling anerkannt wurde, bleibt auch meist dauerhaft in Deutschland. Asyl- und Flüchtlingsschutz werden zwar nach der Genfer Konvention auf drei Jahre befristet, doch nach Ablauf dieser Frist haben die Betroffenen einen Rechtsanspruch, Niederlassungserlaubnis genannt, auf einen unbefristeten Aufenthalt.

P: Blöde Frage – oder vielleicht auch gar nicht so blöde: Die Kinder, die in deinem Garten zum Spielen kommen, sind das jetzt Fans vom 1. FC Köln? Hast du sie dazu gebracht? Wie ist das? Und: Sprechen die gut deutsch?

B: Ich war völlig überrascht. Kinder lernen so schnell. Natürlich haben sie einen Akzent, natürlich suchen sie manchmal nach Vokabeln. Aber es war immer klar, was sie wollten, warum sie angerufen haben und so weiter. Ich habe mal gefragt: *Sag mal, hast du so gut Deutsch in der Schule gelernt?* Antwort: *Nein, auf der Straße.* Das fand ich interessant.

P: Das ist auch manchmal am einfachsten. Und wie ist das jetzt mit der Einflussnahme: Fußball, deutsche Kultur, Kinderbücher …?

B: Meine Frau hatte zum ersten Mal den Eindruck, die Integration funktioniert prima, als sie bei einer Familie festgestellt hatte, dass sie von morgens bis abends **Brings*** hören.

P: Das ist allerdings ein bisschen bedenklich.

B: Ich habe das mal **Peter Brings** erzählt. Der hat sich kaputtgelacht. Aber gut, das ist natürlich auch eine Form, deutsch zu lernen.

P: Also ich finde, Brings hat auch musikalisch arabische Einflüsse – eindeutig.

B: Man kommt manchmal aus dem Staunen nicht mehr heraus. Ich war vor zwei Jahren zum ersten Mal in meinem Leben in Kuba. Wir hatten eine kubanische Reiseleiterin, eine junge Dame, die sehr gut deutsch sprach. Für Kubaner ist es nicht leicht, ins Ausland zu kommen. Ich fragte sie: *Wo haben Sie so gut deutsch gelernt?* Dann sagte sie: *Anhand der Musik und der Texte von* ***Rammstein**.***

P: Oh Gott!

B: Dass man nun Texte von *Rammstein* nimmt, um deutsch zu lernen, war mir bis dahin auch nicht bekannt.

P: Vielleicht in der Heino-Fassung. **Heino*** singt ja Songs von Rammstein nach.
Ich habe mal etwas Verrücktes in Bagdad erlebt, und zwar in der Zeit, als dort die ersten freien Wahlen stattfanden. In einer Art Wahllokal steht einer im Schalke-Trikot vor mir; das fand ich ganz großartig.

B: Der wusste aber nicht, was es war.

P: Nein, überhaupt nicht. Null, der hatte das irgendwo auf einem Basar gekauft, fand's schön, blau-weiß, war aber kein echter Schalke-Fan.
Ich frag das nun mal nach: Ist Fußball deiner Einschätzung nach etwas, was für die Integration wichtig ist?

B: Die Integrationskraft des Sports kann man gar nicht hoch genug einschätzen, weil er grenzüberschreitend ist. Es geht ja nicht um Hautfarbe, Religion, Nationalität, sondern um Leistung, Charakter und andere Tugenden.

P: Was erwartest du: Wird es noch einmal eine Flüchtlingswelle geben, wie wir sie hatten, wo geballt noch einmal Menschen versuchen, zu uns zu kommen?

B: Der Migrationsdruck wird anhalten, und zwar unabhängig von den politischen Ereignissen in Deutschland und anderer Länder der **Europäischen Union*.** Ganz einfach deshalb, weil die Lebensunterschiede, die Lebensqualität zwischen den Haupt-Herkunftsländern der Flüchtlinge und den Ländern der Europäischen Union, also Ländern wie Deutschland, so groß ist, dass ich es für völlig ausgeschlossen halte, in wenigen Jahren diese große Diskrepanz zu schließen, die Fluchtursachen zu stoppen. Die Menschen sehen ja heute in fast allen Ländern der Erde via Smartphone das Leben in anderen Ländern, das sie sich jeden Tag live und in Farbe anschauen können. Dass Menschen sich dann auf den Weg machen mit dem Gedanken, ich möchte so leben wie in Europa, das kann ich gut verstehen. Unabhängig davon, ob sie von Krieg, Bürgerkrieg oder von politischer Verfolgung betroffen sind.

INFOBOX

Europäische Union (EU)

Zusammenschluss aus 27 europäischen Staaten mit rund 450 Millionen Einwohnern. Dabei bilden 19 Staaten von ihnen eine Wirtschafts- und Währungsunion. Die EU zielt auf eine gemeinsame Politik der Mitgliedstaaten auf verschiedenen Gebieten, u. a. in der Wirtschaftspolitik. Aber auch sicherheits- und verkehrspolitische Inhalte spielen eine große Rolle. Ebenso bestimmt das Ringen um eine einheitliche Flüchtlingspolitik die Diskussionen innerhalb der EU. Sitz des Europäischen Parlaments ist in Straßburg, Europäischer Rat und die Europäische Kommission haben ihren Sitz in Brüssel.

P: Wird die Hilfe vor Ort, also in den Herkunftsländern, zunehmen müssen? Können wir da überhaupt noch etwas tun, um es vor Ort lebenswerter zu machen?

B: Wir können nicht nur, wir müssen sogar mehr tun, allerdings nicht nur mit Geld, sondern auch als Hilfe zur Selbsthilfe. Wenn man sich einmal den afrikanischen Kontinent – es sind ja mehrere Dutzend Staaten – ansieht, erkennt man sehr unterschiedliche Entwicklungen. Es gibt Länder, die einen erstaunlichen Fortschritt haben. Und es gibt Länder, die eher rückschrittlich sind, entweder weil es totalitäre, autoritäre Regime sind oder weil religiöse Fanatiker das Sagen haben, deren Herrschaft glasklar antidemokratisch ist. Länder, die weit entfernt sind von dem, was wir unter wirtschaftlicher Prosperität verstehen. Und – das ist ein anderes Kapitel – es geht um die Hilfe der Menschen, die in den großen Aufnahmelagern leben. Das wird unterschätzt. Die sind ja nicht bei uns, die sind vor allem in der Türkei. Sehr viele Menschen haben sich im Herbst 2015 von dort auf den Weg gemacht nach Europa, weil die Lebensverhältnisse in den Lagern immer schwieriger wurden. Deutschland gehört übrigens mit zu den Hauptfinanziers. Es ist schon erstaunlich, dass etwa ein

Dutzend Länder wesentlich mehr leisten als die anderen 180 Staaten dieser Welt zusammen.

P: Ich war überrascht, als ich letzte oder vorletzte Woche beim Zappen – was ich selten mache – bei **Pro Sieben** gelandet war und dort eine unfassbar intensive Dokumentation über eines dieser Flüchtlingslager gezeigt wurde. Es war meiner Meinung nach verständlicher als das, was man manchmal bei ARD und ZDF sieht. Es war beängstigend zu sehen, welche negativen Kräfte untereinander in diesem Flüchtlingslager frei wurden. Vor denen habe ich Angst bekommen, wenn ich mir vorstelle, dass diese Gruppen mit diesen unterschiedlichen Interessen zu uns kommen und dann ihre Auseinandersetzungen hier austragen.

- **Ist diese Gefahr deiner Einschätzung nach sehr relevant?**

B: Die Gefahr ist nicht nur dort relevant, die Gefahr ist auch bei uns relevant. Das unterschätzen wir oft: Die religiösen Konflikte, die es gibt, beispielsweise zwischen Sunniten und Schiiten, werden zu uns exportiert. Das muss nicht unbedingt religiös motiviert sein, das kann auch ethnisch begründet sein. Ich kann mich noch gut an die sogenannten **Kurdenkrawalle*** in den Neunziger Jahren erinnern. Dort wurden die Konflikte auch auf unseren Straßen ausgetragen. Wir bemühen uns ja auch darum, in den Aufnahmeeinrichtungen Obacht zu geben, dass nicht die unterschiedlichen Kulturen aufeinanderprallen. Dass die, die dort in den Einrichtungen ihren Dienst tun, sich nicht plötzlich zwischen den Fronten befinden. Deshalb ist es wichtig, die Leute schnell dezentral unterzubringen. Das geht natürlich nicht, wenn in einem Jahr 900.000 kommen.

*Kurdenkrawalle

So bezeichnete man die teilweise gewalttätig verlaufenden Proteste kurdischer Türken in den 1990er Jahren in Deutschland. Hintergrund dieser Krawalle bildete der kurdisch-türkische Konflikt, der auch nach Deutschland getragen wurde.

Von Gastarbeitern, dem Catenaccio und Bushido

P: Gehen wir noch einmal zurück in unser „gemeinsames" Leben.
Wann hast du zum ersten Mal jemanden bewusst getroffen, bei dem du gedacht hast: Oh, der kommt aus einer ganz anderen Kultur, der tickt ganz anders als ich oder als wir?

B: Ich würde nicht sagen, andere Kultur, aber ich kann mich noch sehr gut daran erinnern, dass Ende der Fünfziger, Anfang der Sechziger Jahre in meiner Heimatstadt Bergisch Gladbach die sogenannten **Gastarbeiter** angekommen sind. Das war Integration durch Arbeit. Sie kamen ja nicht aus Kriegs- oder Krisengebieten, sondern sie kamen, weil sie für die Bundesrepublik bereits ein Beschäftigungsangebot hatten. Es gab für sie keine jahrelange Suche nach Arbeitsplätzen. Sie waren bei uns in Sammelunterkünften untergebracht und es gehörte zu einer der interessantesten Aufgaben, dies in einer Kommune integrativ zu begleiten. Ich war schon in den Siebziger, Achtziger Jahren als Ratsmitglied im damals sogenannten **Ausländerbeirat*** der Stadt. Da hatte man permanent mit diesem Personenkreis Kontakt.

*Ausländerbeirat

So bezeichnet man ein Gremium, das sich vorwiegend auf kommunaler Ebene um die Belange der ausländischen Mitbürger in der Gemeinde kümmert.

P: Ich kann mich daran erinnern, dass die Gastarbeiter aus Italien für uns erst einmal – das klingt sehr abfällig – die Itaker waren. Das war eine leider gängige Bezeichnung für diese Menschen. Damals gab es schon Vorurteile. Wir hatten allerdings zu denen einen guten Kontakt gefunden, weil wir gemerkt haben, dass die verdammt gut Fußballspielen können. Das hat uns sehr imponiert, auch wenn die – damals jedenfalls – sehr defensiv eingestellt waren. **Catenaccio* …** – die hauten dazwischen, blieben auch mal etwas länger liegen als wir. Das sind so meine ersten – wenn ich das so sagen darf – fremdländischen Erinnerungen. Ich war nicht im Ausland gewesen bis zu meinem vierzehnten oder fünfzehnten Lebensjahr. So kamen uns die ausländischen Arbeiter schon ein bisschen fremd vor. Es gab auch mal ein paar Schlägereien, aber irgendwie haben wir uns doch immer wieder angenähert. Und dann kamen die Türken … und dann wurde es erst richtig lustig. Ich meine das auch so: lustig. Als die türkische Fraktion in Gelsenkirchen etwas größer wurde, war es erst einmal sehr schwierig. Das ist auch heute noch so. Wenn man den Bevölkerungsanteil in Gelsenkirchen untersucht, dann ist der schon sehr hoch, was die Türken betrifft. Ich war neulich zu einer Lesung in einer Schule im Ruhrgebiet, da waren 200 Kinder im Alter von acht bis zehn Jahren. Von denen waren vielleicht noch zehn Prozent deutschstämmig, wenn man das so nennen will. Manche Leute haben Angst davor, dass uns der Islam, die Menschen aus diesen Gebieten, irgendwann einmal „übernehmen", dass so etwas wie eine „feindliche Übernahme" stattfindet.

*Catenaccio

Dies ist ein Spielsystem im Fußball, bei dem eine besonders defensive Spielweise im Vordergrund steht. Berühmt gemacht wurde der Catenaccio durch den argentinischen Trainer Helenio Herrera.

B: Nein, „feindliche Übernahme" nicht, aber wir haben heute schon nicht wenige Stadtteile in westdeutschen Großstädten, wo Migranten die größte Bevölkerungsgruppe bilden. In ostdeutschen Bundesländern zeigt sich übrigens ein völlig anderes Bild. Das kennen wir seit Jahrzehnten: Wo schon viele sind, ziehen auch viele noch hin! Warum? Man muss sich dann gar nicht in einer aus ihrer Sicht „fremden" Aufnahmegesellschaft integrieren, man kommt auch ohne große Integrationsanstrengungen prima zurecht, weil auch die Nachbarn, Freunde, Klassenkameraden, Arbeitskameraden … derselben Ethnie angehören. Das macht dann Integration einfacher, aber nicht in die Aufnahmegesellschaft, sondern in die Community, die dort schon lebt. Dasselbe habe ich auch nach der Wiedervereinigung erlebt, als es um die Aufnahme der deutschen Spätaussiedler ging, die auch dort hingezogen sind, wo schon viele aus ihrer Gruppe waren. Deswegen hat der Deutsche Bundestag damals ein **Wohnortzuweisungsgesetz** verabschiedet, damit die Kommunen die Möglichkeit bekamen, die Spätaussiedler an verschiedenen Orten unterzubringen. Ansonsten war uns klar, dass sich Parallelgesellschaften bilden würden, so wie wir sie schon aus anderen Gründen kannten.

Ulli Potofski erhält den Kinder- und Jugendbuchpreis „HomBuch" 2018.

P: Und wie wir sie ja auch zum Teil haben.

Ich hatte vor einiger Zeit in Köln-Kalk in einer Abenteuerhalle, so nennt sich das, eine Lesung mit meinen Kinderbüchern. Etwa 350 bis 400 Kinder waren dort. An der Bühne stand ein kleines Schild: **11 Uhr Lesung Kinderbücher.** Um 11 Uhr stand kein einziges Kind dort. Die spielten Fußball, Basketball und solche Sachen. Dann habe ich eine Durchsage gemacht: *Um 11.30 Uhr tritt hier* ***Bushido**** *auf.* Da standen aber 300 Kinder vor der Bühne und brüllten *„Bushido, Bushido"*. Dann kam leider ich und habe erst einmal ziemlich viele Pfiffe kassiert. Doch ich hatte dort dennoch ein schönes Erlebnis, das ich auch immer wieder gerne erzähle: Ein kleiner türkischer Junge meldete sich für eine Aktion auf der Bühne, die ich mit den Kindern gerne mache, bei der er zum Fußballkommentator wurde. Er hatte das ganz toll gemacht und bekam am Ende ein Buch von mir geschenkt. Schließlich bat ich ihn – wenn er das Buch irgendwann einmal gelesen hätte – mir eine Mail zu schreiben. Ich habe nicht damit gerechnet. Monate später kam aber eine Mail. Darin schrieb er mir: *„Ich hab dein Buch gelesen und hab ein zweites Buch von dir gekauft und bin jetzt ein Wurm von Bücher."*

B: Ein Bücherwurm!

P: Das war ganz niedlich. Das sind so die kleinen Erlebnisse, bei denen man sich darüber freut, wie so ein Kind aus einem anderen Land Zugang zu deutschen Kinderbüchern findet. Das hat mich wirklich sehr gefreut. Kleine Begebenheit am Rande.

Worüber man mit einem Staatschef spricht – und Fußball verbindet!

- **Kommen wir doch einmal auf die europäische Situation, bezogen auf die Flüchtlingskrise, zu sprechen. Warum klappt es nicht, dass wir eine gemeinsame, konzertierte Flüchtlingspolitik in Europa auf die Reihe bekommen?**

B: Weil es einige Regierungen gibt, vor allen Dingen in den sogenannten osteuropäischen Ländern – sie selbst würden sich wahrscheinlich als mitteleuropäisch bezeichnen –, in denen es dafür keine Akzeptanz in der Bevölkerung gibt. Die Regierungen befürchten, dass sie bei den nächsten Wahlen abgestraft werden, wenn sie sich in gleicher Weise öffnen wie die skandinavischen Länder, wie Deutschland, Belgien, Frankreich. Es ist ja keineswegs so – nehmen wir nur mal Ungarn als Beispiel –, dass sie gegen ihre Bevölkerung antreten. Sie machen diese Politik, mit der sie eine gleichmäßige oder annähernd gleichmäßige Verteilung auf die Länder der Europäischen Union verweigern, weil sie damit rechnen müssen, dass sie zu Hause für eine andere Politik abgestraft werden. Ich habe mich darüber auch einmal persönlich mit dem Ministerpräsidenten Orbán unterhalten können, der mir sinngemäß gesagt hat: *Wenn Ihr glaubt, wenn ich nicht mehr da bin, dann macht das Land Politik im Sinne der Europäischen Union, dann irrt Ihr. Dann werden andere politische Kräfte stärker werden, die viel radikaler sind als meine Politik.* Das macht nachdenklich.

P: Was ich an dieser Stelle gerne einmal wissen möchte: Wie ist das, wenn man so einen Staatschef trifft, spricht man dann gleich sofort über politische Dinge oder geht es auch erst einmal über Szegediner Gulasch, Rezepte aus Ungarn oder so etwas. Oder ist es gleich immer das Formale, das Politische?

B: Du müsstest doch ahnen, was das erste Thema war …

P: Fußball!

B: Ja, wir haben mal – das müsste jetzt schon 15 oder gar 20 Jahre her sein – mit dem FC Bundestag in Budapest gegen das ungarische Parlament gespielt.

Wolfgang Bosbach: oben, 4. von links

P: Und – das Ergebnis?

B: Das Ergebnis war ein mageres 1 : 1. Bester Mann auf dem Platz war Viktor Orbán, der früher – damals war er sicher noch zwanzig Kilo leichter – ein hervorragender Fußballer war. Da hatte ich natürlich einen Ansatzpunkt für ein

Gespräch, das im Hause von **Leslie Mandoki*** am Starnberger See stattfand.

P: Dschingis Khan

B: Genau, er stammt ja aus Ungarn und ist ein sehr erfolgreicher Künstler und Musikproduzent. Er ist aus Ungarn in den Westen geflohen, wurde zuvor mehrfach in Ungarn verhaftet. Übrigens: Nach dem Spiel gab es ein Bankett. Ehrengäste bei diesem Bankett waren auch zwei Spieler der ungarischen 54er-Elf!
Die uns dann das **„Wunder von Bern“** als „Katastrophe von Bern“ geschildert haben. Die Ungarn hatten wohl vier, fünf Jahre lang vor dem Endspiel nicht verloren. Das 2 : 3 empfanden viele als Schande für das Land, das war eine Art nationale Katastrophe. Bei uns wurde das als Auferstehung nach der Katastrophe des Zweiten Weltkrieges gefeiert und in Ungarn war es eine nationale Katastrophe. 1954 war ein ganz emotionaler Moment für uns Deutsche, die Erinnerung hält bis heute an.

P: Also mit anderen Worten: Fußball verbindet! Man spricht also erst einmal über andere Dinge mit dem Ministerpräsidenten Ungarns, in diesem Fall über Fußball. Ich erinnere mich daran, dass ich einmal in meinem Leben gegen **Oscar Lafontaine*** Fußball gespielt habe und war dann ein paar Jahre später bei **Markus Lanz*.** Dort traf ich Lafontaine's Ehefrau, **Sahra Wagenknecht*,** und erzählte ihr, dass ich schon einmal gegen ihren Mann Fußball gespielt und ihm dabei andauernd den Ball durch die Beine gespielt hätte. Da war die richtig beleidigt. *„Kann nicht sein, da werde ich nachfragen.“* Mir hatte das Spaß gemacht!

So ist das manchmal mit dem Fußball, der durchaus verbindet.

- **Rechtsruck in Europa – Ursache oder Ergebnis der Flüchtlingskrise?**

B: Ja und nein. Es hat leider in vielen Ländern schon immer rechte Tendenzen gegeben, Rechtspopulismus. Ein Erstarken lässt sich derzeit leider feststellen, das ist sicherlich richtig. Ich halte es allerdings für verkürzt, es nur an der Flüchtlingskrise, an der Entwicklung der letzten Jahre, festzumachen. So kann zum Beispiel ein Erstarken des Nationalismus auch andere Gründe haben. Man müsste mit berücksichtigen, inwieweit die Verlagerung von nationalen Kompetenzen auf die europäische Ebene dazu beigetragen hat, dass immer mehr Menschen in den Mitgliedsstaaten das Gefühl haben, über die eigentlich wichtigen politischen Fragen können wir nicht mehr selbst bestimmen. Mittlerweile hat das europäische Recht eine so starke Stellung – auch im nationalen Recht –, ob durch Richtlinien oder europäische Verordnungen, dass viele wie Trump in Amerika **„America Great Again“** sagen: Wir wollen unser Land wieder stärken. Deswegen vertrete ich auch die Auffassung, die Europäische Union ist gut beraten, das zu vereinheitlichen, was vereinheitlicht werden muss, aber nicht unbedingt alles, was man vereinheitlichen könnte. Das allerdings rechtfertigt unter keinem Gesichtspunkt Nationalismus – in welcher Form auch immer. Auch für Rassismus gibt es null komma null Rechtfertigungsgründe. Dagegen müssen alle Demokraten geschlossen antreten!

Klimakrise – zwischen Verantwortung und Wohlstandsverzicht

- **Klimakrise, das ist ja im Moment das Thema, das uns alle beschäftigt.**

P: Machst du irgendwas ganz bewusst, worauf du achtest, was weiß ich, keine Plastiktüten, Elektrofahrzeug, Mülltrennung …?

B: Ich bin zu Hause der Lichtausmacher, aber das schon seit Jahren, lange bevor Greta geboren wurde. Ein ganz wichtiger Punkt: Wenn ich der Meinung wäre, es ist praktikabel, was bei meiner Kilometerleistung aber nicht praktikabel ist, hätte die Familie auch ein E-Automobil. Doch ich bin so häufig unterwegs und ich sitze oft sechs-, siebenhundert Kilometer an einem Tag im Auto. Da kann ich nicht permanent eine E-Tankstelle suchen. Ich kann auch nicht eine halbe Stunde warten, bis der Wagen wieder aufgeladen ist. Ich brauche Verlässlichkeit, weil ich ja nicht aus Spaß fahre, sondern ich irgendwo eine Veranstaltung habe. Ich bin auch nicht der Meinung, dass die E-Mobilität das letzte Wort sein wird. Ich kann mir gut vorstellen, dass in einigen Jahren Experten kommen und uns erklären: Alles ein Irrtum, wir haben jetzt E-Fuel, neue Antriebsformen, wir müssen jetzt umstellen, auf wieder eine andere Antriebstechnik. Wir tun immer so, als wäre mit der aktuellen technischen Entwicklung die höchste Stufe erreicht – bis etwas Neues kommt. Ich glaube auch nicht, dass zum Beispiel die Windenergie das Ende der technologischen Entwicklung für die Energieerzeugung sein wird. Irgendwann wird eine neue Technologie kommen.

P: Schlechtes Gewissen manchmal, so nach dem Motto: Was hinterlassen wir unseren Enkeln?

B: Nein, schlechtes Gewissen nicht. Schon deshalb nicht, weil ich wirklich gut unterscheiden kann zwischen der Situation, in der ich selber Enkel war und der Situation heute. Die Lebensverhältnisse sind heute nicht schlechter, sie sind in vielfältiger Form besser als damals. Schaut man sich einmal den berühmten Satz „Früher war alles besser!" an: Nach den Zahlen, Daten und Fakten, beispielsweise zur Lebenserwartung, gesundheitliche Versorgung usw., leben wir heute deutlich besser als in den Fünfziger, Sechziger Jahren, in weiten Teilen der Welt. Richtig ist, dass wir als große Industrienation überdurchschnittlich viel zum CO_2-Ausstoß beitragen – wie könnte es in einer hochentwickelten Industrienation anders sein? Allerdings nur mit 2,1 Prozent des globalen Ausstoßes. China und die USA zusammen haben etwa 43 Prozent. Wer glaubt, dass wir mit unseren Anstrengungen, die ich alle für richtig halte, die Welt retten, der irrt. Das werden wir nicht, weil wir es gar nicht können.

P: Wenn du Kinder in dem Alter hättest, würden die bei **„Fridays for future"*** demonstrieren dürfen?

B: Dürfen mit Sicherheit. Ich würde es ihnen nicht verbieten. Aber es gäbe wahrscheinlich genauso interessante Gespräche zu Hause wie beim Thema Flüchtlingspolitik und Flüchtlingskrise auch, wo es auch bei meinen Kindern unterschiedliche Ansichten gibt. Ich käme nie auf die Idee zu sagen: „*Wenn du zu der Demonstration gehst, darfst du dich hier nicht mehr blicken lassen.*" oder Ähnliches. Es gäbe

*Fridays for future

So nennt sich die von der schwedischen Klimaaktivistin Greta Thunberg 2018 ins Leben gerufene Protestbewegung, vorwiegend von Schülern und Studenten. Greta Thunberg hatte im Sommer 2018 alleine immer freitags vor ihrer Schule für eine aktivere Klimapolitik demonstriert. Hieraus erwuchs eine weltweite Bewegung, bei der sich vor allem junge Menschen aktiv für mehr Klimaschutz einsetzen und von den Politikern fordern, entsprechende Maßnahmen einzuleiten.

sicherlich eine interessante Debatte über die Frage, warum es während der Schulzeit sein muss.

P: Ich finde es gut. Ich habe ja erzählt, dass ich ein schlechter Schüler war, faul gewesen bin. Mir hätte das gut gefallen.

- **Ulli, was tust du denn, um dem Klimawandel entgegenzuwirken?**

P: Da sind wir sicherlich ein bisschen gemeinsam unterwegs. Ich versuche auch darauf zu achten, keinen Quatsch zu kaufen mit Tausend Verpackungen drumherum. Es gibt so ein Beispiel: Ich gestehe, dass ich ab und zu mal gerne kalten Kaffee aus solchen Bechern trinke. Dann haben die immer noch so ein Plastikding obendrauf, was ich für völligen Unsinn halte. Und das Tolle ist – ich habe das immer vermieden – genau diesen zu kaufen. Und jetzt habe ich gesehen, dass jetzt der Deckel abgeschafft ist. Und die Firma wirbt auch damit. Es sind ja Kleinigkeiten. Ein Elektroauto hätte ich gerne, finde ich aber wahnsinnig teuer, kann ich mir gerade nicht leisten. Deswegen fahre ich mit meinem alten Diesel und schlechtem Gewissen. Den Wagen habe ich vor zehn Jahren gekauft, als die Diskussion um den Diesel noch nicht so ausgebrochen war. Ich habe aber ein komisches Gefühl dabei, das gebe ich zu. Ich kann es mir – offen gesagt – einfach nicht leisten, mein jetziges Auto in die Ecke zu stellen und mir ein anderes zu kaufen. Es kommt das gleiche Problem hinzu, dass ich häufig weite Strecken fahre. Viele Fahrten mache ich mit dem Zug, wobei ich das großartig finde, Zug zu fahren. Das macht so viel Spaß! Ich fuhr letzte Woche Freitag nach Augsburg: Zweieinhalb Stunden Verspätung – da bekommt man 50 Prozent des Fahrpreises zurück.

- **Und du triffst interessante Leute …**

P: Ständig. Ich saß neben **James Last*** im Zug, fand ich ganz großartig; totaler Zufall. Man wird auch selbst manchmal angesprochen, nur weil der ein oder andere denkt, oh, den kenne ich doch vom Fußball her. Auch immer wieder lustig; man wird auch schon mal beschimpft. Mag ich auch sehr gerne, wenn man beschimpft wird. Also Zugfahren ist schon ein kleines Abenteuer, macht Freude. Wenn man dann im Speisewagen sitzt und am Ende sagt der Kellner: Hier ist die Rechnung, Herr **Reif,** dann bin ich ganz glücklich. Das habe ich auch schon erlebt.

- **Du fliegst aber auch immer noch sehr viel …**

P: Ja, ich fliege auch, das stimmt …

- **Wobei ja gerade das Fliegen eine sehr große Umweltbelastung darstellt.**

P: Es geht manchmal gar nicht anders. Wenn ich samstagsmorgens in München sein muss, bleibt mir keine andere Wahl. Ich kann ja nicht nachts schon um vier mit dem Auto losfahren, das möchte ich nicht, und ein Zug fährt auch nicht. Das geht manchmal gar nicht anders, als das Flugzeug zu nehmen.

B: Ich bin ebenfalls begeisterter Zugfahrer; bin aber nur dann begeistert, wenn er tatsächlich fährt.

P: Aber er steht viel!

B: Ich bin alleine in diesem Jahr (gemeint ist das Jahr 2019. Anm. d. Hrsg.) wegen eines Zugausfalls mit dem Taxi von Frankfurt nach Wuppertal gefahren, das kostete 400 Euro.

P: Das Geld bekommst du aber doch wieder!

B: Das ja. Doch da ist zunächst einmal ein Kampf um die Rückerstattung des Fahrpreises. Die zweite Fahrt ging von Düsseldorf nach Baden-Baden auch per Taxi. Das kostete 800 Euro. Da habe ich zum ersten Mal von folgendem Unterschied erfahren: Ein Zug fällt aus und der andere kommt nicht. Den Unterschied kannte ich noch nicht.

P: Erkläre doch mal.

B: Der erste Zug war planmäßig ausgefallen. Als ich kam, hieß es schon: *Zug fällt aus!* Dann geht man zum Schalter und fragt: *Wie sieht die andere Verbindung aus?* Dann bekommt man mit ganz großzügiger Geste gesagt: *Ah, Sie haben ein Ticket mit Zugbindung, die heben wir jetzt auf.* Dann ist man schon mal glücklich. Und dann der nächste Zug: Der kommt aber nicht, weil der eine Betriebsunterbrechung hat.

P: Das muss man leider sehr oft hören.

B: Das ist nicht ein klassischer Fall höherer Gewalt. Aber der übernächste Zug kam dann wieder eine Stunde später. Damit war klar, das ich es nicht mehr rechtzeitig schaffe, und dann musste ich einen freundlichen Taxifahrer finden.

Der hat mir erklärt, ich könnte aber nicht bei ihm einsteigen, ich müsste ganz vorne einsteigen. Zwar hat man als Passagier das Wahlrecht, welchen Wagen man nimmt, aber wer vorne steht, hat ja schon länger gewartet. Da stand allerdings eine Riesenschlange. Er sagte dann, er sei ein guter Kollege und würde nicht von hinten Passagiere aufnehmen und an seinen Kollegen vorbeifahren. Als ich ihm dann gesagt habe *Ich muss nach Baden-Baden,* hat er nur noch gemeint: *Steigen Sie sofort ein!* Wir sind dann direkt losgefahren. Wenn ich wüsste, dass die Bahn fährt, käme ich auch nicht auf die Idee, Mittelstrecken mit dem Auto zu fahren, weil die Bahn ja auch, anders als das Flugzeug, meistens wenigstens ungefähr da hin fährt, wo man hin muss. Das ist bei Flügen anders.

P: Moment, Moment! Ich muss mal gerade etwas erzählen: Tatsache! Ich bin Bahn gefahren – es ist noch nicht lange her – und da kommt die Durchsage: *Wir haben uns verfahren!*

B: Das hatte ich noch nie!

P: Der ganze Zug war voller Aufregung. Die sind dann tatsächlich – ich weiß auch nicht, wie es geht, vielleicht war eine Weiche falsch gestellt – komplett irgendwo anders hin gefahren. Es kam dann die Durchsage: *Wir müssen jetzt zurückfahren!* Wir mussten dann allerdings den Zug verlassen und einen Zug auf dem Nebengleis nehmen. Das war wirklich großartig! Und die Zugbegleiterin erklärte die Situation in vier, fünf Sprachen: Niederländisch, Französisch, Englisch, Deutsch … Das war ein großes Erlebnis. Im Zug herrschte eine Gemeinsamkeit, wie ich es selten erlebt habe. War schön!

B: Man kann im Zug viel mehr erleben als im Flugzeug. Da hast du bestenfalls Kontakt mit dem, der neben dir sitzt …

P: Den man ja manchmal gar nicht will …

B: Ansonsten bist du da ja eingepfercht. In der Bahn geht man schon mal hin und her, wird angesprochen oder geht in den Speisewagen. Das empfinde ich als sehr angenehm.

P: Ich bin auch begeisterter Zugfahrer. Wenn er fährt, ist es großartig, wenn er pünktlich ist, noch großartiger. Überfüllte Züge am Freitag sind natürlich eine Katastrophe, aber im Grunde genommen ist es das, was ich jederzeit tun würde, für die Umwelt noch mehr Bahn zu fahren. Wenn die das mal so richtig in den Griff kriegen würden.

- **Ein bisschen Wohlstandsverzicht in diesem Zusammenhang?**

P: Was ist Wohlstand?

- **Zum Beispiel immer dahin fahren zu können, wohin ich möchte, dass ich mein Urlaubsziel nach meinen Wünschen ausrichten kann … Aber das kollidiert ja mit der Notwendigkeit, mich möglichst klimaschonend zu verhalten …**

P: Da bin ich schon egoistisch, das gebe ich zu. Ich bin gerne mal – jetzt nicht mehr so viel, aber als ich noch jünger war – gereist, lerne gerne andere Länder, andere Städte kennen. Ich gebe zu, das würde mir schwerfallen, darauf zu verzichten. Das ist für mich eine ganz hohe Lebensqualität.

- **Gehören dazu auch Reisen mit dem Kreuzfahrtschiff?**

P: Ja, das habe ich auch ein paar Mal gemacht. Ich hatte dabei kein schlechtes Gewissen, wobei ich natürlich weiß, dass Kreuzfahrten ganz schlecht sind für unsere Umwelt. Man arbeitet ja wohl daran, das zu verbessern. Ich gebe zu, auf solche Dinge zu verzichten, fällt mir schwer – genau wie auf Süßigkeiten. Das ist vielleicht ein Mangel an Einsicht. Vielleicht werden wir eines Tages dazu gezwungen, doch Zwang ist immer schlecht.

B: Ich finde die Kreuzfahrtdebatte deswegen interessant, weil noch nicht einmal ein Prozent der großen Schiffe Kreuzfahrtschiffe sind. Dagegen sind über 99 Prozent Frachtschiffe, die einen viel höheren Schadstoffausstoß haben – jedenfalls die älteren Modelle.

P: Entschuldigung, mit anderen Worten: Du hast schon mal die eine oder andere Kreuzfahrt gemacht?

B: Ich habe mich dreißig Jahre lang erfolgreich dagegen gewehrt. Doch dann hat es mich auf die MS Europa 2 verschlagen. Ich hätte mich am Ende der Reise am liebsten an der Reling angekettet, ohne schlechtes Gewissen. So schön war die Reise. Alle zwei Jahre, wenn's hochkommt einmal im Jahr, sind wir in den letzten Jahren auf einem Schiff gewesen. Und wenn man sich einmal mit der Technik des Schiffes näher beschäftigt, ist es schon enorm, welche Anstrengungen die Reedereien unternehmen, die Kreuzfahrten sauberer zu machen. Wenn ich mir die Masse an Containerschiffen ansehe, wundert es mich, dass wir uns auf das eine Prozent konzentrieren und nicht auf die neunundneunzig.

P: Lassen wir uns mal ein bisschen an Bord bleiben; ich finde das gerade schön. Wie nutzt du so ein Kreuzfahrtschiff? Bist du jemand, der so einem Lektor zuhört? Gehst du zu den Veranstaltungen auf dem Schiff? Ich war mal auf einem Schiff, da wurden Kunstauktionen veranstaltet. Von diesen Dingen hatte ich nie etwas verstanden, doch dort bin ich jeden Tag zur Kunstauktion gegangen, weil ich das ganz toll fand.

B: Ich würde da schon deshalb nicht hingehen, weil ich davon leider zu wenig Ahnung habe.

P: Ich ja auch nicht!

B: Und es hat geholfen?

P: Ja! Das hilft schon. Was heißt Ahnung? Ahnung haben wir ja alle, aber Wissen haben wir keins!

B: Ich kann nur sagen, ob mir etwas gefällt oder nicht. Doch wenn man mich fragen würde, *warum gefällt dir die Skulptur, das Gemälde …* hätte ich schon ein Problem. So ähnlich wie bei Musik. Ich kann sagen, ich bin Coldplay-Fan, bin aber noch lange kein Musikexperte.

P: Übrigens, Coldplay ist die erste Band, die komplett umweltfreundlich und nachhaltig sein will.

B: Die haben jetzt gerade eine Tournee abgesagt, weil sie erst eine Form finden wollen, CO_2-neutral auf Tournee zu gehen. Bin gespannt, ob sie auch auf akustische Instrumente umsteigen. Ein Mittelklasse-Rockkonzert verbraucht etwa so viel Strom wie zeitgleich eine ganze Stadt mit 20.000 bis 25.000 Einwohnern. **„Rock am Ring***" dürfte den Stromverbrauch haben wie eine Mittelstadt. Das gilt dann als klimapolitisch völlig korrekt.

*Rock am Ring

Ein Musikfestival, das von 1985 bis 2014 und seit 2017 auf dem Nürburgring / Eifel stattfindet.

P: Jetzt sind wir aber von unserer Kreuzfahrt und von der Erklärung von Kunst abgekommen.

B: Das Aktivitätsangebot auf einem Kreuzfahrtschiff nutze ich gerne: Sauna, Golf-Simulator …

P: Bist du so einer, der auf's Laufband geht …?

B: Zur Not auch das. Wir gehen abends auch gerne in die Shows.

P: Mache ich auch gerne!

B: Ansonsten brauche ich kein Programm. Alleine …

P: Exakt, exakt!

B: … das Staunen über …

P: … über die unendliche Weite …

B: … die unendliche Weite, ein sternenklarer Himmel, also keine Lichtverschmutzung, und ab und zu einmal ein organisierter Ausflug. Ansonsten schlagen wir uns privat durch. Das ist ja das Schöne bei den relativ kleinen Schiffen, dass sie auch an Orte kommen, wo die großen Pötte nicht anlegen können.

P: Ich bin mal mit der MS Bremen – das ist auch ein relativ kleines Schiff – gefahren und musste arbeiten, hart arbeiten. Es gab dort immer Lesungen abends, nicht jeden Abend. Alle drei Tage bzw. Abende durfte ich da sitzen. Es waren so rund sechshundert Leute dabei. Damals, es ist schon einige Jahre her, wurden die Kreuzfahrten fast nur von älteren Leuten gebucht. Ich fand es immer toll, wie bei den Lesungen immer so ein Dia an die Wand geworfen wurde und ich dazu vorgelesen habe. Nach zehn Minuten merkte ich: Fünfzig Prozent des Publikums schlief! Für mich war das ein großes Kompliment, dass die geschlafen haben. Und schön war immer, wenn ich dann fertig war klatschte der andere – also der noch wache Teil – und die anderen wurden wieder wach und waren völlig erschrocken. Das war super, das hat mir unheimlich viel Freude gemacht. Ich war vorher privat nie auf einem solchen Schiff. Aber seitdem leiste ich mir das so alle drei Jahre, einmal mit einem solchen Schiff zu fahren. Ich gestehe – ich spreche da voller Begeisterung drüber, genau das, was du auch gesagt hast –, einfach das Programm zu genießen, ruhig auf dem Schiff zu sitzen, zu schauen, das Meer zu hören, die Sterne zu sehen, die Lichtverschmutzung fällt weg: Das ist ein großes Erlebnis, das muss ich sagen.

- **Es geht bei den Kreuzfahrten nicht nur um das Klima, auch die Arbeitsbedingungen und die Bezahlung der Menschen auf diesen Schiffen sind immer wieder Anlass zur Kritik.**

B: Die Kritik kenne ich, aber ob das tatsächlich für alle Schiffe gilt – ich weiß es wirklich nicht. Ich hatte jedenfalls bei dem Personal, mit dem wir als Passagiere in Kontakt gekommen sind, nie das Gefühl, die wären unzufrieden …

P: Das hatte ich auch nicht.

B: … oder dass sie höchst ungern dort arbeiten, dass sie geknechtet werden. Wie das mit dem technischen Personal aussieht, was ja für die Passagiere weitestgehend unsichtbar arbeitet, kann ich nicht beurteilen.

P: Ich kann ein bisschen mitreden, weil ich ja einmal auf einem solchen Schiff gearbeitet habe. Ich kam mit allen Schichten des Personals dieses Schiffes in Berührung und hatte das Gefühl, dass die das unheimlich gerne gemacht haben, voller Begeisterung auf diesem Schiff waren. Auch die, die aus weit entfernten Ländern kamen – so mein Gefühl –, waren froh und glücklich, das machen zu dürfen. Ob dann die Bezahlung gerecht oder ungerecht ist, fällt mir schwer zu beurteilen. Jedenfalls, sie haben es mit viel Begeisterung gemacht.

Utopische Gehälter für Fußballer und Co. – oder: Die Frage nach dem gerechten Lohn

- **Thema Gerechtigkeit. Immer wieder wird in diesem Zusammenhang über Fußballer mit Jahresgehältern von sechs Millionen, acht Millionen gesprochen, zum Beispiel gegenüber einem Chefarzt. Dessen Arbeit stellt einen ganz anderen Wert für die Gesellschaft dar. Er verdient aber sehr viel weniger. Ist das gerecht, dass zum Beispiel Profifußballer so viel verdienen?**

B: Ja, stimmt! Wenn sie über besondere Fähigkeiten verfügen, die dem Verein so viel wert sind. Es gibt ja immer zwei, die einen Vertrag unterschreiben: der Arbeitgeber und der Arbeitnehmer. Die Berufsfußballer sind Arbeitnehmer des Vereins, man kann auch sagen, sie sind selbstständige Unternehmer, die mal hier, mal dort ihre Fähigkeiten anbieten. Aber wenn der Verein sagt, *ein* ***Lewandowski**** *ist mir zehn Millionen Jahresgehalt wert* und Lewandowski sagt, *dafür spiele ich* – wo ist jetzt das Problem? Wenn ein Spieler besser spielt als Lewandowski, aber für die Hälfte bereit ist zu spielen, wird der Verein ihn verpflichten. Insofern sehe ich nicht, dass irgendjemand benachteiligt wird. Denn es geht ja keinem besser, wenn ein anderer weniger verdient.

- **Aber im Vergleich zu dem, der für die Gesellschaft sehr viel wertvoller ist …**

B: Du bezahlst ja für bestimmte Fähigkeiten, die jemand hat und die du unbedingt haben möchtest.

P: Nehmen wir **Messi*** als Beispiel, der hat ja für die Gesellschaft auch einen Wert. Weil sich viele Millionen Menschen an dessen Fähigkeiten erfreuen. Ich gebe zu, wenn ein großer Chirurg arbeitet, ist das natürlich eine wichtigere Tätigkeit. Trotzdem hat auch ein Popstar, ein Schauspieler … einen Wert für die Gesellschaft. Erstens ist Unterhaltung auch ein Grundrecht und Fußball zähle ich zur Unterhaltung. Und zweitens ist es so, wenn ich Millionen, vielleicht Hunderte Millionen oder sogar Milliarden von Menschen begeistere, habe ich es vielleicht auch verdient, wesentlich mehr zu verdienen als viele andere. Ich war neulich bei einer Lesung bei älteren Herrschaften, die haben alle darüber geschimpft, dass manche so viel mehr Geld verdienen als andere. Das ist ja vielleicht auch nachvollziehbar aus einer bestimmten Situation heraus. Im Grunde genommen, glaube ich, würde jeder oder fast jeder das Geld nehmen, wenn er es angeboten bekäme. Oft hat es auch mit dieser moralischen Überhöhung zu tun, die wir gerne anwenden. Wenn wir dann selbst das Angebot bekommen, werden wir es in der Regel auch annehmen. Insofern ist es meiner Meinung nach eine etwas fadenscheinige Diskussion. Es gibt viele Fußballer, die überbezahlt sind, das ist keine Frage.

B: Das ist ein anderes Thema.

- **Aber die Frage nach der gerechten Entlohnung ist ja sowieso sehr kompliziert und sehr schwierig, besonders die Suche nach dem „gerechten“ Lohn.**

P: Aber das ist doch eine individuelle Sache.

B: Entweder ist es eine individuelle Sache zwischen Arbeitgeber und Arbeitnehmer – wie zwischen Verein und Spieler – oder eben kollektiv. Gewerkschaften und Arbeitgeberverbände verhandeln über das, was „gerecht" ist, und das findet in der Regel alle ein oder zwei Jahre statt. Dann wird ein Gehaltsgefüge gesucht und bestenfalls auch gefunden, mit dem beide Seiten leben können.

P: Werden Politiker gerecht bezahlt? Wie ist das bei den Bundestagsabgeordneten?

B: Es gibt ja immer die Suche nach dem gerechten Vergleichsmaßstab. Früher war es der Bürgermeister einer mittelgroßen Stadt, heute ist es ein Richter an einem Bundesgericht. Kein Senatsvorsitzender, sondern ein einfacher Richter. Ich halte das für einen gerechten Vergleichsmaßstab. Möglicherweise kann man auch andere Berufsgruppen nehmen. Es war Gott sei Dank eine Sachverständigenkommission, die Anfang der Neunziger Jahre eingerichtet wurde, damit es nicht immer den Vorwurf gibt: Die Brüder bedienen sich selbst. Diese Kommission hat dann einen Vorschlag gemacht, das Richtergehalt als Vergleichsmaßstab zu nehmen.

- **Ich vergleiche das Jahresgehalt einer Kanzlerin mit dem eines Vorstandsvorsitzenden eines DAX-Unternehmens …**

B: Wer Kanzlerin wird oder Minister, der macht es garantiert nicht des Geldes wegen.

P: Ehrlich? Würdest du das komplett ausschließen? Auch was die Diäten und die Versorgung angeht?

B: Ich habe gesagt: Kanzler, Minister. Ich nehme einmal ein ganz anderes Beispiel: **Karl Lauterbach*** würde sicherlich im Medizinbetrieb mehr verdienen können, denn als Abgeordneter des Deutschen Bundestages. Aber man muss immer bei der Wahrheit bleiben: Man darf ja auch dazuverdienen. Das habe ich nie kritisch gesehen, weil ich immer der Überzeugung war, man sollte sich nicht zu hundert Prozent wirtschaftlich von der Politik abhängig machen. Das ist ja bei Ministern und Kanzler anders. Sie dürfen per Gesetz keine bezahlte Tätigkeit nebenher ausüben – und da kann man natürlich fragen, ob das, was eine Bundeskanzlerin bekommt, so round about 300.000 Euro brutto im Jahr, zu wenig ist im Vergleich zu einem Vorstandsvorsitzenden eines **DAX-Unternehmens,** der das zehn- oder gar zwanzigfache verdient. Aber wer Kanzler oder Kanzlerin werden will, der macht das doch nicht wegen des Geldes, sondern wegen der Aufgabe!

P: Und auch wegen der Reputation, die man damit erwirbt?

B: Natürlich! Das sicherlich auch.

P: Das ist auch, glaube ich, legitim, dass man sagt, ich will zeigen, wer ich bin und was ich kann und komme damit auch – flapsig gesagt – in die Zeitung. Für Fernsehmoderatoren gibt es viel zu geringe Gehälter, um es mal zu sagen. Es gibt keine Kommissionen für uns, das Gehalt muss jeder selbst verhandeln. Die Leute denken immer, dass die, die im Fernsehen arbeiten, Unmengen Geld verdienen würden.

B: Ich kann mich noch gut an eine Debatte erinnern – du wirst besser wissen, wie lange das jetzt her ist –, dass sich die Bezahlung von Schiedsrichtern radikal verändert hat.

P: Die ist deutlich nach oben gegangen.

B: Schiedsrichter traten früher wirklich nur für ein sehr bescheidenes Entgelt an. Heute ist ihre „Entlohnung“ durchaus akzeptabel. Da hat sich viel verändert; in vielen Bereichen. Finde ich auch in Ordnung.

P: Die, die sich drumherum befinden, Spieler, Trainer usw., die Millionen verdienen und die, die darüber richten, sollen mit einem geringen Salär abgespeist werden.

B: Die, die für die Aufrechterhaltung des Spielbetriebes genauso wichtig sind, wie die Spieler auch.

P: Absolut, da folge ich dir komplett. Die Schiedsrichter sollen ordentlich entlohnt werden – wie auch immer!

„Es gibt nichts Gutes, außer man tut es“ – Werte in der Diskussion

- **Seit Jahren wird in Deutschland eine sogenannte Wertediskussion geführt. Besonders von der CDU ist immer gesagt worden, die Werte würden in Deutschland zunehmend missachtet. Wolfgang, was sind für dich die Werte, die in unserer Gesellschaft besondere Bedeutung haben?**

B: Ich bin auch da – wie sicherlich vermutet – konservativ unterwegs. Aufrichtigkeit, Anständigkeit, Zuverlässigkeit,

Pünktlichkeit, praktizierte Nächstenliebe sind für mich ganz wichtige Werte. **Erich Kästner*** hat einmal gesagt: *Es gibt nichts Gutes, außer man tut es!* Millionen sagen gerne: *Da muss man doch etwas machen!* Doch wer ist jetzt *„man"*? Bei vielen schwingt dabei mit: *Ich selbst – ganz schlecht – andere können sich doch einmal dieses Themas annehmen.* Das, was das christliche Gebot der Nächstenliebe ausmacht – in der Gesellschaft würde man sagen: Solidarität –, sind für mich wichtige Werte, wobei ich nicht so kulturpessimistisch unterwegs bin in dem Sinne: Überall geht alles den Bach runter. Aber wir haben sicherlich einen **Wertewandel.**

P: Werte für mich sind die ganz einfachen Dinge: „bitte" oder „danke" zu sagen, Höflichkeit, ein großes Wort: Menschlichkeit, Solidarität in dem einen oder anderen Fall oder auch christliche Nächstenliebe. Ich bin ein bisschen pessimistischer. Was ich so beobachte – da sind dann auch die sozialen Netzwerke zum Teil mit Schuld daran –, wie wir miteinander umgehen, das ist sicherlich viel härter geworden. Sehr viel schneller sind die Leute bereit, anonym

den anderen zu beleidigen. Da würde ich mal drüber nachdenken, ob ich nicht dagegen arbeiten kann, was aber schwer ist. Jeder Einzelne ist da für sich gefragt. Ich kann nur von mir sagen, dass ich immer versuche, den anderen zu verstehen, was mir auch gelegentlich schwerfällt. Aber da fängt das mit den Werten eigentlich an. Was ich mir wünsche – das hört sich gerade komisch an, weil ich ja schon erzählt habe, dass ich so antiautoritär unterwegs war und eine ziemlich „linke" Einstellung hatte –, wären mehr Regeln an der ein oder anderen Stelle, was immer schwer durchsetzbar ist. Manchmal glaube ich, dass wir da angekommen sind, wo Regeln einfach missbraucht oder gar nicht mehr beachtet werden. Da wünschte ich mir, dass wir klarer aufgestellt sind. Es sind wirklich Kleinigkeiten. Aber mit ihnen fängt es oft an, so wie vieles mit der Sprache anfängt. Da sehe ich einen gewissen Mangel, dass wir Sprachkompetenz verlieren. Wir müssen daran arbeiten, dass unsere Kinder wieder mehr Sprachkompetenz bekommen. Seit fünfzehn Jahren gehe ich im Schnitt einmal die Woche in eine deutsche Schule, und da wird mir doch schon ein bisschen angst. Daher bin ich eher pessimistisch. Alles, was Bildung angeht, ist für mich ein Wert. Ich glaube, da müsste die Politik – ich weiß nicht, wie es möglich ist – mehr investieren. Ein ganz wichtiger Punkt für mich: **Bildung, Bildung, Bildung.**

B: Ja, wir sind ein rohstoffarmes Land. Wir importieren zehnmal mehr Rohstoffe als wir exportieren. Anders als zum Beispiel Norwegen, können wir nicht Wohlstand schaffen durch die Ausbeutung von Bodenschätzen. Unser wichtigster Schatz ist in den Köpfen. Daher: Bildung, Bildung, Bildung! Man kann sich an Kindern nicht nur versündigen, wenn man sie überfordert, man kann sich auch an ihnen versündigen, wenn man sie unterfordert. Die Themen Bildung, Ausbildung, Weiterbildung, lebenslanges Lernen wird in Zukunft noch eine größere Bedeutung finden als jetzt. Weil es in immer weniger Berufen auf Körperkraft ankommt, sondern immer mehr auf Wissen und Erfahrung.

- **Du hast vorhin gesagt, früher wärst du sehr viel „linker" gewesen. Führt Älterwerden dazu, dass man konservativer denkt?**

P: Das hat mit dem Alter nichts zu tun, oder vielleicht indirekt schon. Es sind natürlich sehr viele Erfahrungen, die man macht und die ungeheure Menge an Menschen, die ich kennengelernt habe, die teilweise zu anderen Sichtweisen führen. Das hat wahrscheinlich zu einer Veränderung im Denken geführt. Ich mag es, mich damit zu beschäftigen, was **Karl Marx*** gesagt hat. Überhaupt der Grundgedanke des **Kommunismus*** gefällt mir. Dass er nicht praktikabel ist, haben wir erlebt. Wir wissen es eigentlich auch und dennoch habe ich eine gewisse Sympathie für diese Grundhaltung. Ja, es hat was mit dem Älterwerden zu tun, mit Erfahrung. Nochmals, eine solidarische Gesellschaft und – wie Wolfgang es nennt – christliche Nächstenliebe, liegen gar nicht so weit auseinander. Wenn wir das schaffen, solidarisch zu sein oder Nächstenliebe zu empfinden, bekommen wir eine halbwegs vernünftige Welt.

- **Hast du früher falsch gedacht und bist heute auf Grund von Erfahrungen, dem Älterwerden … zu anderen Einstellungen, anderen Erkenntnissen gelangt?**

*Kommunismus

Als Kommunismus bezeichnet man eine Ideologie, die auf gesellschaftstheoretischen Utopien beruht, wie sie zum Beispiel Karl Marx entwickelt hatte. Im Mittelpunkt steht die Idee sozialer Gleichheit und Freiheit aller Mitglieder einer Gesellschaft.

P: Ich habe in einer anderen Epoche so gedacht. Und ich glaube, es war auch damals ganz gut so. Den *Muff aus den Talaren* von vor Tausend Jahren ein bisschen rauszukriegen, war richtig, aber viele haben auch falsch gedacht. Sich öffnen zu müssen, das finde ich gut. Dazu haben „linke“ Gedanken sicherlich beigetragen. Das empfinde ich auch nicht als negativ.

- **Wolfgang, gab es solche Gedanken bei dir nie?**

B: Nie, außer dem einen Gedanken, der mich heute noch zum Schmunzeln bringt: Wenn der 185. Versuch **Sozialismus*** erfolgreich zu praktizieren, krachend gescheitert ist und die Anhänger des Sozialismus dann aufstehen und sagen: Die 185 Versuche haben jetzt nicht geklappt, aber beim nächsten Mal klappt es garantiert, muss ich sagen, das ist schon Wahnsinn mit System. Vor ein paar Wochen habe ich noch **Gregor Gysi*** auf einem Podium gefragt: *Gut, wir kennen ja jetzt Ihre Kritik – in welchem Land würden sie lieber leben, wo gefällt Ihnen das gesellschaftspolitische System besser?* Hat er gesagt: *In keinem!* Dann habe ich gesagt: *Dann sollten wir es doch dabei belassen und nicht ein wahnsinniges Experiment durchführen.*

P: Ist der **Kapitalismus*** denn nicht auch an der ein oder anderen Stelle gescheitert?

B: Deshalb haben wir ja auch nicht Kapitalismus in seiner Reinform. **Ludwig Erhard*** war schlau. Er wusste, alleine würden es die Märkte nicht richten können. Daher: gegen **Monopole, Oligopole,** gegen unfairen wirtschaftlichen

*Sozialismus

Er basiert auf den Ideen des Kommunismus und geht – laut Karl Marx – der Entwicklungsstufe des Kommunismus voraus. Nach den Vorstellungen des Sozialismus wird auf gesellschaftlichen oder staatlichen Besitz verzichtet. Es wird auf eine gerechte Verteilung der Güter an alle Mitglieder der Gemeinschaft gezielt.

*Kapitalismus

Die kapitalistische Gesellschafts- und Wirtschaftsordnung basiert auf der Grundlage des freien Wettbewerbs. Das Streben des Einzelnen nach Kapitalbesitz steht im Mittelpunkt des Kapitalismus.

Wettbewerb. Für ein klares Regelwerk für die Wirtschaft, für **Tarifpartner,** die auf Augenhöhe miteinander verhandeln, dass die Arbeitnehmer nicht als Bittsteller kommen müssen. Wir haben ein sehr austariertes Recht. Es gibt ja auch nicht wenige auf Arbeitgeberseite, die sagen, wir werden hier in einer Weise gegängelt, die mit Marktwirtschaft nichts mehr zu tun hat. Ganz lustig wird es, wenn der **Neoliberalismus*** als die höchste Stufe des reinen Kapitalismus betrachtet wird. Denn es ist genau umgekehrt: Es waren die Neoliberalen, die in ihrer wirtschaftspolitischen Dogmatik erkannt haben, dass der Markt alleine es nicht richten wird, wir brauchen nicht Marktwirtschaft pur, sondern wir brauchen eine **soziale Marktwirtschaft*,** damit niemand in diesem System unter die Räder kommt. Also die Neoliberalen hatten ganz andere Ansätze, als die, die man ihnen heute unterstellt.

*Neoliberalismus

Als Neoliberalismus bezeichnet man eine besondere Form des Wirtschaftsliberalismus. Danach soll der Markt nicht völlig ungehindert agieren, sondern durch staatliche Vorgaben beschränkt werden.

*Soziale Marktwirtschaft

Die Soziale Marktwirtschaft ist aus der freien Marktwirtschaft entwickelt worden. Das Prinzip dieser Wirtschaftsordnung besteht darin, allzu große soziale Ungerechtigkeiten zu vermeiden, indem der Staat in die Wirtschaftsprozesse eingreift und ein sogenanntes Soziales Netz zur Absicherung von Menschen in bestimmten Notsituationen spannt.

Was ist Sache? – Fragen und Antworten zu grundlegenden Themen

Hast oder hattest du ein Vorbild?

P: Ich hatte mehrere Vorbilder. In meinem Beruf eindeutig **Frank Elstner** – und im Fußball **Stan Libuda*.**

B: Bei mir war es politisch mein Vorgänger im Amt: **Franz Heinrich Krey,** der 18 Jahre den Wahlkreis vertreten hat, für den ich zwölf Jahre arbeiten durfte. Ich habe nie einen Politiker kennengelernt, der bürgernäher gewesen wäre als er. Und: Als Kind wollte ich immer sein wie eine Mischung aus **Hans Schäfer*** und **Old Shatterhand*.** Ich habe Hans Schäfer ja noch spielen gesehen. Ich glaube, in dem Buch *„Fever pitch"* von **Nick Hornby*** heißt es: Du suchst dir nicht den Verein aus, sondern der Verein sucht dich aus. So war es auch mit dem FC. Und ich habe viele **Karl-May***-Bücher verschlungen.

Wer ist dein Lieblingsheld in der Wirklichkeit?

P: Das ist aber wirklich schwer. Held, der Begriff gefällt mir schon nicht. Wer Helden braucht, lebt in einer schlechten Zeit. Ich finde viele Menschen beeindruckend, aber Helden habe ich nicht. Deswegen kann ich das namentlich schlecht festmachen. Leute, die für etwas stehen, die klar im Kopf sind, die mir etwas mitgeben können, das sind meine Idole in der Wirklichkeit – kein Fußballer übrigens.

B: Ich würde gerne allen einen Orden geben, die ganz im Stillen anderen Menschen in schwierigen Lebenssituationen helfen. Menschen, die nicht auf Auszeichnungen, öffent-

***Old Shatterhand**

Dies ist eine „Figur" aus Romanen von Karl May. Old Shatterhand ist dabei der unfehlbare Held und der weiße Freund von Winnetou.

liche Anerkennung spekulieren, die sich selbstlos in den Dienst einer guten Sache stellen. So was beeindruckt mich.

Welche Eigenschaften schätzt du an dir selbst am meisten?

P: Es ist natürlich immer schwierig, über sich selbst zu reden. Ich glaube, dass ich einigermaßen hilfsbereit bin und dass ich auf alle Menschen unvoreingenommen zugehe. Viel mehr ist es nicht.

B: Humor. Ich kann auch über mich selbst lachen und ich nehme mich nicht wichtiger als ich bin.

P: Und ich kann überhaupt nicht über mich selbst lachen.

Welche Eigenschaften schätzt du an anderen Menschen besonders?

P: Das ist so ähnlich. Menschen, die unvoreingenommen mir gegenüber auftreten. Humor finde ich auch ganz wichtig. Wenn ich feststelle, da lacht einer über sich selbst, dann hat er schon sehr viel bei mir gewonnen. Und dann schätze ich es, wenn einer ganz viel Geld hat. – Das war nicht ernst gemeint!

B: Bei mir sind es eher die schlichten Dinge, die wirklich nichts Besonderes sind, die ich aber an Menschen schätze, mit denen ich zusammen arbeite. Verlässlichkeit, Zuverlässigkeit, Pünktlichkeit – diese Dinge halte ich für ganz wichtig. Auch ein gewisses Maß an Leichtigkeit, dass sie das Leben lieben, dass sie nicht immer nur von Problemen erzählen, dass sie sagen mit der Haltung: *Bei allen Problemen, die wir haben, bei allen Sorgen: Das Leben ist schön und irgendwie geht es immer weiter und lass uns aus einer schwierigen Situation das Beste machen. Diese Haltung, die schätze ich an anderen Menschen.*

Was stört dich an deiner Person am meisten?

P: Fünfzehn Kilo Übergewicht, das stört mich wirklich. Aber das kriege ich wohl nicht mehr weg. Und dann stört mich meine latente Unpünktlichkeit. Aber die ist gering, so zehn Minuten maximal. Es stört mich auch, dass ich manchmal nicht ganz exakt arbeite. Ich bin eher einer, der, wo ein gerader Strich gefordert ist, auch schon mal einen krummen macht. Aber das stört mich dann manchmal selbst.

B: Also bei mir sind es nur fünf Kilo, zumal ich über Jahrzehnte immer stabil ein Gewicht hatte. Plötzlich waren es fünf Kilo mehr, ohne dass ich bewusst meine Ernährung verändert oder meinen Bewegungsdrang eingeschränkt hätte. Und ich kann schlecht „nein" sagen. Wenn ich eine Frau wäre, hätte ich wohl eine kinderreiche Familie. Ich kann nicht gut „nein" sagen, obwohl ich auch weiß, du sagst besser „nein", um niemanden zu enttäuschen. Ich versuche es dann immer noch, irgendwie hinzubekommen. Aber immer klappt das nicht.

P: Das ist bei mir auch so ähnlich: ich kann auch schlecht „nein" sagen.

Über welches Talent oder über welche Talente würdest du gerne verfügen?

B: Über zwei: Erstens – ein Instrument wirklich beherrschen, zum Beispiel Saxophon. Man hat mich mal mit brachialer Gewalt zur Blockflöte getrieben. Das war überhaupt nichts für mich. Heute bedaure ich es sehr, dass ich kein Instrument beherrsche. Zweitens – ich würde gerne neben Englisch eine zweite Fremdsprache wirklich gut sprechen. Also nicht nur zum Überleben, sondern mich fließend mit „Eingeborenen" unterhalten zu können. Das vermisse ich. Das wird man mit Ende Sechzig wohl nicht mehr hinbekommen.

P: Komischerweise würde ich auch so gerne ein Instrument spielen können, ich würde gerne Klavierspielen können. Ich glaube, ich könnte auch wunderbare Texte schreiben, so wie „Im Kühlschrank brennt noch Licht" oder sowas. Von Udo Jürgens, ein großartiges Lied übrigens. Ich war immer faul in Sachen Sprachen und da würde ich auch gerne mehr können. Ein drittes Talent wünsche ich mir auch noch: Ich wäre natürlich gerne ein begnadeter Fußballer geworden.

Was ist deine größte Schwäche?

B: Wie vorhin erwähnt, ich kann nicht gut „nein" sagen.

P: Süßigkeiten, nicht gut „nein" sagen können, ständig müde zu sein, manchmal auch eine latente Faulheit – das reicht aber auch.

Was würdest du als deinen größten Erfolg in deinem Leben bezeichnen?

P: Ich finde, das ist immer so müßig, über Erfolge zu reden.

Oder worauf bist du am meisten stolz?

P: Stolz ist noch schlimmer. Kinder adoptiert zu haben, Menschen geholfen zu haben: Darüber freue ich mich – viel mehr ist es nicht!

B: Eindeutig Caroline, Natalie und Viktoria, unsere drei Töchter und – darauf bin ich wirklich stolz, auch wenn Stolz keine gute Eigenschaft ist – ich habe wirklich einmal ein Tennismatch nach einem 0 : 6, 0 : 5, 15 : 40 noch gewonnen.

P: Erstens gegen wen und zweitens war der schwerverletzt? Da muss doch irgendwas gewesen sein. Oder du bist über dich hinausgewachsen.

B: Nein, aber das Spiel ist gekippt mit dem ersten Spiel, das ich gewonnen hatte. Es war ein Forderungsspiel. Das Lustige ist, dass der Gegner heute der Vorsitzende eines Tennisvereins ist, dem ich mal Jahrzehnte angehört habe. Aber er ist Vorsitzender geworden, diese Niederlage hat seiner Karriere offenbar nicht geschadet. Wer jemals Tennis gespielt hat, weiß doch beim Stand 6 : 0, 5 : 0 – wenn du das eine Spiel verlierst, ist das eine reine Kopfsache. Dann wird das Spiel zwischen den Ohren entschieden, weil du nur noch grübelst, wie konnte mir das passieren. Und auf der anderen Seite wird der Gegner immer stärker.

P: Das verstehe ich jetzt übrigens mit dem Stolz. Da wäre ich auch stolz drauf. Ich kann mich erinnern, dass wir mal 0 : 4 zurücklagen bei einem Fußballspiel und noch 5 : 4 gewonnen haben. Da bin ich jetzt nicht stolz drauf, aber das war schon ein erhabenes Gefühl.

Was war dein größter Fehler?

P: Eine Menge. Das kann ich gar nicht reduzieren auf einen. Hört sich vielleicht komisch an, weil mir das viele Nachteile im Leben gebracht hat: Öffentlich bekanntzugeben, mehrfach und immer wieder, dass ich Schalke-Fan bin. Das hat mir so viele Nachteile eingebracht, das ist unglaublich. Doch ich steh' dazu. Heute ist es eh zu spät.

B: Wenn man als Politiker ehrlich ist, braucht man ein schnelles Pferd. Rückblickend betrachtet, zu spät geheiratet zu haben. Dann hätten meine Kinder einen jüngeren, fitteren Papa gehabt, wenn ich früher geheiratet hätte.

... und wahrscheinlich wären dann schon Enkel da?

B: Ja, das wahrscheinlich auch.

Bei wem müsstest du noch um Verzeihung bitten?

B: Bei all denen, die ich vielleicht privat oder politisch zu hart angegangen bin. Das ist eigentlich überhaupt nicht meine Art, aber manchmal wird man ungeduldig, schnippisch oder man kommt arrogant rüber, auch wenn man es gar nicht möchte. Wenn sich da jemand betroffen fühlt, möge er sich bitte melden!

P: Bei mir ist es so, dass ich auch im privaten Bereich sicherlich ein paar Dinge gemacht habe, die nicht so ganz richtig waren. Und dann möchte ich mich endlich mal bei **Boris Becker*** entschuldigen. Der Hintergrund ist folgender: Ich wollte Boris Becker einmal auf eine Waage stellen. Wir hatten eine Sendung auf dem Dach des Center Courts in **Wimbledon*.** Er erzählte plötzlich unaufgefordert davon, dass er eine Wette mit **Patrik Kühnen*** – auch ein bekannter Tennisspieler – laufen hätte: Wenn er weniger wiegen würde als Patrick Kühnen, müsste er ihn zum Essen einladen. Das erzählte er – unaufgefordert, wie gesagt. Am Abend kam er zu mir in eine andere Sendung und da hab

***Wimbledon**

Das Tennisturnier in Wimbledon, einem Stadtteil von London, zählt zu den vier, in jedem Jahr ausgetragenen, Grand-Slam-Turnieren. Es gilt als das älteste und prestigeträchtigste Tennisturnier der Welt. In Wimbledon wird auf Rasen gespielt, was das Spiel besonders schnell macht.

ich gedacht, so, dann können wir das doch mit der Wette einmal zu Ende führen und sagte zu ihm: *Lieber Boris Becker, wir haben hier eine Waage aufgestellt, bitte stellen Sie sich auf die Waage und im nächsten Jahr kontrollieren wir das Gewicht von Patrick und von Ihnen und dann können wir mal gucken, wer die Wette gewonnen hat.* Er reagierte darauf unfassbar, total erbost, als ob es die größte Beleidigung der Welt wäre. Danach hat er tatsächlich den Kontakt zu mir abgebrochen. Er hat nicht mehr mit mir gesprochen.

B: Hat er sich auf die Waage gestellt?

P: Nein, natürlich nicht. Es ist ja auch in Ordnung. Ich habe ihn ja nicht gezwungen. Ich habe dann auch gesagt, dass ich hier bestimmt der Schwerste bin und mich zuerst auf die Waage stelle. Er war – wie gesagt – tödlich beleidigt. Im Nachhinein ist mir die Medienwirksamkeit aufgefallen: Er hätte sich auf die Waage gestellt und es wären meinetwegen soundsoviel Kilo gewesen und die BILD-Zeitung hätte wahrscheinlich so eine Überschrift gehabt: *Becker wiegt soundsoviele Kilo, damit über seinem ehemaligen Kampfgewicht.* Ich kann das dann im Nachhinein ein bisschen verstehen. Tut mir ja auch leid, aber es war ja nie böse gemeint.

B: Wenn er doch selbst davon spricht!

P: Das ist der Punkt, wo ich auch gedacht habe, *Boris komm* … Ich bin noch zu ihm hingegangen und habe gesagt: *Jetzt mach' doch keinen Zirkus deswegen.* Er spricht nicht mehr mit mir, sagt „*Guten Tag*", das ist alles. Das, finde ich, ist übertrieben. Es tut mir leid, Boris!

Gegen welches Gesetz hast du mal verstoßen?

P: Ich hab mal geklaut. Da war ich zwölf oder dreizehn. Ich war immer ein großer Musikfan. Es ist aber auch das Einzige, gegen das ich bewusst verstoßen habe; hoffe ich jedenfalls. Folgendes habe ich gemacht: Im sogenannten WK – das ist das Westfalen-Kaufhaus in Gelsenkirchen – gab es einen großen Tisch mit Schallplatten, mit Singles. Und ich hatte kein Geld. Die Platten auf diesem Tisch kosteten nur eine Mark. Ich habe da tatsächlich vier oder fünf Singles geklaut und kann mich gut erinnern, wie ich mit klopfendem Herzen durch das Kaufhaus gelaufen bin und geschaut habe, dass ich rauskomme. Die Platten habe ich lange noch besessen. Immer, wenn ich sie in der Hand hatte, bekam ich wieder ein schlechtes Gewissen.

B: Ich muss gestehen, es ist keine Werbung für einen Politiker, ich bin schon mal 51 km / h gefahren in geschlossenen Ortschaften.

P: Nein! Wo man nur fünfzig fahren durfte – oder 30?

B: Ich hatte doch mal ein Punktekonto in Flensburg, was meinem Verein einen beruhigenden Tabellenplatz bescheren würde. Also nicht nach dem 34. Spieltag, sondern jetzt nach dem 10., 11. Spieltag. Doch das habe ich mittlerweile erfolgreich abgebaut.

P: Ich bin ja der langsamste Autofahrer der Welt. Viele beschweren sich über mich. Ich halte mich wirklich immer an die Geschwindigkeitsbegrenzungen. Das ist wie eingepflanzt. Wenn ich die Schilder sehe – 110, 80, 30 – halte ich mich daran. Ich wüsste nicht, dass ich mal irgendwann einen Punkt in Flensburg bekommen hätte.

Wen würdest du gerne mal treffen?

B: Von den lebenden Personen? Ganz beeindruckende Persönlichkeit, mit der ich mich einmal sehr gerne unterhalten würde, ist **Barack Obama.** Seine Schwester kenne ich ganz gut.

P: Oh, jetzt kommt's! Wieso?

B: **Dr. Auma Obama,*** sie lebt ja in Deutschland. Wir haben noch vor wenigen Monaten eine Partie Golf gespielt, gemeinsam mit dem Sänger der **Höhner**, **Henning Krautmacher*** – für einen guten Zweck. Sie hat eine eigene Stiftung. Ich werde nie vergessen, als ich Dr. Auma Obama zum ersten Mal persönlich erlebt habe, habe ich mich herzklopfend im perfekten Englisch vorgestellt. Da hat sie gesagt: *Ach, Herr Bosbach, ich kenn sie doch aus dem Fernsehen.* Sie spricht sehr gut deutsch.

P: Bei mir sind es zwei Personen, die ich gerne mal treffen würde: Immer der amtierende Papst, mit dem würde ich gerne zusammensitzen und diskutieren. Der zweite ist **Paul McCartney*,** das Idol meiner Kindheit und Jugendzeit. Für mich mit **Bach, Beethoven** vergleichbar. Großartiger Musiker. An Paul McCartney war ich mal in Berlin ganz nah dran, aber dann hatte er doch keine Zeit.

Hast du einen Lieblingsschauspieler?

P: Ich hab keine Ahnung von so was. **Sascha Hehn*,** nein, ich versteh nichts von Schauspielern.

Auch keine Lieblingsschauspielerin?

P: Auch nicht. Ich find viele ganz toll, habe da große Achtung vor. Aber niemanden, den ich jetzt hervorheben könnte. Ich kenne wohl auch eine Menge von den deutschen Schauspielern, **Uschi Glas*** zum Beispiel …

„Zur Sache Schätzchen"

P: *„Zur Sache Schätzchen"* – ein Epoche machender Film damals.

B: Wen ich persönlich ganz gut kenne und persönlich sehr schätze, ist **Jan Josef Liefers*,** der ja – das dürften nicht alle wissen – bekanntgeworden ist durch die deutsche Wiedervereinigung. Er hatte damals auf dem Alexanderplatz in Berlin als ganz junger Schauspieler eine beeindruckende Rede gehalten hatte. Ein – wie seine Frau **Anna Loos*** – ganz beeindruckender Schauspieler.
Beides gute Musiker, ganz beeindruckende Persönlichkeiten. Ich finde, wir haben überhaupt beeindruckende Persönlichkeiten als Schauspieler. Wen ich immer sehr gerne gesehen habe, war **Armin Mueller-Stahl*,** der einer der wenigen war bzw. ist, der international Karriere gemacht hat. Wir müssen uns da nicht verstecken vor der internationalen Schauspielergilde.

P: Ich möchte eine kleine Schauspielergeschichte erzählen. Ich arbeite sehr viel zusammen mit **Alexander von der Groeben*.** Der Sohn, **Max von der Groeben*,** ist ja einer der Hauptdarsteller in **„Fack ju Göhte",** ein ernstzunehmender Schauspieler, nicht nur „Fack ju Göhte" ist scin Fach. Der große Traum von Alexander war es immer, Schauspieler zu werden. Er hat auch in vielen kleinen

Sachen auf Theaterbühnen mitgespielt. Wir haben lange Jahre Schreibtisch an Schreibtisch gesessen und plötzlich kam ein Agent und sagte, es würde ein großer Kriegsfilm in Korea gedreht und sie suchten einen großen, typischen deutschen General.

B: **Curd-Jürgens*-Typ**

P: So ungefähr – der Kleiderschrank. Das Ergebnis war, Alexander ging zu einem Casting und bekam tatsächlich die Rolle. Es ist ein richtig großer koreanischer Kriegsfilm. Das Dumme war nur, dass er uns vier Wochen lang damit penetrierte, wie er das geübt hatte. Es war aber einfach nur lustig. Er kam jeden zweiten Tag ins Büro hinein und begrüßte alle mit *„Heil Hitler"*, aber so in diesem Ton und jeder wusste, dass Alexander weit davon entfernt ist, irgendwie dafür Sympathien aufzubringen. Aber er musste sich ja in diese Rolle einfinden und es war schon beeindruckend, als ich den Film später gesehen habe. Lustig war, dass Alexander deutsch gesprochen hat und es gab dann wohl koreanische Untertitel. Grandios war, wie er vier Wochen lang den deutschen General gegeben hat. Ich habe gesehen, welche Arbeit die Schauspielerei macht. Auch ich habe ja das Glück gehabt – jetzt kommen wir ans Eingemachte – und durfte in diversen kleinen Serien mitspielen.

B: Nein!

P: Ja natürlich! Zum Beispiel mit **Howard Carpendale:** *„Matchball"* – großartig! *„Schloss am Wörthersee"* – hatte ich ja schon erzählt, die Nacht mit **Roy Black.** Mit **Hans-Joachim Kulenkampff** durfte ich mal zusammen spielen:

„Die große Freiheit – St. Pauli“. Kulenkampff war ein großartiger Mensch. Es hat mir sehr viel Freude gemacht. Eine der wichtigsten Rollen, die ich gespielt habe, war *„Das geheime Leben der Spielerfrauen“*.

B: Nein!

P: In England war das super erfolgreich – ein Straßenfeger zu der Zeit. In Deutschland hat man das dann auch einmal versucht. Das ist aber komplett misslungen, das deutsche Publikum mochte das gar nicht. Und dann durfte ich in dem *„geheimen Leben der Spielerfrauen“* …

B: … als Spielerfrau …!

P: Eine der erfolgreichsten Spielerfrauen, Gaby Schuster …

B: Hier aus der Nachbarschaft, die Schusters haben ja mal in Kürten, also ganz in der Nähe gewohnt.

P: Ich spielte natürlich nur so einen banalen Fußballreporter. Aber deswegen habe ich so ein ganz klein wenig Einblick in die Materie bekommen und habe Respekt vor jedem Schauspieler, vor jedem richtigen Schauspieler. Hast du so etwas mal gemacht?

B: Nein, aber ein guter Freund von mir hatte eine tragende Rolle bekommen. Da gibt's doch einen Film mit Schneewittchen und die sieben Zwerge. Es ist noch nicht lange her.

P: Diese Comedy!

B: Genau! Mit **Otto.** Da gibt es eine Szene, in der Hofnarren in der ihr eigenen Art einen Witz erzählen müssen bei der Königin und einem Ritter, der aber kurz vor dem Einschlafen ist. Mein Freund hat die Rolle bekommen als Ritter. Er war leider nicht zu erkennen, weil er das Visier unten hatte. So können Karrieren plötzlich enden. Wen ich noch ganz großartig finde, ist, **Charlize Theron*.** Sie ist nicht nur bildhübsch, sondern auch eine wirklich begnadete Schauspielerin.

Lieblingssänger / Lieblingssängerin?

P: Oh, da gibts jetzt so viele wieder. Ich will mich da gar nicht festlegen. Ein Lied, das mich ein Leben lang begleitet hat, war ein **One-Hit-Wonder.** Diese Stimme, diesen Mann, werde ich nie vergessen: **Peter Sarstedt*:** *Where do you go to my lovely.* Ein wunderbares Lied. Ein bisschen französisch angehaucht. Eines der schönsten Lieder begleitet mich ein Leben lang. Ich mochte auch sehr gerne **Simon and Garfunkel*.** *„Bridge over troubled water“* ist wie eine Symphonie für mich. Bei den Sängerinnen mag ich gerne – jetzt ehrlich, nicht lachen – **Marianne Rosenberg*;** fand ich immer toll: *„Er gehört zu mir“*

B: *„Lieder der Nacht“*

- ***„Er gehört zu mir“* wird heute auch noch gerne gehört!**

P: Richtig! Find ich auch noch toll!

B: Ich habe eine ganze Reihe von Konzerten gesehen oder erleben dürfen. Ganz toll fand ich immer **Elton John.** Kann mich gut an ein Konzert erinnern, da ging die Band in der

Pause von der Bühne. Er selbst blieb am Klavier sitzen. Kaum ein Zuschauer hat die Halle verlassen. Elton John hat nur Klavier gespielt. Er ist ein ganz großartiger Musiker, großartiger Künstler. Wen ich zuletzt gesehen habe war **Phil Collins,** der mehrere Abende hintereinander in der ausverkauften **Lanxess-Arena** war. Körperlich wirkte er wirklich sehr angeschlagen. Es hatte sehr lange gedauert, bis er vom Bühnenrand am Mikro war. Sein Sohn am Schlagzeug, ganz emotional. In dem Moment, als Phil Collins das Mikrofon in der Hand hatte, spürte man eine unglaubliche Bühnenpräsenz. Es ist ja unfassbar, was der Mann als Solokünstler und mit **Genesis*** in den letzten Jahrzehnten geleistet hat. Das war auch so ein emotionales Erlebnis: Ich habe tatsächlich einmal live in einer lauen Sommernacht vor dem Kölner Dom **Frank Sinatra*** mit großem Orchester erlebt. Kurze Zeit später ist er verstorben. Das war eine ganz beeindruckende Persönlichkeit, sicherlich auch eine schillernde Persönlichkeit, aber keine Frage: Der Mann hatte was! Den umgab so eine Aura des Besonderen.

P: Da fällt mir noch – ungefähr gleicher Jahrgang wie Frank Sinatra – **Dean Martin*** ein. Tolle Musik. Ich habe mir gerade noch vor ein paar Tagen eine Frank-Sinatra-CD gekauft – ich kaufe ja noch CDs – und höre die mit großer Freude. *„Mr. Bojangles“* in seiner Fassung.

B: Von **Sammy Davies*.**

P: Ja, ja, aber der hat das noch mal nachgesungen. Seine Musik wird immer bleiben.

Hast du eine Lieblingsband?

B: **Coldplay**, uneingeschränkt Coldplay: „*Viva la vida*".

P: Was ein großer Song ist. Ich habe die Live-CD von einem Konzert in Argentinien im Auto. Kennst du die?

B: Nein.

P: Die muss ich dir mal zukommen lassen. Coldplay: Live in Argentinien, wo sie Tangomusik machen. Das ist eine irre CD, alle beim Konzert singen mit, 50 Tausend. Ganz großartig, wirklich. Ich mag Coldplay auch gerne, habe sie einmal live erlebt. Und dann bin ich immer noch ein **Beatles**-Fan. Es werden immer die Beatles sein, wenn man nach meiner Lieblingsband fragt. „*Hey Jude*", „*Let it be*", „*Come together*" – das ist für mich die „klassische Musik", die ich mag.

B: Jetzt weiß ich auch, welche meine erste Schallplatte war …

P: Jetzt kommt's!

B: … „*I want to hold your hand*" von den Beatles.

P: Deutsche Fassung „*Komm gib mir deine Hand*" von Camillo Felgen.

B: Nein! Tatsächlich?

P: Ja, der hat's ins Deutsche übersetzt.

B: Und „*Sgt. Pepper's …* " war eine meiner Lieblings-LPs.

Dein Lieblingsbuch? Außer „Locke"*!

P: Ich weiß, das klingt jetzt unendlich banal, aber ich glaube, es war auch das erste Buch, das ich bewusst gelesen habe. Ein Kollege von mir hatte das geschrieben: *„Elf Freunde müsst ihr sein"* von **Sammy Drechsel*.** Er war auch ein guter Fußballer und ein guter Kabarettist. Das war das erste Buch, das ich bewusst richtig gelesen habe. Gerade ist es wieder neu aufgelegt worden. Neulich habe ich mit **Christian Streich*,** dem Trainer vom **FC Freiburg,** diskutiert. Er sagte auch, dass das Buch von Sammy Drechsel für ihn eines der prägendsten Bücher gewesen sei. Ich finde, das sollte jedes Kind einmal gelesen haben; unabhängig davon, ob man sich für Fußball interessiert. Die Aussage *„Elf Freunde müsst ihr sein"* ist ja leider überholt und dennoch denke ich, dass das immer noch eine Rolle spielt – nicht nur im Fußball.

B: Ich liebe Krimis, die Klassiker wie **Mario Puzo*** *„Der Pate"* – ein Krimiepos, auch *„Der Schakal"* von **Frederick Forsyth*.** Ist toll. Aber *„Stoner"* von **John Williams*,** hat mich umgehauen. Wenn mir das mal jemand erzählt hätte, dass mich das traurige Leben eines Literaturprofessors fesseln könnte, hätte ich gesagt: *Danke fürs Gespräch.* Es war ein Literaturtipp im Radio. Ich habe das Buch verschlungen, auch mit dem Gedanken: *So möchtest du mal schreiben können wie John Williams!* Ein hinreißendes Buch!

Was würdest du tun, wenn du einen Tag lang Papst wärst?

B: Wenn ich die Macht dazu hätte: Den Zölibat beenden!

P: Frauen – noch – stärker in die Kirche hineinbringen, sie machen lassen … Das geht dann fast in die gleiche Rich-

***Locke**

„Locke" ist der Spitzname der Hauptfigur in Ulli Potofski Kinder-Fußballromanen. Der Junge ist ein begabter Fußballer und möchte unbedingt Fußballprofi werden. Dabei hat er eine Menge Hindernisse zu überwinden, erlebt u. a. Abenteuer in Südafrika und begegnet einem unheimlichen Schuster.

tung. Ich glaube, wenn man den Zölibat aufheben würde, wäre es wohl auch mal möglich, dass eine Frau Papst werden würde. Da wäre ich schon sehr dafür.

Gibt es Überzeugungen, Werte, Einstellungen ... von dir, die nicht gesellschaftlich kompatibel sind in unserer Gesellschaft?

P: Die gibt es ganz sicher. Ich glaube – so schrecklich daneben ist das gar nicht –, dass ich bestimmte Formen von Drogen legalisieren würde, was auch einen praktischen Mehrwert für die Gesellschaft hätte. Ob das jetzt gar nicht kompatibel ist, weiß ich gar nicht. Das wäre so eine Sache, wo ich sagen würde, da sollen wir mal drüber nachdenken, ob man das nicht in irgendeiner Form verändern kann. Auf der anderen Seite wäre ich dafür zu sagen: Leute, geht mit dem Alkohol viel sorgsamer um. Das ist aber wieder ein anderes Thema. Sonst fällt mir da gerade nicht so ganz viel zu ein. Drogen legalisieren, zumindest bestimmte Formen von Drogen. Wer rauchen darf, wer saufen darf, warum soll er sich nicht eine Hasch-Zigarette reinziehen – das ist so eine Sache, wo ich sage, *wer mag – bitte!* Ich hab's nie gemacht, nie! Ich habe nichts auf diesem Sektor ausprobiert. Bin ja der größte Spießer der Welt! Wer damit ordentlich umgehen kann, auch mit der Hasch-Zigarette, soll es tun. Warum nicht? Hoffentlich ist es dann nicht der Einstieg in härtere Drogen. Übrigens: Wenn wir Hasch und solche leichteren Drogen verbieten, müssten wir dann nicht auch über ein Verbot von Alkohol nachdenken.

B: Das Einzige, was ich etwas anders sehe als die Mehrheit der Bevölkerung, betrifft das Thema **„soziale Gerechtigkeit“.** Ich glaube tatsächlich, dass wir soziale Gerechtigkeit nicht nur denen schulden, die eine staatliche Transferleistung bekommen, sondern auch denen, die von morgens bis abends dafür arbeiten, dass diese Transferleistungen überhaupt bezahlt werden können. Aber ich gebe zu, der Gedanke ist nicht modern.

P: Du meinst hier Steuererleichterungen für Großverdiener.

B: Großverdiener noch nicht einmal, sondern für die wirklichen Leistungsträger in der Gesellschaft und das sind eher die kleinen Selbstständigen, die Facharbeiter, das sind die, die diese Gesellschaft ganz wesentlich tragen. Ich halte auch nicht viel von dem Begriff *„der sogenannte kleine Mann"*. Da kriege ich die Krise, wenn ich den „kleinen Mann" höre. Denn die sogenannten „kleinen Leute" sind das Rückgrat unserer Gesellschaft.

7. Fast ein Epilog

P: **Mario Barth*:** Du wirst gebeten, für RTL mit Mario Barth durch den Bundestag zu laufen. Ich hab das zufällig gesehen. Ich fand das sehr lustig. Gab es dafür eigentlich auch Kritik? Leute, die gesagt haben, mit so einem Comedian durch den Bundestag zu laufen.

B: Nein, überhaupt nicht.

P: Ganz im Gegenteil? Man hat den Bundestag einmal anders kennengelernt.

B: Ich hab nicht selten nach Talkshows, zweihundert, dreihundert Zuschriften bekommen an einem Tag. Mal Lob, mal Kritik – wie kann es anders sein. Dass die Sendung mit Mario Barth Leute motiviert hätte, zu schreiben oder anzurufen, nein.

P: Was ist das für ein Typ, dieser Mario Barth?

B: Total nett. Das ist lustig, weil ich am Freitag eine Anfrage bekommen habe für eine weitere Sendung. Ich hatte ihn mir ganz anders vorgestellt. Der war ganz ruhig, seriös, hoch interessiert. Da habe ich vieles korrigiert. Ich glaube, er spielt da eine Rolle …

P: Du meinst die Geschichten mit ewigen Frauensachen …

B: Macho und dieses ganze Gehabe. Ich habe die Sendung selbst nie gesehen. Als wir durch den Bundestag gingen, kamen ja ganze Heerscharen auf ihn zugelaufen. Da war ich natürlich sofort Statist, war mir sofort klar.

P: Das kann ich gar nicht verstehen. Kannst du dir vorstellen, irgendetwas in diesem Bereich, Entertainment, Unterhaltung … selbst mal etwas zu machen als Moderator …?

B: Nur das Aktuelle Sportstudio! Da habe ich als Kind schon von geträumt, mal das Aktuelle Sportstudio zu moderieren. Das würde mir Spaß machen.

P: Das ist schwer.

B: Das glaube ich sofort. Keine Spielshow oder Ähnliches.

P: Ich würde ja gerne mal so eine Gameshow machen. *„Wer wird Millionär?"* – das hätte ich auch gerne gemacht. Warst du mal bei *„Wer wird Millionär?"*?

B: Zweimal!

P: Und wieviel hast du erspielt, bitte schön?

B: Bin jeweils bei fünfhunderttausend gescheitert.

P: Bei fünfhunderttausend. Zweihundertfünfzigtausend erspielt?

B: Hundertfünfundzwanzig.

P: Da gab es doch mal die Situation, da hättest du fast die Kanzlerin angerufen.

B: Ich hab die Kanzlerin ja tatsächlich angerufen.

P: Aber sie war nicht da.

B: Sie hat aber zurückgerufen, das war ja das Schlimme. Denn da saß schon wieder im Publikum! Das ist ja nie ausgestrahlt worden. Ich hab Günther Jauch gesagt, *ich kenne die Kanzlerin, sie wird zurückrufen. Die hat noch nie nicht zurückgerufen. Das hat es noch nie gegeben in zwanzig Jahren.*

P: Bei mir ruft die nie zurück.

B: Es war schon sehr spät, eigentlich eine Frechheit von mir, das muss man schon sagen. Es war zunächst dauernd besetzt. Es war also klar, sie ist noch online.

P: Mit wem telefoniert denn noch so spät?

B: Keine Ahnung, das geht mich ja nichts an.

P: Das geht uns aber was an.

B: Dann hat Günther Jauch gesagt: Noch einen Versuch haben Sie. Wenn sie jetzt nicht drangeht, müssen Sie sich ins Publikum setzen. Ein Versuch: Immer noch besetzt!
Jetzt wird's lustig. Nach mir kam Christoph Daum. Der geht auf den Stuhl, ich geh ins Publikum, prompt ruft die Kanzlerin zurück. Meine Frau stupst mich an: *Du musst sie*

leider wegdrücken! Christoph Daum war ja schon auf dem Stuhl – da habe ich sie weggedrückt. Das geht ja eigentlich gar nicht! Dann hat sie mir eine SMS geschrieben.

P: Warum drückst du mich weg?

B: So ähnlich: *Worum geht es denn?*, wollte sie wissen. *Angela, das kann ich dir nicht sagen. Du hast mich doch gerade angerufen.* So haben wir uns SMS geschrieben und ich immer ins Publikum geguckt, damit niemand merkt, was ich da mache. Ich hab ihr dann mitgeteilt: *Ich kann es dir nicht sagen* – weil die Sendung erst in drei Wochen ausgestrahlt wird. Es ist alles streng geheim, ich darf darüber nicht reden. Da wird die sich nach drei Wochen auch gesagt haben, *Gott sei Dank, hat der mich nicht erreicht.* Es ist ja jetzt peinlich, wenn sie sagt: *Ich hab's gewusst.* Dann sagt ja jeder: *Jetzt kann sie's sagen.* Wenn sie sagt: *Ich hab's nicht gewusst,* ist auch keine Werbung. Deswegen hat sie mir das nie gesagt; kann ich auch verstehen. Bei der zweiten Sendung bin ich an dem Vier-Finger-Faultier gescheitert.

P: Das ist aber logisch! Vier-Finger-Faultier. Weißt du die Frage noch?

B: *Ja klar! Bei welcher Gelegenheit wird die Hälfte dieser Tiere von anderen Wildtieren aufgefressen? Bei der Paarung, beim Schlaf und und und.* Die richtige Antwort war: Beim Stuhlgang. Das machen die nicht vom Baum aus. Das sind die Tiere, die so am Baum hängen, sich so festklammern und dann so in der Gegend herumhängen; deswegen Faultiere. Stuhlgang machen die nur am Boden – und dazu gehen die runter. Dann kommen die Kollegen … – Es war einmal ein Faultier. Das war die Telefon-Joker-Frage. Es war so lustig – so kann man aneinander vorbeireden –, weil Günther Jauch gesagt hatte: *Faultiere, haben Sie da Ahnung von?* Barbara, mein Telefonjoker, sagte: *Ja, ja, ich habe eins zu Hause.* Sie meinte: *Mein Sohn kennt sich mit Tieren aus.* Sie hatte es so verstanden: *Mein Sohn ist ein Faultier.* Dann hat sie gesagt: *Ich glaube beim Stuhlgang.* Das war mir aber zu unsicher. Es ist ja nicht unser Geld, man spielt ja für andere Leute.

P: Ich durfte auch zweimal mitmachen, dreimal sogar. Es sind blöde Fragen, die man da gestellt bekommt. Zum Beispiel bei der Fünfhunderttausend Euro-Frage; ich war Telefonjoker: *In welcher Sportart hat der Vater von **Andre Agassi*** bei den Olympischen Spielen mitgemacht?* Alternativen waren …

B: Aber nichts mit Tennis …!

P: Nein, natürlich nicht. Es waren – wenn ich mich richtig erinnere – dabei: *Wasserball, Boxen, Ringen und Judo.*

B: Wasserball war **Bud Spencer*.**

P: Sehr gut. Wenn man ein bisschen nachdenkt: Agassi ist Perser.

B: Das weiß ich gar nicht!

P: Doch, er ist Perser, der Papa. Und Nationalsportart ist Ringen. Ich hatte aber das Glück, dass ich kurz zuvor an der Übersetzung der Biografie von Agassi ins Deutsche mitgearbeitet hatte, sodass ich das gelesen hatte. Das war in diesem Moment natürlich toll. Du sitzt am Telefon und hast nur zwanzig Sekunden Zeit für deine Antwort. Das ist übrigens ein Schweinejob. Nur zwanzig Sekunden Zeit. Das ist unangenehm.

B: Das war ich auch einmal.

P: Ringen war richtig: eine halbe Million!

B: Wer war denn der Kandidat?

P: Peter Kloeppel.

B: Ach so!

P: Und dann – das waren aber keine Prominenten – gab es die Frage, die hätte ich im Leben nicht beantworten können: Wer war noch nie im Dschungelcamp? Der Sieger von „Deutschland sucht den Superstar", ein Ex-Knacki, die Ex-Ehefrau von **Jürgen Drews*** und der Fußballer des Jahres. Das waren die Alternativen. Ich wäre da im Leben nicht draufgekommen. Da habe ich so überlegt: Fußballer des Jahres – wer war das gewesen? Ailton – hatte aber im Hinterkopf, dass der Torschützenkönig des Jahres war, aber war der Fußballer des Jahres? Meiner Meinung nach nicht. Aber der war Fußballer des Jahres. Ich hätte falsch geantwortet. Habe es dann auch gelassen. Es war noch nie im Dschungelcamp ein Sieger von *Deutschland sucht den Superstar.* Erstaunlicherweise! Wer weiß denn sowas? Dann gab es noch die Frage: *Wo gibt es keine natürlich lebenden*

Schlangen in Europa – Norwegen, Irland, Österreich oder Albanien? Das wusste ich auch nicht.

B: Ich hätte wohl Norwegen gesagt.

P: Hätte ich auch gesagt, wegen der Witterung. Nein, es war Irland.

B: Weil es eine Insel ist.

P: Irgendwie mit Eiszeit hatte das noch zu tun.

B: Ich habe gerade so ein interessantes Erlebnis hinter mir: Ich war vor einer Woche mit Caroline bei „*Wer weiß denn sowas?*"

P: Das ist ja auch eine lustige Sendung.

B: Kann ich dir nur empfehlen. Wenn du mal die Chance hast: Mach das! Finde ich total lustig!

- **Gegeneinander habt ihr gespielt?**

B: Ja! Neben **Elton*** und **Bernhard Hoëcker*** kommt jeweils ein Gast. Die beiden machen das mit Moderator **Kai Pflaume*** wirklich prima.

P: Neben wem hast du gesessen?

B: Bernhard Hoëcker.

P: Der ist aber gut!

B: Bei dem war ich schon einmal. Damals hatten wir allerdings verloren. Es gibt Situationen, da denkst du: *Das kann jetzt nicht wahr sein!* Es gab eine Biologie-Frage. Bis jetzt hatten wir alle Fragen richtig beantwortet. Jetzt waren wir überfordert. Dann drehst du dich um zum Publikum: Wer weiß das? Es standen ein junger Mann und eine junge Frau auf. Sie sagt: *Ich bin Biologie-Lehrerin.* Da wähnten wir uns auf der sicheren Seite.

P: Logisch!

B: Der junge Mann konnte sich wieder setzen. Die junge Frau sagte: *Ich weiß aber die Antwort nicht. Ich rate jetzt mal.* Der junge Mann murmelte nur „B, B, B". Aber sie war an der Seite von ihm und konnte das nicht hören. Sie sagte dann: *Ich rate jetzt mal „C".* Ich sagte: *Raten können wir selber.* War prompt falsch, der junge Mann hatte Recht mit *„B".* Immerhin war die Lehrerin mutig! Obwohl: Biologie! Wir waren sooo optimistisch!

P: Das hätte ich an ihrer Stelle dann ja nicht gesagt.

B: Ich hätte am liebsten gesagt: *Ab morgen machen Sie Religion, Sie glauben ja nur, es wäre so!* Aber sowas geht ja gar nicht. Die tapfere Lehrerin hat mir wirklich leid getan, denn ich fürchte, sie hat zwischen der Aufzeichnung und der Sendung nicht gut geschlafen. Sie wird gedacht haben: *Was werden jetzt meine Schülerinnen und Schüler dazu sagen …?*
Das ist eine ganz tolle Sendung. Meine Tochter ging es so an: *Das muss man wissen!* Doch die Fragen sind ja nicht so, dass man es wissen *muss.* Wir haben dann in der Schluss-

runde gewonnen, weil wir uns da ziemlich sicher waren bei der Frage: „Welcher Achttausender ist zuerst bestiegen worden?"

P: **Die Annapurna***.

B: Ja.

P: So was weiß man!

B: Weder K2 noch Mount Everest. Wenn man Bergmann ist …

P: … dann muss man das wissen. Wenn man unter Tage war, dann weiß man auch, wie man auf die Berge raufkommt. Aber ernsthaft: So eine politische Talkshow als Moderator, wäre das nicht was?

B: Nein, ich glaube ich wäre parteipolitisch befangen.

P: Ich bin auch befangen als Sportreporter. Trotzdem kann ich das machen.

B: Ich mache ja so ein Format, „Überblick" mit **Bernd Reisig** in Frankfurt.

P: Den kenn ich! Der war Manager beim **FSV Frankfurt.**

B: Stimmt!

P: Immer mit Äppelwoi und Hartkäse …

*** Die Annapurna**

Annapurna Himal ist eine Gebirgsgruppe im Himalaya mit einer Höhe bis zu 8.091 Metern. Hierzu gehört auch der Annapurna und der Annapurna II.

B: Das war so lustig als wir uns kennengelernt haben: Bembel und Gebabbel. Die Sendung sehen regelmäßig fast 200.000 im Internet.

P: Das ist viel!

B: Ein chaotisches Format! Aber lustig und informativ!

- **Ihr macht die Moderation!**

B: Nein, dort war ich nur Gast. Wir machen „Überblick" zwei, dreimal im Jahr, sonntagsabends, in einem Frankfurter Hotel. Da sind wir beide die Moderatoren. **Gregor Gysi** war schon da, **Peter Altmaier*, Reinhard Grindel*,** als er noch DFB-Präsident war.

P: Ich war da auch mal eingeladen, aber ich bin nicht hingegangen.

B: Mach das ruhig.

P: Wenn ich dann einen Bembel trinken muss! Ich trink doch keinen Alkohol!
Ich kenn Bernd ganz gut …

B: Das ist ein Typ!

P: Manager von …

B: … hast du doch gesagt – FSV Frankfurt.

P: Ja und …

B: … der war auch Manager von **Nena*.**

P: Sehr gut. Witziger Typ, ein ganz ungewöhnlicher Mensch.

B: Das ist ein Lebemann.

P: Der hat was.

B: Das ist ein Typ.

8. Schlussakkord – sozusagen der Epilog nach dem Fast-Epilog

P: Ich würde gerne noch einen Schlussakkord setzen. Wir sind jetzt beide 67 Jahre alt, in der Mitte des Lebens. Planst du irgendwas noch? Richtig planen, meine ich.

B: Also nicht länger als ein, zwei Jahre im voraus. Ich bin nicht der Gesündeste, nicht der Fitteste. Ich plane immer für einen überschaubaren Zeitraum. Ich will mir auch gar nicht einen längeren Zeitraum vornehmen, weil ich nicht weiß, wann sich alles dramatisch verändert. Also sage ich: Nur auf Sicht fahren.

P: Ist da der Tram mit den Enkelkindern oder gibt's da noch etwas anderes, von dem du sagst: Das will ich noch machen.

B: Ich habe noch vieles in der Welt nicht gesehen. Da mache ich Pläne. Wir fahren jetzt zum ersten Mal nach **Mauritius***, wieder eine Kreuzfahrt. Das haben wir uns fest vorgenommen.

P: Sehr gut, kann ich nur empfehlen. Da gibt es eine wunderbare Galopprennbahn.

*Mauritius

Inselstaat im Indischen Ozean

B: Auf Mauritius? Wer galoppiert denn da? Vollblüter?

P: Ja, ja. Die Engländer herrschten dort bis Ende der Sechziger Jahre des vorigen Jahrhunderts. Es gibt dort eine ganz tolle Galopprennbahn. Und das Witzige ist, dass es auf der Galopprennbahn einen deutschen Steuerberater gibt, der dort sein Büro hat. Der war bei uns in der Sendung und rief von Mauritius aus an – per Skype in der Show. Deswegen meine Empfehlung: Wenn man was Skurriles auf Mauritius machen will, dann auf zur Galopprennbahn.

B: Madagaskar, Südafrika steht weiter auf dem Plan. Ein Jahr später soll es dann in die Südsee gehen. Das sind so Ziele, von denen ich sage, da möchte ich unbedingt einmal gewesen sein.

P: Ich hab ja natürlich viel zu viele Pläne, denke aber auch nicht weiter als ein, zwei Jahre voraus. Und dieses Reisen ist für mich nach wie vor sehr wichtig, weil es auch eines meiner Hobbys immer war. Ich würde gerne tatsächlich noch einige Galopprennbahnen und Trabrennbahnen auf dieser Welt besuchen, weil ich das immer faszinierend fand. Ich war vor einiger Zeit in Hongkong.

B: Die haben doch auch eine Galopprennbahn!

P: Zwei, **Sha tin** und **Happy valley.** Happy valley ist außerhalb, Sha tin ist mitten in der Stadt zwischen all den Hochhäusern – das muss man mal gesehen haben. Und was das Irre ist an Hongkong: Da wird an einem Tag so viel gewettet wie in Deutschland in einem gesamten Jahr. Das Schöne daran ist, der Chef der Galopprennbahn ist ein Rheinländer in Hongkong: Winfried Engelbrecht-Bresges. Was ich auch noch unbedingt machen will – der ruft auch immer bei uns in der Sendung an –, im Winter nach Schweden. In Schweden ist Trabrennsport Volkssport, wirklicher Volkssport.

B: Moment, gibt es in Hongkong Galoppsport oder Trabrennen?

P: Galopp. Aber vom Allerfeinsten! Man weiß wohl nicht, was aus Hongkong wird. Das ist ja wirklich …

B: … ein Drama.

P: Ja, ein Drama. Aber da sind hunderttausend Zuschauer, immer hunderttausend Zuschauer, eine gigantische Bahn. In Happy Valley sind es so 60.000. Das muss man mal erlebt haben. Ganz toll. Das ist so meine Leidenschaft und ich werde gucken, was ich da noch schaffe. In Australien übrigens auch: Galopprennen ein ganz großer Sport. Deutsche Zucht in Australien ganz stark vertreten. Die haben ganz irre Galopprennbahnen. Ich war mal auf einer in Melbourne. Innen Autorennen, außen Galopprennen. Das ist etwas, was ich freizeitmäßig, hobbymäßig mache – und immer wieder mal mit dem Schiff hinaus auf die Weltmeere, bei aller Kritik.
Und wir haben noch so rund 95 Bücher zu schaffen! Das hatten wir uns jedenfalls vorgenommen, darum ja auch der Verlagsname: **L100.** Mal schauen, ob wir das wirklich schaffen!

Personenverzeichnis

A

Adorno, Theodor W.

(1903 – 1969)
Der deutsche Philosoph und Soziologe war neben Max Horkheimer einer der Hauptvertreter der Kritischen Theorie. Diese Denkrichtung war auch unter dem Begriff Frankfurter Schule bekannt. Bekannt wurde das Werk von Adorno / Horkheimer: „Dialektik der Aufklärung". Für ihn war eine Hauptforderung, die er an die Erziehung von Menschen richtete, dass Auschwitz nicht noch einmal geschehen dürfte.

Agassi, Andre

(1970)
Ehemaliger Tennisprofi, Ehemann von Deutschlands erfolgreichster Tennisspielerin, Steffie Graf.

Altmaier, Peter

(1958 geb.)
Der heutige (2020) Bundeswirtschaftsminister war in der Vergangenheit bereits Bundesminister für besondere Aufgaben, Chef des Bundeskanzleramtes, Bundesfinanzminister und Bundesumweltminister sowie Parlamentarischer Geschäftsführer der CDU / CSU-Bundestagsfraktion.

B

Bäumler, Hans-Jürgen

Das Eislaufpaar Marika Kilius / Bäumler errang 1960 und 1964 jeweils die Silbermedaille bei den olympischen Spielen.

Barth, Mario

Der Berliner Komiker wurde 1972 geboren. Er hält einen Weltrekord, indem er mit 116.498 Zuschauern *„das größte Publikum für einen Komiker in 24 Stunden"* im Berliner Olympiastadion hatte.

Barzel, Rainer

(1924 – 2006)
Der CDU-Politiker war von 1962 bis 1963 Bundesminister für gesamtdeutsche Fragen. Ab dem Jahre 1969 führte er die CDU-Bundestagsfraktion in der Opposition gegen die Regierung Willy Brandts. Barzel wäre 1972 beinahe Bundeskanzler geworden, als ihm bei einem Misstrauensvotum gegen Bundeskanzler Brandt nur zwei Stimmen der Bundestagsabgeordneten fehlten.

Bauer, Josef Martin

(1901 – 1970)
Er war ein deutscher Schriftsteller und Hörspielautor. Neben seinem größten Erfolg als Schriftsteller, dem Roman „So weit die Füße tragen", gilt er als einer der wichtigsten Hörspielautoren seiner Generation.

Becker, Boris

(geb. 1967)
Der ehemalige Tennisprofi gewann sechs Grand-Slam-Turniere, davon dreimal das Turnier in Wimbledon. Heute ist Becker häufig als Tennis-Experte oder Kommentator in den Medien präsent. Ebenfalls übernimmt er immer wieder Tätigkeiten als Tennistrainer.

Beckstein, Günther

Er wurde 1943 geboren. Nach seiner Tätigkeit als bayrischer Staatsminister des Innern war er von 2007 bis 2008 bayrischer Ministerpräsident. Beckstein (CSU) verfolgte eine restriktive Abschiebungspraxis, für die man ihm

Personenverzeichnis

Ausländerfeindlichkeit vorwarf. So verfolgte er im Rahmen der Terrorismusabwehr auch eine schärfere Zuwanderungspolitik.

Berger, Erika

(1939 – 2016)
Die deutsche Moderatorin, Autorin und Sexualberaterin war einem größeren Publikum durch ihre Fernsehsendungen bekannt geworden, bei denen sie Tipps und eine Art Lebenshilfe für Menschen im Bereich der Sexualität gab. Sie wird auch als die „Mutter des Sex-Talks" bezeichnet, da sie auch pikante Themen gesellschaftsfähig machte. Kritiker warfen ihr vor, Propaganda für den Seitensprung zu machen. Ihre bekannteste Sendung hieß: „Eine Chance für die Liebe".

Black, Roy

(1943 – 1991)
Der deutsche Schlagersänger und Schauspieler wollte ursprünglich Rock-Musik machen. Seinen Durchbruch hatte er jedoch mit Schlagern wie *„Du bist nicht allein", „Ganz in Weiß", „Ich denk an dich"* … Allerdings konnte sich Roy Black nie mit seinem Image als *„Schnulzensänger"* identifizieren. Im Jahre 1989 bekam er in der Fernsehserie *„Ein Schloss am Wörthersee"* eine Hauptrolle.

Brings

Die Kölsche Band Brings ist eine Mundart-Band, die anfangs als Rockband erfolgreich war. Mittlerweile ist sie stark in den Kölner Karneval eingebunden.

Brumme, Kurt

(1923 – 2005)
Der Rundfunkjournalist und Radiomoderator arbeitete 41 Jahre beim WDR, wo er Abteilungsleiter Sport war. Vom Boxchampion Muhammad Ali wurde Brumme als „The Voice of Germany" bezeichnet.

Brundage, Avery

(1887 – 1975)
Der ehemalige Leichtathlet war von 1952 bis 1972 Präsident des Internationalen Olympischen Komitees.

Bud Spencer

(1929 – 2016)
Der ehemalige Wassersportler war u. a. Film- und Fernsehschauspieler. In den häufigen Prügelszenen in seinen Filmen setzte Bud Spencer seine mächtige Figur wirkungsvoll ein. Mit **Terence Hill** feierte er seine größten Erfolge: *„Die rechte und die linke Hand des Teufels", „Vier Fäuste für ein Halleluja", „Banana Joe"* usw.

Bushido

(geb. 1978)
Bushido ist ein deutscher Rapper und Produzent tunesischer Abstammung. Sein Musikstil lehnt sich an den Gangsta-Rap von US-amerikanischen Rappern an. Immer wieder werden seine Texte als islamistisch, antisemitisch und frauenfeindlich kritisiert. Einige seiner Lieder werden von der Bundesprüfstelle für jugendgefährdende Medien als jugendgefährdend eingeschätzt

C

Calmund, Rainer

„Calli", wie er von vielen genannt wird, wurde 1948 geboren. Calmund ist gelernter Außen-

Personenverzeichnis

handelskaufmann und studierter Betriebswirt. Er war früher Fußballfunktionär und als solcher Hauptverantwortlicher der Fußballabteilung des Bundesligavereins Bayer Leverkusen. Heute ist er als Fußballexperte, Moderator und Buchautor aktiv.

Carpendale, Howard

Der 1946 in Südafrika geborene Schlagersänger und Komponist feierte mit rund 25 Millionen verkaufter Tonträger und zahlreichen ausverkauften Konzerten in Deutschland große Erfolge. Zu seinen größten Hits zählen Titel wie „Hello again", „Tür an Tür mit Alice", „Deine Spuren im Sand" oder „Ti amo".

Charles, Ray

(1930 – 2004)
Er war ein amerikanischer Musiker. Man bezeichnete ihn als den „Hohepriester des Soul". Als Sänger, Songwriter und Komponist war er vor allem für die Entwicklung von Soul- und Bluesmusik, oftmals mit starken Jazzeinflüssen, bekannt geworden. Er war seit seinem siebten Lebensjahr erblindet. Zu seinen bekanntesten Musiktiteln gehören neben dem Song *Georgie on my mind:* „Hit the road, Jack", „I can't stop loving you" und „What'd I say". Ray Charles begeisterte besonders mit seinen intensiven Liveauftritten.

Clooney, George

Der US-amerikanische Schauspieler ist auch als Drehbuchautor, Filmproduzent und Filmregisseur tätig. Clooney wurde 1961 geboren und gilt vielen als Frauenschwarm. Für seine Rolle als bester Nebendarsteller in dem Film „Syriana" erhielt er 2006 einen Oscar.

Coldplay

Die britische Rock-Pop-Band ist eine der erfolgreichsten Bands der Welt. Besonders bekannt ist der Lead-Sänger **Chris Martin.** Die Band zeichnet sich durch ihr soziales Engagement und ihr Einstehen für den Umweltschutz aus. Zu den erfolgreichsten Songs der Band gehört: *„Somthing just like this", „Paradise"* und *„Viva la vida".*

Collins, Phil

Der 1951 geborene Musiker (Sänger, Schlagzeuger, Songwriter) machte mit eingängiger Rock-Pop-Musik Karriere; zuerst in der Rockband Genesis, später als Solokünstler. Bekannte Songs: „In the air tonight", „One more night", „We can't dance".

Crowe, Russell

Der neuseeländische Filmschauspieler, Regisseur, Produzent und Musiker wurde 1964 geboren und wohnt in Australien. Er erhielt für die Darstellung eines römischen Feldherrn in dem Film *„Gladiator"* einen Oscar.

D

Daum, Christoph

(geb. 1953)
Nach einem Studium der Sportwissenschaften und als Amateur-Fußballer wurde er Trainer und betreute Daum wie den 1. FC Köln, VfB Stuttgart, Bayer Leverkusen, Eintracht Frankfurt sowie Vereine in der Türkei, Österreich und Belgien. In den Jahren 1916 / 1917 war er National-

Personenverzeichnis

trainer der rumänischen Nationalmannschaft. Schlagzeilen machte Daum, als er kurz vor seiner Berufung als Bundestrainer stand und man ihm aufgrund einer Haarprobenanalyse die Einnahme von Kokain nachwies. Als Vereinstrainer wurde Daum fristlos entlassen und der Vertrag mit dem DFB aufgelöst.

Dave Dee, Dozy, Beaky, Mick and Tich

Eine britische Pop-Rock-Gruppe. Titel u. a.: „Hold tight“, „Bend it“, „The legend of Xanadu“

Davies jr., Sammy

(1925 – 1990)
US-amerikanischer Unterhaltungskünstler. Er galt als ein Multitalent. Berühmt wurde er u. a. durch seine Tanzeinlagen auf der Bühne oder in Filmen.

de Maiziére, Lothar

Der CDU-Politiker war vom 12. April bis 2. Oktober 1990 der erste demokratisch gewählte Ministerpräsident der DDR – und gleichzeitig auch der letzte.

Degenhard, Franz-Josef

(1931 – 2011)
Er war ein deutscher Liedermacher, der hauptsächlich mit seinen kritischen, politischen Liedern Erfolg hatte und sozusagen den Soundtrack der linken Studentenbewegung schuf. Der promovierte Jurist (Rechtsanwalt) verteidigte in mehreren Prozessen angeklagte Sozialisten oder Kommunisten; ebenfalls verteidigte er Mitglieder der Baader-Meinhof-Bande.

Diamond, Neil

Der US-amerikanische Sänger und Songwriter gehört mit seinen eingängigen Songs zu den erfolgreichsten Musikern der Musikgeschichte. Erfolge: *„Sweet Caroline“, „Song sung blue“, „I am … I said“*

Domingo, Placido

(geb. 1941)
Der spanische Opernsänger ist auch als Dirigent und Intendant erfolgreich. Er gehörte neben José Carreras und dem bereits verstorbenen Luciano Pavarotti zu den Drei Tenören. Domingo gehört zu den vielseitigsten Tenören der Welt. Über 130 Rollen hat er bisher gesungen.

Drechsel, Sammy

1925 – 1986)
Der Journalist, Sportreporter, Autor und Regisseur gründete mit Dieter Hildebrandt das Kabarett „Münchner Lach- und Schießgesellschaft“. Drechsel war dort der Leiter und Regisseur.

Drews, Jürgen

(1945)
Der deutsche Schlagersänger studierte anfangs Medizin, gab das Studium zugunsten einer Musikkarriere auf. Jürgen Drews gehörte eine Zeitlang den *„Les Humphries Singers“* an, die Gospel ähnliche Musik machten. Drews wurde bekannt mit dem Song *„Ein Bett im Kornfeld“*. Heute ist er als *„König von Mallorca“* erfolgreich und tritt regelmäßig auf der spanischen Insel auf.

Dutschke, Rudi

(1940 – 1979)
Er war der Wortführer der Studentenbewegung der 60er Jahre. Im April 1968 wurde ein Attentat

Personenverzeichnis

auf ihn verübt. Dutschke trug schwere Hirnverletzungen davon, an deren Spätfolgen er 1979 starb.

E

Elstner, Frank

Der 1942 in Österreich geborene Radio- und Fernsehmoderator war unter anderem auch Erfinder der erfolgreichen Show „Wetten dass …". In den 60er und 70er Jahren war er maßgeblich am Aufbau von Radio Luxemburg beteiligt, dessen Programmdirektor er später war.

Elton

(1971)
Er ist ein deutscher Fernsehmoderator und Entertainer. Seinen Namen „Elton" hat er durch die äußere Ähnlichkeit mit Elton John.

Erhard, Ludwig

(1897 – 1977)
Der Wirtschaftswissenschaftler und CDU-Politiker war von 1945 bis 1946 Wirtschaftsminister in Bayern und in den Jahren 1948 bis 1949 Direktor für Wirtschaft des Vereinigten Wirtschaftsgebiets, bevor er von 1949 bis 1963 als Bundesminister für Wirtschaft im Kabinett von Bundeskanzler Konrad Adenauer tätig war. Schließlich wurde Erhard von 1963 bis 1966 der zweite Bundeskanzler der Bundesrepublik Deutschland. Erhard gilt als der Vater des „deutschen Wirtschaftswunders" und der „Sozialen Marktwirtschaft".

F

Fahrian, Wolfgang

Der 1941 geborene Torwart spielte bei der TSG Ulm und wurde während der Fußballweltmeisterschaft 1962 in Chile in allen vier Spielen eingesetzt. Er bestritt insgesamt zehn Länderspiele für Deutschland.

Faymann, Werner

Der 1960 geborene österreichische Unternehmer und Politiker (SPÖ) war zwischen 2008 und 2016 Bundeskanzler Österreichs.

Felgen, Camillo

(1920 – 2005)
Camillo Felgen kam aus Luxemburg und war Sänger, Texter sowie Radio- und Fernsehmoderator. Vor der Karriere in den Medien war er Volksschullehrer. Als Texter schrieb er über 2.000 Lieder. Beim WDR war er Leiter der Sendung „Spiel ohne Grenzen".

Fichtel, Anja

(geb. 1968)
Die ehemalige deutsche Florettfechterin war fünf Mal Weltmeisterin und zwei Mal Olympiasiegerin.

Flack, Roberta

(geb. 1937)
Die amerikanische Soulsängerin, Pianistin und Songschreiberin studierte Musikpädagogik und wollte klassische Pianistin werden. Als Clint Eastwood einen Song von ihr für seinen Spielfilm Sadistico auswählte, begann sie eine Karriere im Popbereich. Einer ihrer größten Erfolge war der Song *Killing Me Softly*, der bis heute zahlreich gecovert worden ist.

Forsyth, Frederick (geb. 1938)

Der britische Schriftsteller war eigenen Angaben zufolge mehr als 20 Jahre für den Nachrichtendienst MI6 tätig. Forsyth schreibt hauptsächlich politische Thriller, u. a. *Der Schakal, Die Akte Odessa.*

Friedrichs, Hanns Joachim „Hajo"

(1927 – 1995)
Der deutsche Journalist wurde besonders als Moderator der Tagesthemen in der ARD bekannt. Im Jahre 1995 wurde der „Hanns-Joachim-Friedrichs Preis" für besondere journalistische Verdienste ins Leben gerufen. Der Preis steht unter dem Motto, das auf einen berühmten Satz Friedrichs zurückzuführen ist: „Einen guten Journalisten erkennt man daran, dass er sich nicht gemein macht mit einer Sache, auch nicht mit einer guten Sache; dass er überall dabei ist, aber nirgendwo dazugehört."

Fuchsberger, Joachim „Blacky"

(1927 – 2014)
Der Schauspieler und Entertainer wurde durch seine Rolle als Inspektor von Scotland Yard in Edgar-Wallace-Filmen bekannt. Später moderierte er große Shows im Fernsehen, wie „Der heiße Draht", „Auf Los geht's los" und „Heut' Abend".

Furler, Addi

(1933 – 2000)
Der Sportjournalist und Fernsehmoderator war ein ausgewiesener Pferdesportexperte. So war er als Traberzüchter und auch als Amateur-Trabrennfahrer erfolgreich. Auch ist er der Erfinder der Auszeichnung „Galopper des Jahres". Neben zahlreichen Pferdesportreportagen war Furler als Synchronsprecher an rund hundert Spielfilmen beteiligt.

G

Gabriel, Siegmar

(geb. 1959)
SPD-Politiker. Von 1999 bis 2003 Ministerpräsident von Niedersachsen. SPD-Vorsitzender zwischen 2009 und 2017. Er bekleidete verschiedene Bundesminister-Ämter und war als Bundesaußenminister auch Vizekanzler (2013-2018).

Gagarin, Juri

(1934 – 1968)
Der sowjetische Kosmonaut war der erste Mensch im Weltraum, als er am 12. April 1961 mit dem Raumschiff Wostok 1 seinen ersten Raumflug absolvierte. Dabei umrundete er einmal die Erde in 108 Minuten.

Gauck, Joachim

Der 1940 geborene parteilose Politiker war in der DDR als evangelisch-lutherischer Pastor und Kirchenfunktionär tätig. Er beteiligte sich aktiv an der „friedlichen Revolution" in der DDR, die zum Fall der Mauer und dem Ende des DDR-Regimes führte. Später wurde Gauck Bundesbeauftragter für die Stasi-Unterlagen und leitete von 1990 bis 2000 die sogenannte „Gauck-Behörde". Sie verwaltet die schriftliche Hinterlassenschaft des Ministeriums der Staatssicherheit. Von 2012 bis 2017 war Joachim Gauck Bundespräsident der Bundesrepublik Deutschland.

Genesis

Genesis wurde 1967 gegründet. Die britische Rockband verkaufte über 150 Millionen Alben. Phil Collins war jahre-

Personenverzeichnis

lang Schlagzeuger und Sänger in dieser Band. Weitere Mitglieder waren unter anderem: Tony Banks, Mike Rutherford, Peter Gabriel. „*I can't dance*" war einer der erfolgreichsten Songs der Gruppe.

Uschi Glas

Uschi Glas wurde 1944 geboren. Ihren Durchbruch als Schauspielerin hatte sie mit der frechen Filmkomödie „Zur Sache Schätzchen". Sie engagiert sich in verschiedenen sozialen Projekten, unter anderem ist sie Schirmherrin der Deutschen Stiftung Patientenschutz, die sich für Schwerstkranke, Pflegebedürftige und Sterbende einsetzt.

Gorbatschow, Michail

Michail Gorbatschow wurde 1931 geboren. In der Zeit von 1985 bis 1991 war er Generalsekretär des Zentralkomitees der Kommunistischen Partei der Sowjetunion und von März 1990 bis Dezember 1991 sowjetischer Staatspräsident. Zwei Begriffe kennzeichnen seine Politik des Wandels: Glasnost (Offenheit) und Perestroika (Umbau). Gorbatschow ermöglichte durch seine Politik auch den Weg zur deutschen Wiedervereinigung. Im Jahre 1990 erhielt Gorbatschow den Friedensnobelpreis.

Gottschalk, Thomas

Der 1950 geborene Gottschalk begann seine Karriere als Radiomoderator, ehe er zum Fernsehen kam. Dort erlangte er mit der Show „Wetten dass …?" Kultstatus.

Grindel, Reinhard

(1961)
Der Politiker und Sportfunktionär war von 2002 bis 2016 Bundestagsabgeordneter und von 2016 bis 2019 Präsident des Deutschen Fußballbundes.

Guitton, Helga

Die Hörfunk- und Fernsehmoderatorin wurde 1942 geboren und arbeitete vorwiegend bei Radio Luxemburg.

Gutendorf, Rudi

(1926 – 2019)
Er war ein deutscher Fußballspieler und machte vor allem als Trainer Karriere. „Rudi Rastlos", wie er genannt wurde, hatte die meisten internationalen Engagements als Trainer aus Deutschland. Dafür wurde er ins Guinness-Buch der Rekorde eingetragen.

Gysi, Gregor

(geb. 1948)
Gregor Gysi ist Rechtsanwalt und Politiker. Er war von Ende 1989 bis 1983 letzter Vorsitzender der SED-PDS (Sozialistische Einheitspartei Deutschlands - Partei des Demokratischen Sozialismus). Von 2005 bis 2015 war er Fraktionsvorsitzender der Linksfraktion im Deutschen Bundestag. Immer wieder gab es gegen Gysi den Vorwurf der inoffiziellen Mitarbeit bei der Staatssicherheit in der DDR. Das Verfahren wurde letztlich eingestellt, weil keine eindeutig belastenden Beweise vorhanden waren.

H

Hallervorden, Didi

(geb. 1935)
Didi Hallervorden machte als Komiker, Kabarettist und Sänger, in den letzten Jahren verstärkt als Schauspieler Karriere.

Personenverzeichnis

Im Jahre 1958 floh Hallervorden wegen der eingeschränkten Freiheit in der DDR nach West-Berlin. Dort gründete er 1960 die Kabarettbühne „*Die Wühlmäuse*". Kultstatus erlangte Hallervorden mit seinen Parodien und seiner Figur „*Didi*", die durch die Sendung „*Nonstop Nonsens*" zu seinem Markenzeichen geworden war. In Filmen wie „*Sein letztes Rennen*" aus dem Jahre 2013 und „*Honig im Kopf*" (2014), in dem er einen an Alzheimer erkrankten Mann spielte, zeigte er sein schauspielerisches Können.

Hansch, Werner

Der 1938 geborene deutsche Sportreporter arbeitete von 1965 bis 1968 als Lehrer und absolvierte später ein Studium, das er als Diplom-Sozialwissenschaftler abschloss. Nach einer Tätigkeit als Stadionsprecher bei Schalke 04 wurde Hansch 1978 Hörfunk-Sportreporter und ab 1980 Fernsehreporter für die ARD-Sportschau. Er war beliebt wegen seiner lockeren und umgangssprachlichen Kommentare.

Havenstein, Klaus

(1922 – 1998)
Der Moderator, Schauspieler, Kabarettist, Hörspiel- und Synchronsprecher gehörte 1956 zu den Gründungsmitgliedern der Münchner Lach- und Schießgesellschaft. Er moderierte unter anderem die Kindersendung „Sport-Spiel-Spannung". Vielen in Erinnerung ist seine Sprech- und Gesangsstimme in der deutschen Synchronfassung des Dschungelbuchs, in der er dem Affenkönig „King Louie" seine Stimme gab. Klaus Havenstein produzierte rund 3.000 Sendungen.

Heck, Dieter Thomas

(1937 – 2018)
Dieter Thomas Heck arbeitete in vielen Funktionen im Fernsehen. Unter anderem moderierte er – als Schnellsprecher – zwischen 1969 und 1984 die erfolgreiche ZDF-Hitparade.

Hehn, Sascha

(1954)
Der deutsche Schauspieler und Synchronsprecher spielte in der Serie „Schwarzwaldklinik" mit und war später Traumschiff-Kapitän in den Fernsehfilmen „Das Traumschiff".

Heino

Der 1938 geborene Musiker ist vor allem als Interpret deutscher Volkslieder und als Schlagersänger bekannt geworden. Erfolgreich war Heino auch mit diversen klassischen Melodien. 2013 machte er Furore mit der Veröffentlichung eines Albums mit Coversongs bekannter deutschsprachiger Pop-, Hip-Hop- und Rocklieder. Ein Jahr später veröffentlichte Heino das Album „*Schwarz blüht der Enzian*", auf dem seine Hits im Metal-Stil neu interpretiert werden.

Hoëcker, Bernhard

(1970)
Hoëcker ist Moderator, Komiker und Schauspieler.

Honecker, Erich

(1912 – 1994)
Der kommunistische DDR-Politiker war von 1971 bis zum 18. Oktober 1989 Erster Sekretär bzw. Generalsekretär des

Personenverzeichnis

Zentralkomitees der Sozialistischen Einheitspartei Deutschlands und damit der mächtigste Mann in der DDR. Honecker wurde vom SED-Politbüro zum Rücktritt gezwungen. Später siedelte er nach Chile um, wo er im Mai 1994 starb.

Horkheimer, Max

(1895 – 1973)
Neben Adorno war der Sozialphilosoph ein Hauptdenker der Frankfurter Schule und Autor des Werkes „Dialektik der Aufklärung“.

Hurst, Geoffrey

Er ging als der Schütze des sogenannten Wembley-Tors in die Geschichte ein. Im Endspiel um die Fußballweltmeisterschaft 1966 gegen Deutschland im Wembley-Stadion beim 4 : 2-Sieg der Engländer erzielte Hurst drei der vier Tore, darunter auch das umstrittene sogenannte „Wembley-Tor“.

Hornby, Nick

(geb. 1957)
Der britische Schriftsteller und Drehbuchautor gilt als einer der wichtigsten Vertreter der Popliteratur. Vor seiner Karriere als Schriftsteller war er als Englischlehrer tätig. Zu seinen bekanntesten Werken zählen: „Fever Pitch“, „High Fidelity“ und „About a Boy“.

J

John, Elton

(geb. 1947)
Der britische Sänger, Komponist und Pianist ist bekannt für seine Rock und Rock-'n'-Roll-Titel. Daneben aber auch zahlreiche gefühlvolle Balladen. Elton John zählt zu den erfolgreichsten Musikern aller Zeiten. So gehört er zu den fünf Interpreten mit den meisten verkauften Tonträgern der Welt. Hits von ihm sind u. a.: *„I'm still standing“, „Rocket man“, „Crocodile Rock“, „Don't go breaking my heart“* und *„Candle in the wind“* (ein Song, den er anlässlich der Trauerfeier für die tödlich verunglückte englische Prinzessin Lady Di sang.)

Jürgens, Curd

(1915 – 1982)
Der deutsch-österreichische Schauspieler wurde wegen seiner imposanten Erscheinung auch als „normannischer Kleiderschrank“ bezeichnet. Zu seinem Markenzeichen gehörte auch seine „Whisky-Stimme“. Zu einem seiner größten Schauspielererfolge gehörten die Dramaverfilmung von Carl Zuckmayers *„Des Teufels General“* sowie die Bond-Verfilmung *„Der Spion, der mich liebte“*. Jürgens genoss einen luxuriösen Lebensstil.

Jürgens, Udo

(1934 – 2014)
Er wuchs in großbürgerlichen Verhältnissen in Österreich auf, studierte am Kärntner Landeskonservatorium in Klagenfurt und am Mozarteum in Salzburg Musik. Als Sänger, Pianist und Komponist gehörte er zu den erfolgreichsten Unterhaltungskünstlern im deutschsprachigen Raum. Zu seinen größten Hits zählen: *„Merci Cheri“, „17 Jahr', blondes Haar“, „Griechischer Wein“, „Aber bitte mit Sahne“, „Ein ehrenwertes Haus“ …*

Personenverzeichnis

K

Kardinal Meisner

(1933 – 2017)
Meisner war von 1980 bis 1989 Bischof von Berlin und von 1989 bis 2014 Erzbischof von Köln. Aufsehen erregte er unter anderem durch seine konservative Haltung zur Homosexualität und seine deutliche Kritik an der Gleichstellung eingetragener Lebenspartnerschaften mit der heterosexuellen Ehe.

Kästner, Erich

(1899 – 1974)
Der deutsche Schriftsteller schrieb neben Kinderbüchern („*Emil und die Detektive*", „*Das fliegende Klassenzimmer*", „*Das doppelte Lottchen*" …) zahlreiche, meist satirische und gesellschaftskritische Texte für Erwachsene, wie den Roman „Fabian". Kästners Bücher wurden von den Nazis bei der großen Bücherverbrennung 1933 öffentlich verbrannt.

Kennedy, John F.

(1917 – 1963)
Der äußerst beliebte 35. Präsident der Vereinigten Staaten, häufig nur JFK genannt, konnte sein Amt nur von 1961 bis 1963 ausüben. Bei einem Attentat am 22. November 1963 wurde er getötet.

Kennedy, Robert

(1925 – 1968)
Der Bruder des ermordeten amerikanischen Präsidenten John F. Kennedy war Justizminister. Im Wahlkampf um das Präsidentenamt wurde er Opfer eines Attentats.

Kent, Julia

Die 1961 geborene Julia Kent ist Schauspielerin, Drehbuchautorin und Schriftstellerin. Bekannt wurde sie vor allem durch ihre Rolle in der Fernsehserie „*Ein Schloss am Wörthersee*" an der Seite von Roy Black.

Kiesinger, Kurt-Georg

(1904-1988)
Der CDU-Politiker war von 1958 bis 1966 baden-württembergischer Ministerpräsident und leitete zwischen 1966 und 1969 als Bundeskanzler die erste Große Koalition (CDU, SPD) in der Geschichte der Bundesrepublik.

King, Martin Luther

(1929 – 1968)
Der amerikanische Bürgerrechtler setzte sich im gewaltfreien Kampf gegen die Diskriminierung der farbigen Bevölkerung in den USA und gegen Unterdrückung und soziale Ungerechtigkeit ein Er fiel einem Attentat zum Opfer.

Kloeppel, Peter

Peter Kloeppel wurde 1958 geboren und war von 2004 bis 2014 Chefredakteur von RTL. Seit 1992 ist er als Chefmoderator der Nachrichtensendung „RTL Aktuell" tätig.

Kolle, Oswald

(1928 – 2010)
Der deutsch-niederländische Journalist, Autor und Filmproduzent wurde mit seinen Aufklärungsfilmen einem breiten Publikum bekannt. So wurden die „Helga"-Filme, in denen Sexualaufklärung in Spielfilmform betrieben wurde, auch Oswald-Kolle-Filme genannt. Man nannte ihn auch den „Aufklärer der Nation".

Personenverzeichnis

Krautmacher, Henning

Der 1957 geborene Sänger ist Frontmann der Mundart-Band „Höhner", die vor allem mit Karnevalssongs Erfolg haben.

Krey, Franz Heinrich

(1930 – 2017)
Der Journalist und Politiker aus Bergisch Gladbach war von 1975 bis 1991 Vorsitzender des CDU-Kreisverbandes Rheinisch-Bergischer-Kreis und gehörte von 1976 bis 1994 dem Deutschen Bundestag an. Viele Jahre war er stellvertretender Vorsitzender des Innenausschusses. Nachfolger von Krey im Bundestag wurde Wolfgang Bosbach.

Kühnen, Patrik

(geb. 1966)
Der ehemalige Tennisprofi war Kapitän der deutschen Davis-Cup-Mannschaft und coachte die Mannschaft auch beim World Team Cup, der 2005 und 2011 gewonnen werden konnte.

Kulenkampff, Hans-Joachim

(1921 – 1998)
Kulenkampff war ein deutscher Schauspieler und Fernsehmoderator. Seine Samstagabendsendungen führten die Familien an den Fernsehern zusammen und erlangten Kultstatus. Seine erfolgreichste Sendung war die Quizshow „Einer wird gewinnen", die mit Unterbrechungen zwischen 1964 bis 1987 von Kulenkampff, in Neuauflagen später von anderen Moderatoren präsentiert wurde.

Kunze, Heinz-Rudolf

(geb. 1956)
Heinz-Rudolf Kunze ist ein deutscher Musiker und Schriftsteller. Er veröffentlichte bislang mehr als 1.700 literarische Texte und 475 Lieder. Der bekanntest Song von ihm ist „Dein ist mein ganzes Herz". Kunze ist besonders durch seine lyrischen Texte bekannt, die häufig schwermütig und melancholisch sind.

Kutscher, Volker

Der deutsche Schriftsteller wurde durch seine historischen Kriminalromane bekannt, die in der Weimarer Republik und der Zeit des Nationalsozialismus in Berlin spielen. Diese Romane bilden die Grundlage für die Fernsehserie „Babylon Berlin".

L

Lafontaine, Oscar

(geb. 1943)
Der frühere SPD-Politiker war von 1985 bis 1998 Ministerpräsident des Saarlandes. Im Kabinett Schröder übernahm Lafontaine 1998 das Bundesministerium der Finanzen. Bereits ein halbes Jahr später legte er wegen Unstimmigkeiten mit Kanzler Schröder überraschend alle seine politischen Ämter nieder. Im Jahre 2005 trat Lafontaine aus der SPD aus und wurde Mitglied in der WASG (Wahlalternative Arbeit & soziale Gerechtigkeit). Im gleichen Jahr trat er in die Linkspartei ein, dessen Fraktionsvorsitzender er 2009 im Saarland wurde und dies bis heute noch ist. Lafontaine ist in vierter Ehe mit der Linken-Politikerin Sahra Wagenknecht verheiratet.

Lanz, Markus

Markus Lanz wurde 1969 in Bruneck / Südtirol (Italien) geboren. Er ist

Personenverzeichnis

seit 2008 mit seiner Talkshow „Lanz“ im ZDF sehr erfolgreich.

Last, James

(1929 – 2015)
Der Bandleader, Komponist, Arrangeur und Musikproduzent prägte einen besonderen Musikstil, den sogenannten „Happy sound“. Mit seinem Orchester coverte er oftmals erfolgreiche Songs und arrangierte sie für seine Bigband neu.

Lauterbach, Karl

(geb. 1963)
Der Mediziner, Gesundheitswissenschaftler und SPD-Politiker ist seit 2005 Mitglied des Bundestages. Er setzt sich für eine Bürgerversicherung und gegen eine Zwei-Klassen-Medizin ein.

Leber, Georg

(1920 – 2012)
Der Gewerkschaftsführer und SPD-Politiker war in verschiedenen Bundesregierungen Verkehrs-, Post- und Verteidigungsminister. Unter den Bundeswehrangehörigen war Leber sehr beliebt. Er wurde von ihnen als „Soldatenvater“ bezeichnet.

Lewandowski, Robert

Der 1988 geborene polnische Nationalspieler steht seit der Saison 2014 / 15 bei Bayern München unter Vertrag. Vorher spielte er für Borussia Dortmund. Er ist Kapitän der polnischen Nationalmannschaft und gilt als bester Mittelstürmer der Welt.

Libuda, Stan

(1943 – 1996)
Stan Libuda war ein klassischer Rechtsaußen. Er spielte für den FC Schalke 04 und war besonders wegen seiner Dribbelstärke beliebt und gefürchtet. Stan Libuda spielte 26 mal für die Nationalmannschaft.

Liefers, Jan Josef

Der deutsche Schauspieler, Musiker, Regisseur und Produzent wurde 1964 geboren. Eine große Beliebtheit errang Liefers mit der Darstellung des Professor Boerne im Münsteraner Tatort – neben dem Kommissar Thiel, gespielt von Axel Prahl, eine hohe Aufmerksamkeit. Liefers ist mit seiner Band *Radio Doria* regelmäßig auf Tournee. Er ist mit der Schauspielerin und Sängerin Anna Loos verheiratet.

Loos, Anna

(geb. 1970)
Neben ihrer Karriere als Schauspielerin, unter anderem als Kommissarin Helen Dorn, sang sie viele Jahre bei Silly, einer deutschen Rockband, und ersetzte die verstorbene Sängerin der Band, Tamara Danz. Seit Ende 2018 ist Anna Loos als Solokünstlerin erfolgreich. Sie ist mit dem Schauspieler und Musiker Jan Josef Liefers verheiratet.

M

Mandoki, Leslie

(geb. 1953)
Bekannt wurde der ungarisch-deutsche Musiker als Mitglied der Band „Dschinghis Khan“, die mit ihrem gleichnamigen Song große Erfolge feierte. Musikalisch hat Mandoki im Jazz sein „Soulmates“-Projekt, das er mit einem Großaufgebot von internationalen Stars veröffentlichte Es bot einen Mix aus jazzbeeinflusster Rockmusik und teilweise experimenteller Musik.

Personenverzeichnis

Martin, Dean

(1917 – 1995)
US-amerikanischer Sänger und Schauspieler. Er spielte in vielen Filmen des amerikanischen Komikers Jerry Lewis mit.

Marx, Karl

(1818 – 1883)
Der deutsche Philosoph kritisierte den Kapitalismus und auch die Religion hart und setzte sich für die Arbeiterbewegung ein. Seine Weltanschauung wird als Marxismus bezeichnet. Er entwickelte gemeinsam mit Friedrich Engels seine Theorie.

May, Karl

(1842 – 1912)
Karl May war ein deutscher Schriftsteller. Nach einem mehrjährigen Aufenthalt in einer Haftanstalt begann Karl May mit dem Schreiben von Romanen. Weltweit liegt die Auflage seiner Bücher bei etwa 200 Millionen. Zu seinen bekanntesten Werken gehören: „*Winnetou*“ (3 Teile), „*Der Schut*“, „*Der Schatz im Silbersee*“, *Old Surehand*“ (3 Bände) und viele andere mehr.

McCartney, Paul

(geb. 1942)
Paul McCartney gehört mit John Lennon, George Harrison und Ringo Starr zu den Beatles, die in den Sechziger Jahren die Musikwelt revolutionierten. Mit den Beatles erreichte McCartney Weltruhm. Bis heute ist McCartney als Musiker, Singer-Songwriter und Komponist erfolgreich. Der von ihm komponierte Song „*Yesterday*“ ist der meistgespielte Popsong aller Zeiten.

Messi, Lionel

(geb. 1987)
Messi besitzt neben der argentinischen auch die spanische Staatsbürgerschaft. Er spielt seit seinem 14. Lebensjahr für den FC Barcelona. Er gewann zahlreiche Landesmeisterschaften sowie viermal die Champions League und wurde mehrmals mit Preisen für den besten Einzelspieler (z. B. als Weltfußballer) ausgezeichnet.

Mey, Reinhard

Der 1942 geborene Musiker ist einer der bekanntesten deutschen Liedermacher. Seine größten Erfolge hatte er Ende der Sechziger und in den Siebziger Jahren des vorigen Jahrhunderts. Bekannte Lieder: „Über den Wolken“, „Gute Nacht Freunde“, „Die heiße Schlacht am kalten Buffet“.

Meyfarth, Ulrike

Die damals erst 16-Jährige Hochspringerin gewann bei den Olympischen Spielen 1972 in München mit einer Höhe von 1,90 m die Goldmedaille im Hochsprung. Diesen Erfolg konnte sie 1984 bei den Olympischen Spielen in Los Angeles wiederholen. Hier setzte sie sich mit einer übersprungenen Höhe von 2,02 m durch.

Michel, Rudi

(1921 – 2008)
Der deutsche Sportjournalist kommentierte die WM-Endspiele mit deutscher Beteiligung 1966 in England, 1974 in Deutschland und 1982 in Spanien. Auch begleitete er als Reporter achtmal die Tour de France.

Personenverzeichnis

Minh, Hồ Chí

(1890 – 1969)
Der vietnamesische Revolutionär und kommunistische Politiker war später auch Präsident des Landes. Er war eine wichtige Symbolfigur und Vorbild für die Studentenbewegung in Westdeutschland in den 60er Jahren. Bekannt war der Schlachtruf „Ho-Ho-Ho-Chi-Minh".

Modrow, Hans

Der 1928 geborene SED-Politiker war vom 13. November 1989 bis zum 12. April 1990 der letzte Vorsitzende des Ministerrates und somit Chef der Regierung.

Momper, Walter

Der 1945 geborene SPD-Politiker war von 1989 bis 1991 Regierender Bürgermeister von Berlin. In seine Amtszeit fiel die Berliner Mauer und die deutsche Wiedervereinigung wurde realisiert. In der Öffentlichkeit trat er häufig mit einem roten Schal auf, der als „Momper-Schal" bezeichnet wurde.

Mueller-Stahl, Armin

(geb. 1930)
Der vielfach talentierte Mueller-Stahl machte als einziger deutsche Schauspieler in Deutschland und in den USA Karriere. Im Jahre 1997 erhielt er für seine Rolle in *Shine – Der Weg ins Licht* den Oscar für den besten Nebendarsteller.

N

Nena

(1960)
Sie ist eine der erfolgreichsten deutschen Musikerinnen. Bekannt wurde sie zur Zeit der Neuen Deutschen Welle, unter anderem mit dem Song „99 Luftballons".

Netzer, Günter

(geb. 1944)
Er spielte von 1963 bis 1973 für Borussia Mönchengladbach. Anschließend war er drei Jahre bei Real Madrid. Netzer wurde 1972 Europameister und 1974 Weltmeister.

Neuer, Manuel

(geb. 1986)
Torwart beim FC Bayern München. Weltmeister 2014.

O

Obama, Auma

(geb. 1960)
Auma Obama ist die ältere Halbschwester des ehemaligen US-Präsidenten Barack Obama. Die Germanistin, Soziologin, Journalistin und Autorin stammt aus Kenia, studierte und promovierte in Deutschland. Für ihren ehrenamtlichen Einsatz bei zahlreichen Hilfsorganisationen bzw. Stiftungen wurde sie mehrfach ausgezeichnet.

Obama, Barack

(geb. 1961)
Barack Obama gehört der Demokratischen Partei an und war von 2009 bis 2017 der 44. Präsident der Vereinigten Staaten. Er war der erste Afroamerikaner, der US-Präsident geworden war. Im Jahre 2009 erhielt Obama den Friedensnobelpreis.

Orbán, Viktor

Der ungarische Politiker (1963 geboren) ist Mitbegründer und Vorsitzender der Partei Fidesz (Ungarischer Bürgerbund). Von 1998 bis 2002 und seit 2010 ist er Ministerpräsident von Ungarn. Immer wieder werden Vorwürfe gegen Orbán und seine Politik erhoben, systematisch die Menschenrechte in Ungarn einzuschränken. In der Flüchtlingspolitik vertritt er eine harte ablehnende Haltung hinsichtlich der Aufnahme von Flüchtlingen.

Orbison, Roy

(1936 – 1988)
Der amerikanische Rock-, Rockabilly-, Pop- und Countrysänger machte vor allem in den Fünfziger- und Sechziger Jahren des vergangenen Jahrhunderts Karriere, die durch seinen frühen Tod jäh zu Ende ging. Zu seinen größten Erfolgen gehörten Songs wie: „Oh, pretty woman", „Only the lonely" und „Crying".

P

Papst Benedikt XVI.

Der deutsche Papst wurde 1927 geboren. Seine Amtszeit dauerte von 2005 bis 2013. Heute lebt er als emeritierter Papst in einem Kloster innerhalb des Vatikans.

Papst Johannes Paul II.

Das Pontifikat des 1978 zum Papst gewählten Polen dauerte 26 Jahre und war das zweitlängste aller bisherigen Päpste. Er nahm eine wichtige Rolle bei der Bekämpfung des Kommunismus in seinem Heimatland Polen ein. Papst Johannes Paul II. setzte sich stark für den interreligiösen Austausch, vor allem mit dem Judentum, ein. Er wurde 2014 heiliggesprochen.

Papst Johannes XIII.

(1881 – 1963)
Der in ärmlichen Verhältnissen aufgewachsene Bauernsohn wurde von den Menschen wegen seiner Volksnähe als „der gute Papst" bezeichnet. Er berief 1962 das II. Vatikanische Konzil ein. Während der Kubakrise vermittelte er zwischen dem amerikanischen Präsidenten Kennedy und dem sowjetischen Regierungschef Chruschtschow. Im Jahre 2014 wurde Papst Johannes XXIII. heiliggesprochen.

Pater Leppich

(1915 – 1992)
Johannes Leppich war ein römisch-katholischer Priester, der dem Jesuitenorden angehörte. Er wurde durch seine Volks- und Straßenpredigten bekannt, die er in vielen Städten Deutschlands hielt. Man gab ihm wegen seiner beißenden Gesellschaftskritik in der Adenauerzeit den Spitznamen „Maschinengewehr Gottes".

Pflaume, Kai

Der frühere Wertepapierhändler ist Moderator verschiedener Fernsehsendungen: u. a. von „Nur die Liebe zählt", „Klein gegen Groß" und „Wer weiß denn sowas?"

Pflug, Eva

(1929 – 2008)
Die Schauspielerin und Synchronsprecherin war unter anderem erfolgreich in der ersten Edgar-Wallace-Verfilmung „Der Frosch mit der Maske". Sie spielte in der Durbridge-Krimiserie „Das Halstuch" ebenso eine wichtige Rolle wie in der Science-Fiction-Serie „Raumschiff Orion". Ebenfalls war sie als

Personenverzeichnis

Theaterschauspielerin erfolgreich.

Presley, Elvis

(1835 – 1977)
Der meist nur Elvis genannte Sänger und Schauspieler revolutionierte die populäre Musik seiner Zeit. Er hatte seinen Durchbruch mit dem Rock 'n' Roll, aber auch mit gefühlvollen Balladen – und wurde einer seiner wichtigsten Vertreter. Hits wie: „Love me tender", „Hound dog", „Jailhouse Rock", „Are you lonesome tonight" oder später mit „In the ghetto", „Suspicious Minds" … sind noch heute populär.

Pützenbacher, Jochen

(1939 – 2019)
Jochen Pützenbacher wurde nach seiner Tätigkeit als Berufsschullehrer bei Radio Luxemburg zunächst Sprecher, später Unterhaltungschef.

Puzo, Mario

(1920 – 1999)
Der italoamerikanische Schriftsteller wurde mit seinem Mafia-Epos *Der Pate* weltberühmt. Puzo beschreibt darin den Aufstieg einer italienischen Mafiafamilie über eine Generation hinweg. Der gleichnamige Film von Francis Coppola war ebenso sehr erfolgreich.

R

Rahn, Helmut

(1929 – 2003)
Rahn, der unter anderem für Rot-Weiss Essen, den 1. FC Köln und den Meidericher SV spielte, war auch 40-facher Nationalspieler. Berühmt wurde er durch sein Siegtor zum 3 : 2 über Ungarn beim Endspiel um die Weltmeisterschaft 1954 in Bern / Schweiz.

Rammstein

Die 1994 gegründete deutsche Rockband gehört musikalisch zur sogenannten Neuen Deutschen Härte. Ihr Musikstil wird als brachial bezeichnet. Während die Band in Deutschland oft kritisch betrachtet wird, feiert sie international große Erfolge und gehört zu den erfolgreichsten musikalisch-zeitgenössischen „Kulturexporten" Deutschlands.

Reif, Marcel

(geb. 1949)
Marcel Reif, in Polen geboren, legte 2013 seine deutsche Staatsbürgerschaft ab und wurde Schweizer. Chefkommentator Fußball bei RTL. Legendär ist seine Moderation mit Günther Jauch beim Champions-League-Spiel zwischen Real Madrid und Borussia Dortmund am 1.4.1998 in Madrid, als sich der Spielbeginn wegen eines umgefallenen Tores um 76 Minuten verzögerte.

Ribbeck, Erich

Der heute Zweiundachtzigjährige ist ein deutscher Fußballspieler und Fußballtrainer. Von 1998 bis 2000 trainierte er die deutsche Fußballnationalmannschaft. Seinen größten Erfolg als Trainer feierte er 1988 mit Bayer Leverkusen und dem Gewinn des UEFA-Pokals. Wegen seines gepflegten Äußeren wurde Ribbeck „Sir Erich" genannt.

Rosenberg, Marianne

(1955)
Sie ist eine deutsche Pop- und Schlagersängerin.

Personenverzeichnis

S

Sammer, Matthias

Matthias Sammer, 1967 in Dresden geboren, ist ein ehemaliger deutscher Fußballspieler, der auch als Trainer arbeitete und heute als Fußballfunktionär tätig ist. Er spielte neben Dynamo Dresden für den VfB Stuttgart, Inter Mailand und Borussia Dortmund. Für die DDR absolvierte er 23 und für die Bundesrepublik Deutschland 51 Länderspiele.

Sarstedt, Peter

(1941 – 2017)
Peter Sarstedt war ein britischer Singer-Songwriter und Gitarrist. Im Laufe seiner Karriere schrieb er mehr als 100 Lieder. Doch nur mit dem Song *Where do you go to my lovely* hatte er großen Erfolg. In Großbritannien kletterte der Song bis auf Platz 1 der Hitparade.

Sartre, Jean-Paul

(1905 – 1980)
Der Schriftsteller und Philosoph gilt als Vordenker und einer der Hauptvertreter des Existenzialismus. Sartre wurde 1964 der Literaturnobelpreis zugesprochen, den er allerdings nicht annahm. In Deutschland erregte er mit seinem Besuch des deutschen Terroristen Andreas Baader in der Haftanstalt Stuttgart-Stammheim Aufsehen. Sartre betrachtete Baader als einen politischen Häftling und erntete hierfür harte Kritik.

Schäfer, Hans

(1927 – 2017)
Der Spieler wurde mit dem 1. FC Köln in den Jahren 1962 und 1964 Deutscher Meister und mit der Nationalmannschaft 1954 Weltmeister.

Schah von Persien

(1919 – 1980)
Er war der letzte iranische Schah. Unter seiner autoritären Herrschaft öffnete sich das Land dem Westen. Er war für seinen luxuriösen Lebensstil bekannt.

Schily, Otto

Der 1932 geborene SPD-Politiker ist Rechtsanwalt und war von 1998 bis 2005 Bundesinnenminister. Vor seiner Mitgliedschaft in der SPD war Schily bei den Grünen. Vor allem für die Verschärfung der Gesetze nach den Terroranschlägen vom 11. September 2001 in den USA war er verantwortlich. In zwei sogenannten „Sicherheitspaketen" hatte er verschärfende Gesetze auf den Weg gebracht. In diesem Zusammenhang sind auch seine Aktivitäten zur Bekämpfung der Migration zu sehen.

Schleyer, Hanns Martin

(1915 – 1977)
Hanns Martin Schleyer war Arbeitgeberpräsident und Vorsitzender des Bundesverbandes der Deutschen Industrie. Durch diese Funktionen war er in der Ideologie der RAF ein führender Vertreter des verhassten „Systems". Auch wegen seiner NS-Vergangenheit – er war NS-Funktionär und SS-Führer – stand er in ihrer Kritik.

Schmidt, Harald

Harald Schmidt ist u. a. als Kabarettist, Moderator und Schauspieler erfolgreich. Der 1957 geborene Schmidt absolvierte eine Ausbildung zum Kirchenmusiker. Erste größere Erfolge im Fernsehen feierte er mit der Sendung „Schmidteinander". Später moderierte er unter anderem die Show „Verstehen Sie Spaß?" Besonders seine Late-Night-Shows (Harald-Schmidt-Show) zwischen 1995 und 2014 sind vielen Zuschauern bekannt. Schmidt reizte in seinen Sendungen häufig die Grenzen des Erlaubten aus.

Schön, Helmut

(1915 – 1996)
Helmut Schön war von 1964 bis 1978 Trainer der Fußball-Nationalmannschaft. Seine größten Erfolge waren der Gewinn der Europameisterschaft 1972 und 1974 der Weltmeistertitel.

Schönherr, Dietmar

(1926 – 2014)
Schönherr war neben seiner Tätigkeit als Schauspieler auch als Fernsehmoderator der ersten Talkshow im deutschen Fernsehen: „Je später der Abend" (ab 1973) sowie als Moderator der Fernsehshow „Wünsch dir was" (gemeinsam mit seiner Frau Vivi Bach) erfolgreich.

Simon and Garfunkel

Simon and Garfunkel war ab den 1960er-Jahren ein erfolgreiches Folk-Rock-Duo. Paul Simon (1941 geb.) machte die Musik, Art Garfunkel (1941 geb.) war der Sänger. Bekannte Hits: „Sounds of silence", „Cecilia", „Mrs. Robinson", „Bridge over troubled water".

Sinatra, Frank

(1915 – 1998)
Der US-amerikanische Sänger, Schauspieler und Entertainer begann in der Swing-Ära (Dreißiger Jahre des letzten Jahrhunderts) seine Karriere. Sinatra erhielt den Oscar für seine Rolle in dem Film „*Verdammt in alle Ewigkeit*". Zu seinen bekanntesten Songs gehört: „*My way*". Sinatra wurde immer wieder eine Nähe zur kriminellen Unterwelt nachgesagt.

Spiehs, Karl

Der Filmproduzent Karl Spiehs wurde 1931 in Österreich geboren. Er wurde vorwiegend durch Produktionen der „leichten" Unterhaltung bekannt, wie zum Beispiel der Fernsehserie „*Ein Schloss am Wörthersee*". Auch sogenannte Softsexfilmkomödien gehören zu seinem Repertoire.

Spitz, Mark

Der 1950 geborene US-amerikanische Schwimmer war mit sieben Goldmedaillen der erfolgreichste Athlet bei den Olympischen Sommerspielen 1972 in München.

Stevens, Huub

(geb. 1953)
Der niederländische Fußballtrainer trainierte unter anderem den FC Schalke 04 und gewann mit diesem Verein 1997 den UEFA-Cup. Mit dem FC Red Bull Salzburg wurde Stevens 2010 österreichischer Meister. Bekannt ist Stevens für seine strenge, oft mürrische Art. Daher stammt auch die Bezeichnung „Knurrer von Kerkrade".

Streich, Christian

Der Trainer des FC Freiburg wurde 1965 geboren und ist seit 2012 Cheftrainer der 1. Mannschaft. Dort führte er die Mannschaft bereits in der Saison 2016 / 17 in die dritte Qualifikationsrunde für die Europa League. Streich ist meinungsstark, unangepasst und äußert sich auch immer wieder zu politischen Ereignissen.

T

Thatcher, Margret

(1925 – 2013)
Die „Eiserne Lady" genannte englische Premierministerin regierte von 1979 bis 1990 das Vereinigte Königreich. In ihre Regierungszeit fiel unter anderem der Falklandkrieg mit dem Sieg des britischen Militärs. Innenpolitisch führte Thatcher einen strikten marktwirtschaftlichen Kurs („Marktfundamentalismus"), in dem zum Beispiel Staatsunternehmen privatisiert, der Einfluss der Gewerkschaften stark reduziert und soziale Ungleichheit hingenommen wurden. Ihre Politik wurde mit dem Begriff Thatcherismus gekennzeichnet.

The Beatles

Die britische Beat- und Rockband ist stilgebend für die populäre Musik seit den Sechziger Jahren. Ihre Songs revolutionierten die Musikwelt, ihr Aussehen („Pilzköpfe") und ihr Auftreten elektrisierte ganze Generationen. The Beatles sind mit mehr als einer Milliarde verkaufter Tonträger die erfolgreichste Band der Musikgeschichte. Bekannte Songs: „Rock and roll music", „Ticket to ride", „Michelle", „Help", „Sgt. Peppers lonely hearts Club band", „Hey Jude" oder „Let it be".

The Lords

Die deutsche Beat- und Rockband wurde als die „deutschen Beatles" vermarktet. Dazu trug auch ihr Aussehen bei. Nach ersten Versuchen mit deutschsprachigen Titeln, die nicht sonderlich erfolgreich waren, landeten die Lords mit englischsprachiger Musik einige große Erfolge: „Poor boy", „Gloryland" oder „Boom, boom, boom".

The Monkees

US-amerikanische Pop-Rock-Band aus den Sechziger Jahren des vorigen Jahrhunderts. Sie standen gleichzeitig im Mittelpunkt einer gleichnamigen amerikanischen Fernsehserie.

The Rattles

Die deutsche Beat- und Rockband mit ihrem Sänger Achim Reichel spielte in ihren Anfangsjahren bei Konzerten der Rolling Stones und den Beatles. Sie wurden in Liverpool als die „deutschen Beatles" gefeiert. Zu den bekanntesten Songs gehören: „La La La" und „Come on and sing"

Theron, Charlize

Die 1975 in Südafrika geborene US-amerikanische Filmschauspielerin und Filmproduzentin ist Oscar- und Golden-Globe-Preisträgerin. Bekannte Filme mit ihr sind: „Gringo", „The Italian Job", „Kaltes Land", „Monster", „Gottes Werk und Teufels Beitrag", „Im Auftrag des Teufels" oder „Mad Max: Fury Road" …

Thomas, Carmen

Carmen Thomas ist eine Journalistin, Autorin und Dozentin. Sie arbeitete als Moderatorin und Reporterin beim WDR. „Berühmt" wurde sie durch ihren Versprecher Schalke 05 statt Schalke 04 beim „Aktuellen Sportstudio".

Personenverzeichnis

Tilkowski, Hans

(1935 – 2020)
Der deutsche Torwart und spätere Trainer spielte unter anderem für Westfalia Herne, Borussia Dortmund und Eintracht Frankfurt. Insgesamt 39 Spiele absolvierte er in der Fußball-Nationalmannschaft. Dabei stand er auch 1966 im Endspiel um die Fußball-Weltmeisterschaft gegen England im Tor. In diesem Spiel fiel das berühmte Wembley-Tor.

T. Rex

Name einer britischen Rockband. Die Band spielte vorwiegend Psychedelic Folk. Das bekannteste Bandmitglied war ihr Sänger Marc Bolan. Er war durch seinen Afro-Look besonders auffällig.

U

Ulbricht, Walter

(1893 – 1973)
Der Berufsrevolutionär war der bedeutendste Politiker in der DDR. Von 1949 bis 1960 war er stellvertretender Vorsitzender des Ministerrats und von 1960 bis zu seinem Tod Vorsitzender des Staatsrats der DDR.

V

Verdi, Giuseppe

(1813 – 1901)
Der italienische Komponist der Romantik wurde vor allem wegen seiner Opern berühmt: „La traviata", „Nabucco", „Macbeth", „Rigoletto", „Otello", „Aida", „Don Carlos" oder „Falstaff".

Vogel, Hans-Joachim

Der 1926 geborene SPD-Politiker war zwölf Jahre Oberbürgermeister von München und auch ein Jahr lang Regierender Bürgermeister von Berlin. Ebenfalls war Vogel als Bundesminister in verschiedenen Ressorts tätig. Bei der Bundestagswahl 1983 war er Kanzlerkandidat der SPD und von 1983 bis 1991 Vorsitzender der SPD-Bundestagsfraktion.

Vogts, Berti

(geb. 1946)
Der frühere Abwehrspieler von Borussia Mönchengladbach absolvierte 419 Spiele für seinen Verein. Dabei wurde er fünfmal Deutscher Meister, einmal DFB-Pokalsieger und zweimal UEFA-Pokalsieger. Für die deutsche Nationalmannschaft spielte Vogts 96 Mal und wurde 1974 bei der WM in Deutschland Weltmeister. Man nannte Vogts „Terrier", weil er den Gegner stets attackierte und immer einen besonderen kämpferischen Einsatz auf dem Platz zeigte. Als Trainer der deutschen Nationalmannschaft errang er 1996 den Europameistertitel. Im Laufe seiner Trainerkarriere arbeitete Vogts in Kuwait, Schottland, Nigeria und Aserbaidschan.

von der Groeben, Alexander

Er wurde 1955 als Alexander Graf von der Groeben geboren. Als Judoka errang er große Erfolge, unter anderen war er vielfacher Deutscher Meister und errang zweimal Gold, zweimal Silber und viermal Bronze bei Europameisterschaften. Neben seiner Tätigkeit als Sportjournalist spielte von der Groeben in zahlreichen Filmen mit. Er ist verheiratet mit der Journalistin Ulrike von der Groeben und Vater des Schauspielers Max und der Schauspielerin Carolin von der Groeben.

Personenverzeichnis

von der Groeben, Max

(geb. 1992)
Max von der Groeben ist ein junger deutscher Schauspieler, der unter anderem in den „Fuck ju Göhte"-Filmen mitwirkte. Ebenfalls war er in dem Krimi-Mehrteiler „Die verlorene Tochter" zu sehen.

W

Wagenknecht, Sahra

(geb. 1969)
Die deutsche Politikerin, Volkswirtin und Publizistin gehört nach politischer Tätigkeit in der PDS (Partei des Demokratischen Sozialismus) in der Nachfolgepartei Die Linke zum linken Parteiflügel. In den Jahren 2015 bis 2019 war sie Fraktionsvorsitzende der Linken im Bundestag. Sie ist mit dem Linken-Politiker Oscar Lafontaine verheiratet.

Williams, John

(1922 – 1994)
Der amerikanische Schriftsteller war auch Hochschullehrer. Sein berühmtestes Werk ist der Roman „Stoner". Hierin wird das Leben eines Mannes erzählt, der als Sohn einer armen Farmerfamilie die Literatur entdeckt, später Professor und Schriftsteller wird.

Wöhrl, Dagmar

(geb. 1954)
Die Rechtsanwältin und Politikerin war von 2005 bis 2009 parlamentarische Staatssekretärin beim Bundesminister für Wirtschaft und Technologie. Sie wurde 1977 zur Miss Germany gewählt. Daher betitelten die Medien sie zu Beginn ihrer Tätigkeit als Bundestagsabgeordnete auch als „Miss Bundestag".

Wuttke, Wolfram

(1961 – 2015)
Wolfram Wuttke absolvierte 299 Spiele in der Bundesliga. Besonders erfolgreich war er als Spielmacher beim 1. FC Kaiserslautern. Er spielte insgesamt 15 Mal in der deutschen Nationalmannschaft.